EL ESCUDERO DEL REY

GLORIA I GONZÁLEZ AGOSTO

Título: EL ESCUDERO DEL REY
Autor: Gloria I González Agosto
ISBN: 978-0-692-87127-0
Copyright registration: TX 8-566-023
Diagramador:
Karlamarí Rodríguez Báez
V.G. Gonzalez
Corrector y edición:
José E. Muratti Toro, Ph.D.
Milagros Santiago Hernández, Ph.D.
José Alberto Santiago Espinosa
2da revisión 2021
V.G. GONZÁLEZ
Diseño de portada y contraportada:
Rebecacovers by Fiverr
Gloria I. González Agosto
Diseño de mapas:
Gloria I. Gonzalez Agosto
Maps_by_peter by fiverr
Foto de Portada:
Karina Maldonado Afanador

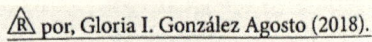
® por, Gloria I. González Agosto (2018).

Año de publicación: Edición 2018
Todos los derechos reservados ® ©

❦ Creado con Vellum

*Gracias primeramente a Dios,
quien ha sido mi fuerza
y mi consuelo durante toda mi vida.*

*A mis padres,
que siempre me han animado
a seguir escribiendo.*

*A mis hermanos, sobrinos,
y en especial a Valeria,
quien me ha apoyado en todo lo que hago.
Ellos son las baterías de mi imaginación.*

*A mis amigos y colegas de profesión,
quienes siempre me apoyaron
e infundieron valor para realizar este sueño.*

A María Villanueva, Priscilla Toledo, Karlamari Rodríguez, José Alberto Santiago Espinosa, José A. Muratti Toro y Milagros Santiago Hernández, quienes me guiaron y orientaron durante este proceso. A todos, mi más sincera gratitud.

Sobre la autora

Gloria I. González Agosto
Nacida en Bayamón Puerto Rico y tecnóloga médica de profesión, siempre ha sentido fascinación en crear historias y poesías. Su primer público, su familia, su padre y sobrinos, a los que le encantaba sus historias, siempre han sido esa llave al mundo de la imaginación. También sus amigos y compañeros de profesión le animaban a que emprendiera en este mundo de la publicación al ser críticos de sus cuentos y poesías. Desde su niñez le gustaban las artes y las historias de grandes luchas por la justicia, honor y libertad. Comenzó la creación de El Escudero del Rey en el año 2005 realizando el primer libro de ésta novela. Años más tarde escribió la secuela. Nuevamente animada por su familia y amigos tomó el impulso para unir los dos libros en la novela que hoy tienes en tus manos.

 instagram.com/glo_g1978
 facebook.com/El-escudero-del-rey

Introducción

Cuando la vida te obliga a madurar antes de tiempo y la guerra toca las puertas de tu casa, solo te queda tomar una decisión: te limitas a ser un espectador o tomas las armas y luchas contra el enemigo. En este mundo donde la espada es ley, la dignidad y el honor de un caballero residen en su palabra. En este mundo, mi mundo, dejé atrás el papel que la sociedad patriarcal me había reservado para empuñar la espada. En busca de venganza, encontré justicia. En medio de mi viaje cegado por las tinieblas, descubrí la luz. En el trayecto donde pensé que me había perdido, hallé la libertad de ser quien soy.

Mapa I

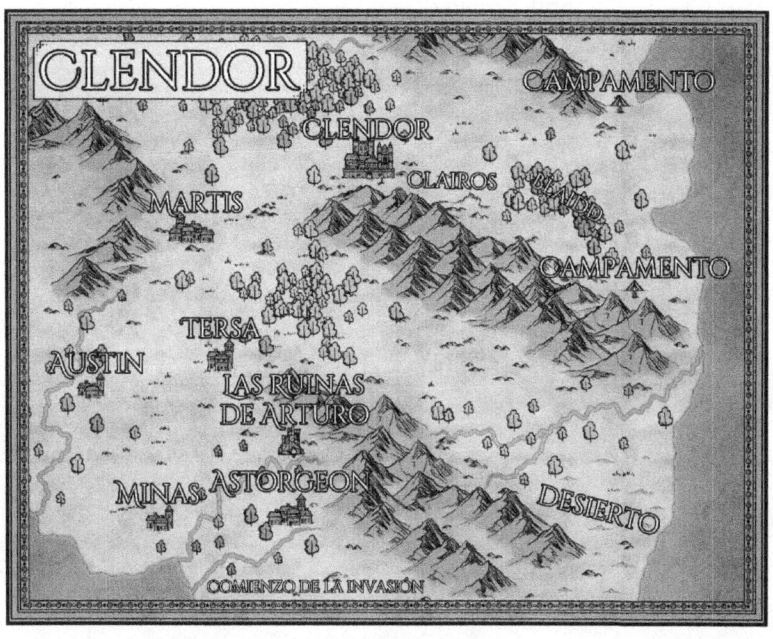

Salida

«Su espada lanzaba fuego como un dragón en pleno ataque y sus ojos, como dos antorchas, reflejaban el furor de la lucha. Sus espadas se cruzaban frente a los rostros sudorosos por el fragor de la batalla». Así narraba yo al practicar con una rama mientras mi hermano menor me observaba sentado sobre las raíces de un viejo árbol.

—¿Qué más? ¿Qué más? —decía Peter emocionado y ansioso por conocer el desenlace de la historia.

—El dragón mítico apareció en los cielos y dio su poder al caballero. Su espada refulgió y como un rayo arremetió contra el enemigo que quedó hecho cenizas en el acto...

El pequeño Peter aplaudía emocionado al mismo tiempo que hacía la reverencia de los caballeros.

—Si fueras un caballero, serías un soldado fiero.

—Por fortuna nuestro reino no tiene mujeres en su ejército —dijo Jonathan, quien llegaba de entrenar con mi padre.

Ante lo dicho por mi hermano mayor, fruncí el entrecejo. Este gesto le provocó risa y colocó sus manos en mi cabeza y en la de Peter mientras nos conducía camino a casa.

—¡No pongas esa cara! Regresemos. Vamos a cenar.

Vivía en una cabaña cerca de un riachuelo en Tersa, poblado al sur del reino de Clendor. Mi padre era un orgulloso soldado del ejército real y mi madre, una humilde campesina, quien había dado a luz tres hijos. Jonathan, mi hermano mayor, se encargaba de la caza mientras que Peter, mi hermano menor, jugaba solo con su muñeco de trapo. Yo, que era la hermana del medio, siempre le seguía los pasos al primogénito de la familia y jugaba a las espadas soñando un día ser como mi padre. No me parecía a las demás niñas de la comarca. No usaba vestidos. Siempre buscaba la ropa que le quedaba chica a Jonathan y la modificaba a mi gusto para andar más cómoda. Un par de buenas botas altas, un cinturón de cuero ajustado a mi camisa, que me llegaba un poco más arriba de las rodillas, y un buen pantalón era lo único que necesitaba para poder moverme con libertad. Cuando quería ver entrenar a los soldados, necesitaba andar sin esos vestidos incómodos que usaban las otras chicas.

Nuestro reino comenzaba a tener conflictos con Moiloc, un territorio del sur. Se rumoraba que quería formar un imperio y ya había empezado a conquistar a varios poblados de la región de Astorgeon, que no era propiamente un reino, sino una región casi independiente dentro de Moiloc. Sin embargo, ante los conflictos internos que comenzaron en sus dominios, fue la base de la resistencia.

Frente al peligro de una posible guerra en nuestras tierras, los soldados y los caballeros se movilizaron a las aldeas del sur. Algunas de nuestras tropas servían de ayuda a la facción de la resistencia. Yo tenía trece años cuando se iniciaron los conflictos. Al enterarme de la presencia de soldados en el pueblo, siempre me escapaba para verlos cuando mi padre les enseñaba el arte de la espada. Mi pequeño hermano, un año menor, me seguía a todas partes.

Recuerdo que un día llegué a mi casa y encontré a nuestra vecina entregándole un paquete a mi madre. Me escondí para poder oír la conversación.

—Este es el vestido que mandaste a preparar para Elizabeth. Has gastado mucho. Es muy fino. Viene del mismo centro de Clendor —dijo la señora con admiración.

—Gracias, Margaret —expresó mi madre con cierta emoción.

Mi madre examinaba con detenimiento el vestido y lo acercaba a su rostro. Tenía problemas con la vista.

—¿Sigues perdiendo visión? —preguntó Margaret.

—Sí, es por eso que quise mandar a hacer este vestido. Quisiera poder ver a mi hija hermosa, como si fuese su boda, antes de que mis ojos se oscurezcan por completo.

Semanas más tarde, mi madre enfermó. La fiebre casi la

mataba. Su visión se nublaba rápidamente. Una noche, las vecinas de la comarca la acompañaron en su cuarto y mi padre nos mantuvo alejados de ella. Nos dijo que estaba en cuarentena. Halé a mi hermano mayor por un brazo para pedirle explicaciones de lo que estaba pasando. Lo llevé lejos de donde estaba nuestro hermano menor. No quería que se preocupara más si las respuestas a mis preguntas no eran alentadoras.

—Ha habido enfermos entre los soldados y nuestra madre, como sabes, ha ido a ayudarlos. Al parecer, se ha contagiado —explicó Jonathan.

—¿Es cierto que vendrán más soldados a los poblados del sur?

—Astorgeon ya está en guerra con Moiloc. Ha solicitado la ayuda de nuestro reino. No pasará mucho tiempo hasta que nuestro padre vaya también al campo de batalla.

Al día siguiente, mi madre amaneció mejor, pero aún estaba débil. Mi padre se fue de cacería con mis hermanos, aunque yo sabía que era una excusa para comenzar a entrenarlos. Si los rumores eran ciertos, en poco tiempo la guerra estaría tocando a nuestras puertas. Vi a mi madre abrir un cajón y observar el vestido que me había mandado a hacer. Tomé sus manos, que sostenían sutilmente el vestido, y con voz dulce le dije:

—¿El vestido es para mí? Es hermoso. ¿Puedo probármelo?

Mi madre abrió los ojos asombrada, pues sabía que no me gustaba usar vestidos. Para animarla, la llevé al río y comenzamos a jugar. Yo bailaba con el vestido puesto y ella reía feliz cuando un frío extraño me recorrió la espalda. Sentía que alguien nos observaba. El presentimiento no erraba, pues de entre los matorrales salieron dos bandidos a atacarnos. Huían del ejército y se habían topado con nosotras en su camino. Mi madre hizo lo posible por defenderme, la golpearon hasta dejarla mal herida. Sus piernas sangraban y no podía ponerse en pie. Los bandidos, se habían dado a conocer por robarse doncellas en las comarcas. Planeaban secuestrarme para su diversión. Si estoy con vida fue gracias a que varios soldados llegaron a rescatarnos al oír los gritos. A partir de esa horrible tarde, decidí que nunca más usaría un vestido. La tentación de usar uno no tan solo le arrebató la libertad a mi madre, sino que me arrebató la inocencia.

Salimos de Tersa hacia la comarca de Austin para dejar atrás los recuerdos de esa horrible tarde. Mi padre empezó a entrenar a los hombres del poblado, a mis hermanos y a mí. Todos los días practicaba con una daga pequeña que mi padre me obsequió. Cada vez que la empuñaba, sus palabras retumbaban en mi mente: «No permitas que esto te vuelva a ocurrir». Las pesadillas fueron mermando y el miedo se convirtió en odio. Era lo que me daba energías para entrenar. Así transcurrió parte de mi vida, entre la espada y la cocina. Mi madre caminaba con dificultad y yo le ayudaba en lo que podía. Mi padre llegaba junto a mis hermanos con las presas de caza para comer y luego, en las noches, frente a la chimenea, nos contaba leyendas de caballeros y escuderos que defendían el reino de los ataques enemigos. Aquí en Austin me sentía segura. ¿Qué más podía pedir sino sentirme a salvo junto a mi familia?

De más está decir que no lucía como las doncellas de la comarca. No tenía muchas amigas hasta que Jonathan comenzó a cortejar a una de las chicas del pueblo, quien se convirtió en mi mejor compañera. Emily era una joven dulce y delicada a quien le gustaba narrar historias tanto como a mí me gustaba escucharlas. Parecía un ángel como los que describen los monjes. Su cabellera era castaña con delicados rizos y sus ojos lucían intrigantes cuando los rozaba el sol. Además, poseía una sonrisa capaz de enternecer al más amargado.

No era de extrañar que fuera pretendida por los hombres del lugar. Hasta los nobles extranjeros quedaban impresionados con sus encantos. Mi hermano mayor fue el hombre afortunado que logró conquistar su corazón. Jonathan era apuesto, alto, con buenos músculos para la batalla y ojos color de monte. En fin, ambos hacían una hermosa pareja. Mi cuñada era muy buena conmigo, me trataba como a una hermana, pero siempre intentaba persuadirme para que cambiara mi comportamiento poco femenino.

—Elizabeth, deberías quitarte esos harapos y vestirte como una señorita. Dicen que pareces más a un muchacho a pesar de lo hermosa que eres —me decía—. Con ese aspecto los chicos no se fijarán en ti. Deberías soltar tu trenza dorada y dejar tu melena suelta...

—¿Qué esperas, Emily? Crecí entre espadas y soldados, no con muñecas, y tampoco las quiero.

—No digas eso, yo estoy aquí para ti. Te convertiré en toda una dama. Ya estás en edad de...

—Prefiero una espada a someterme a los roles que nos encierran y a los peligros que nos acechan.

—Una dama es de su casa. ¿Qué tiene de malo? ¿Qué peligro hay en eso?

—En primer lugar, que no puedas tomar decisiones y, segundo, que los demás las toman por ti. Lo he visto en muchas chicas...

—No en tu caso. A ti te han dejado ser libre, demasiado libre.

—No es eso y tú sabes el porqué. Prefiero empuñar una espada para defender mi honor y el de los míos... aunque yo no pueda defenderlo como mujer. Si me permitieran luchar en la guerra, lo haría.

—¿La guerra? No sabes lo que estás pidiendo. Quieres jugar con fuego. A la larga te quemarás.

—Yo con un solo espadazo mataría a varios mólocs. Libraría a Clendor de esos salvajes roba mujeres.

—Esto tiene que ver con lo sucedido en Tersa...

—Eran prisioneros mólocs a quienes llevaban al castillo. Sorprendieron a sus guardianes, los mataron y huyeron. Si yo hubiese estado preparada, mi madre no estuviera así ahora y yo... yo no sería... —tensé mis puños con rabia y mis ojos comenzaron a humedecerse.

Emily me abrazó fuertemente.

—Ya, hermana mía, no recuerdes lo que te hace daño. Cada

vez que lo haces, tu corazón se oscurece más.
—No me importa. Lo limpiaré con la sangre del enemigo.
—Eso no lo limpiará, lo manchará aún más.
—Entonces...
—El perdón y la aceptación... eso te limpia.
—Hablas como un monje. Jamás perdonaré a los mólocs.
—No hablo de los mólocs.
Me sorprendió su declaración. Si no hablaba de ellos, ¿de quién entonces? Emily vio la confusión en mi mirada y continuó:
—Hablo de aceptar que nada de lo ocurrido fue tu culpa y que es tiempo de perdonarte a ti misma y superar ese obstáculo.
—Esas palabras las he oído antes Emily, pero no las entiendo. Ni el monje de Tersa, ni las amigas de mi madre me convencieron. La pena y el reproche en sus miradas me bastaba para saber mi desdicha. «Pobre muchacha. Nadie la tomará como esposa». ¡Ja! Como si me interesara casarme. Yo seré un soldado, me acepten en el ejército o no.
—Y... ¿crees que tu padre te dejaría?
—Lo convenceré.
Nuestra conversación de esa tarde no continuó. Los intentos de convencer a mi padre eran en vano. Aun cuando vencía a otros jóvenes aprendices, mi padre nunca quiso permitir que me uniera a sus soldados. Pasó año y medio y Emily había hecho un vestido para mi cumpleaños el cual siempre quedó en un cajón. No hubo momento para festejar. La relativa paz durante ese periodo antecedió el comienzo de una nefasta guerra. La resistencia de Astorgeon se había derrumbado. La invasión de los Mólocs se acercaba por lo que los vecinos a la vuelta redonda comenzaron a ser reclutados para entrar en batalla. Mi padre y Jonathan partieron esa madrugada. Peter, que contaba con catorce años, y yo nos quedaríamos para atender a nuestra madre que ya estaba ciega. La despedida fue dolorosa. Mi madre abrazó a mi padre como si fuese la última vez y él le dio un tierno beso en la frente. Emily se amarró al cuello de mi hermano.
—Regresaré, lo juro. Traeré la paz a Clendor para que nues-

tros hijos vivan en armonía —dijo mi hermano a su prometida. Mi padre y mi hermano partieron. Recuerdo las palabras de mi padre a mi hermano menor: «Eres la cabeza de la familia ahora». Luego se despidió de mí: «Protege a tu madre y cuida de la casa».

Nuestra comarca se encontraba en el centro del reino de Clendor. Hacia el norte estaban la capital y el castillo del rey. En el sur se ubicaba Minas, poblado vecino de Tersa, que se había convertido en el hogar de los refugiados de Astorgeon. Los mólocs habían destrozado todo. Se escuchaba a los soldados decir que los mólocs eran bárbaros, mercenarios empeñados en construir un imperio. Mataban los hombres sin importar que fueran ancianos o niños. A las niñas se las llevaban. Nada sobrevivía a su paso. Los poblados que osaban desafiarlos y resistirse a su conquista quedaban hechos cenizas a su paso.

Desde la partida de mi padre, Peter salía temprano a buscar trabajos para sustentar el hogar. Emily llegaba a ayudarme con las tareas la casa y atender a mi madre. Nunca fui buena como ama de casa, así que dependía de mi cuñada. Colocábamos a mi madre en su sillón donde tejía por tacto y esperaba la llegada de Peter en la tarde. Luego cenábamos para repetir la rutina al siguiente día. Muchas veces mi hermano me encontraba encaramada en la rama de un árbol mirando en dirección a Tersa. Entonces subía al árbol también y se sentaba a mi lado.

—¿Piensas en nuestro padre y hermano? —me decía calmadamente.

—Me hacen falta —le respondía.

—Todo será más fácil cuando ganemos la batalla. Ya verás, Elizabeth —decía Peter sonriendo mientras me abrazaba sobre el hombro dándome aliento.

Luego de un tiempo, nuestra rutina diaria se alteró. La espera de Peter se hizo demasiado larga. Un día cuando regresaba a la comarca, unos ladrones lo atacaron para arrebatarle las pocas monedas que había ganado. Unos mercaderes lo encontraron moribundo a la orilla del camino. Le habían despojado de todo, incluso de la estrella de plata que siempre llevaba colgada del cuello. Papá se la había regalado cuando fueron a la guerra, por lo que nunca se la quitaba. Decía que de esa manera sentía la fortaleza de nuestro padre y no se sentía solo. Aún recuerdo esa tarde. El sol ya se ocultaba y a lo lejos se acercaba una carreta. Eran nuestros vecinos. Traían un bulto cubierto con una manta. Al ver sus rostros, sabía que no eran buenas noticias, pero jamás pensé que fueran ellos los heraldos de la tragedia de mi hermano. Nos contaron que Peter se había defendido como una fiera. Que había usado una daga que llevaba al cinto como todo un guerrero y hasta había herido a dos de sus atacantes. Pero eran mercenarios diestros y teniendo espadas y picas lo fueron hiriendo hasta que no pudo sostenerse en pie. Los vecinos no pudieron salvar su vida; habían llegado demasiado tarde.

Ese día, me prometí que no volvería a llorar y que vengaría su muerte. Tenía que ser valiente por mi madre. No podía dejar que sintiera mi dolor. Debía ser fuerte por las dos. Por eso, estando sola con ella, tuve que tomar una decisión que cambiaría el curso de mi vida para siempre.

—¡Estás loca, Elizabeth! ¡Tu cabello! ¡Tu hermoso cabello dorado! ¿Qué has hecho?

Esa fue la reacción de asombro y desaprobación de mi mejor amiga al ver lo que había hecho que me hacía lucir como un varón. Con la daga de mi padre había cortado mi cabellera trenzada, que me pasaba de la cintura.

—Aquí casi no hay trabajo. La mejor paga es para los varones —expliqué a mi amiga.

—Pero todos en la comarca te conocen.

—Es por eso que tengo que irme lejos de Austin.

—¿¡Qué!?

—Sabes que una mujer solo consigue trabajo en las tabernas, y no quiero terminar así. No quiero ser una de las que ofrecen diversión a cambio de unas cuantas monedas. Iré al norte. Regresaré cada cierto tiempo a traerle dinero a mi madre. Necesito que me ayudes y la cuides.

—Esto es una locura...
—No te preocupes por mí, yo sé defenderme.
—Peter sabía defenderse y aun así lo asesinaron.
—No me pasará, lo juro. ¿Cuidarás de mi madre?
—Sabes que lo haré. Llévate mi caballo. Mi padre quería brindarlo como dote cuando me casara con tu hermano, pero me las arreglaré para explicarle.
—¡Gracias! —dije dándole un abrazo.

Esa mañana tomé la montura y me despedí de mi madre y de Emily antes de emprender mi viaje a las tierras del norte. Tan pronto me alejé de Austin descubrí que todo era diferente. Ante mis ojos se expandía una planicie verde, además de campos sembrados de trigo y cebada. En poco tiempo llegué al siguiente poblado que se llamaba Martis. Como era de esperarse, había pocos hombres, la mayoría estaban en la guerra. Comencé a preguntar dónde podía conseguir trabajo. Uno de los ancianos me dijo que el herrero tenía un brazo lastimado y había mucha demanda de espadas por lo que posiblemente me podría contratar y me señaló hacia donde me debía dirigir. Llegué a una cabaña que quedaba cerca de un riachuelo. Al lado había un granero que servía de taller. Me acerqué para encontrarme a un hombre pelirojo, grande, fuerte y barbudo. Le acompañaba un niño pecoso, también de cabello rojizo. El jovencito sostenía algo para que el hombre grande y barbudo que tenía un brazo vendado, lo martillara. Deduje que era el taller del herrero. Salté del susto al escuchar el hombre barbudo gritar con una potente voz.

—¡Agárralo bien, muchacho!

Pero el niño se distrajo ante mi presencia y, con el primer martillazo, lo que el pequeño sostenía se fue al suelo.

—¡Rayos! Thomas, presta atención.

El herrero empezó a gritar y a decir improperios. El jovencito le señaló con la mirada mi presencia y entonces se volteó.

—¡Buen día, señor! —dije.

—¿Qué deseas, muchacho? —dijo el herrero con tosquedad.

—Estoy buscando trabajo y me indicaron que necesita ayuda.

—¡Mi padre no necesita ayuda! —vociferó el niño con rudeza.

—¡Callado, Thomas! —gritó el padre al niño y luego se volvió hacia mí—. Como puedes ver, muchacho, tengo un brazo lastimado. El niño no puede ni levantar el martillo. Y francamente, creo que tú tampoco.

—Yo puedo, señor. Puedo trabajar duro —contesté.

—¿Cómo te llamas y de dónde vienes? —dijo el herrero poniendo su mano sana en su cintura y observándome de la cabeza a los pies.

Por un momento me quedé muda. No había pensado en un nombre. Sin embargo, reaccioné rápidamente.

—Me llamo Eliot, señor. Vengo de la comarca de Austin —dije poniéndome derecha.

—Es por eso que no te había visto antes. Bien, Eliot de Austin, déjame ver tus manos —solicitó el herrero.

Le mostré mis manos que estaban algo sucias por el largo viaje. El herrero las observó y me miraba con cara de incredulidad. Por un momento sentí vergüenza, pues pensaba que era por lo sucias que se encontraban, pero dijo:

—No te ofendas, muchacho, pero tienes manos de niña. ¿Alguna vez has usado una espada?

—Sí, señor. Mi padre es soldado del ejército y me entrenó en su uso.

—Si vas a forjar espadas, al menos debes saber cómo usarlas. Ese es mi lema. Enséñame lo que sabes.

El herrero me llevó hasta un área de su taller donde había unos muñecos de madera para practicar.

—Acabo de construir estos muñecos de práctica para los soldados —dijo levantando su mano lastimada—. Me costó una torcedura, pero necesito probarlos.

—Con gusto, señor —contesté.

El herrero comenzó a dar vueltas a una palanca que hizo que los muñecos comenzaran a girar. Lo miré extrañada porque nunca

El Escudero del rey

había visto tal mecanismo, pero el herrero me señaló con su mano y levantando las cejas me indicó que procediera. Llevaba conmigo una vieja espada que mi padre había dejado en nuestro hogar de Austin y comencé a atacar los monigotes. Pude moverme bien del primer intento y arremetí con la espada a uno de los muñecos de madera, pero este giró y me contestó con otro golpe en mi espalda que me arrojó al suelo. El herrero seguía mirándome algo incrédulo de mi habilidad, así que tomé valor y fuerzas y luché imaginándome que eran soldados mólocs. Al cabo de un rato, los muñecos cobraron vida y se transformaron en mis atacantes del pasado. Mi lucha se intensificó con ansias de destruirlos y así sucedió. Terminaron sin cabeza en el suelo. El herrero y su hijo se quedaron sorprendidos. Así comencé a trabajar con el herrero, sin la confianza de su hijo, pues pensaba que había tomado su lugar.

El herrero fue muy amable al darme posada en el establo. Cada semana regresaba a Austin a llevar las pocas monedas que ganaba y luego volvía el mismo día a la herrería en Martis. Era un trabajo muy pesado, pero logré dominarlo. Aprendí a forjar espadas y mejoré en la destreza de su uso. En las noches practicaba hasta quedar rendida.

Un día Thomas, enojado por la aceptación que su padre me mostraba, me desafió a un duelo de espadas. A pesar de ser un niño, se tomaba muy serio sus decisiones y una vez tomadas, no daba un paso atrás. Escogimos las armas y comenzamos el duelo. Thomas no duró mucho en el lance. Sin pretender ser presumida, pero me había vuelto muy diestra.

—Dudo mucho que tu padre te haya enseñado a usar una espada —le dije en tono burlón.

—Mi padre no ha podido por su brazo lastimado, pero Sir Roben me enseñó.

—¿Quién es Sir Roben?

—Es un caballero en el castillo del rey. Viene a buscar espadas para su majestad. Mi padre es uno de los mejores herreros de Clendor.

—Pues sé que tu padre es un maestro haciendo espadas, pero no creo que ese tal Sir Roben sea un buen maestro en su uso.

—¡Es el mejor!

—Bueno... pues no te ha enseñado bien. Te he vencido fácilmente.

Debí haber medido mis palabras, pues pocos días después el tal Sir Roben llegó al taller del herrero a buscar espadas. Era un joven como de mi edad, alto, de cabello castaño, apuesto, pero muy presumido. Comenzó a observar las espadas como todo un experto en el arte.

—Son muy buenas, Sir Roben —dijo el herrero.

—Lo sé, Marcus, lo sé. Es por eso que vengo donde ti en busca de las espadas para la familia real. Veo que tienes nuevo ayudante.

—Así es, Sir Roben. Se llama Eliot de Austin. Está aprendiendo el arte de forjar buenas espadas.

—Lucen muy bien. Espero que no te quite el puesto.

Me quedé sin palabras. No quería jamás morder la mano que me alimentaba. Bajé mi cabeza y dije:

—Jamás. El señor Marcus ha sido mi maestro y protector desde que llegué.

Para mi "buena suerte", en ese momento llegó Thomas.

—¡Thomas, gusto en verte! —dijo Sir Roben cuando lo vio llegar.

—¡Hola, sir Roben! —dijo entusiasmado Thomas al ver a su maestro.

—Espero que hayas mejorado desde la última vez que nos vimos. Pronto podrás manejar la espada como yo.

—Eso espero, aunque Eliot dice que usted no es muy buen maestro.

Sir Roben se me quedó mirando atónito. Yo le di una mirada fulminante a Thomas. De seguro, si lo hubiese tenido a mi alcance, le habría dado una tunda de coscorrones. El herrero preguntó sorprendido:

—¿Es cierto esto, Eliot?

—Yo... señor...

Thomas volvió a interrumpir.

—Dice que no sirve como maestro de espadas —dijo Thomas cruzando los brazos.

Yo no sabía dónde poner la cara. Sir Roben rió por lo bajo e irguiendo su cabeza me miró de reojo mientras le decía a Thomas.

—Bueno, ¿qué tal una pequeña demostración? No se ofenda, herrero. No lastimaré al chico.

¡No lastimaré al chico! ¡Pero si el iluso es prácticamente de mi edad! Aunque fuese un caballero, no me dejaría ganar por un presumido, así que accedí al duelo amistoso. Sir Roben tomó su espada y yo la mía. El encuentro fue más largo comparado con el de Thomas, pero con los mismos resultados. Lo vencí al derribarle la espada. Sir Roben quedó asombrado. Para disimular la vergüenza, sacudió su vestimenta como si nada hubiese acontecido y, extendiéndome la mano, me dijo:

—Eres bueno, muchacho. Cuando quieras, te recomendaré para la guardia real.

Thomas y el herrero se quedaron boquiabiertos. Sir Roben se marchó con las espadas que había venido a buscar, pero mientras se alejaba, se volteó varias veces a observarme. Cuando se marchó, el herrero se acercó a mí y me dio un coscorrón. Lo miré sorprendida.

—¡Eres muy presumido, Eliot de Austin! ¡Qué vergüenza acabo de pasar!

—¿Por qué, señor Marcus? —pregunté sorprendida.

—¡Él es un caballero importante en la corte del rey! Haberlo humillado de tal manera...

Yo no entendía. Pensaba que estaría orgulloso de mí y de mi buen manejo de la espada, pero por lo visto hacer quedar bien a un noble era más importante. Thomas comenzó a reírse.

—Solo por eso deberías despedirlo, papá —dijo cruzándose de brazos.

Pero el señor Marcus se enojó aún más y tomó por la oreja a su hijo regañándolo mientras lo conducía al establo.

—¡Y tú! Sabías lo que estabas provocando. Conoces cómo es Sir Roben de orgulloso. Te has aprovechado de la ignorancia de Eliot y has querido tenderle una trampa. Pero no te has salido con la tuya, harás las tareas de limpieza en el establo.

—¡Pero, padre, esa tarea es de Eliot!

—Y mientras acarreas el estiércol del caballo, pensarás el por qué ahora la haces tú.

Thomas estaba molesto y me fulminó con la mirada, lo cual no me incomodó para nada. Le respondí sacando la lengua, claro, sin que su padre me viera. Esa tarde, mientras Thomas hacía la tarea de castigo, me acerqué a él.

—¿A qué vienes? ¿A burlarte? —dijo Thomas aún molesto.

Tomé una pala y comencé a ayudarlo. Thomas se quedó sorprendido.

—No quiero tomar tu lugar frente a tu padre. Aunque seas un mocoso, te respeto —le dije con sinceridad.

Seguimos en silencio apaleando el excremento. Al cabo de unos días, mientras dormía en el establo, me desperté con la sensación de que alguien estaba ahí conmigo. Cuando me percaté de que me apuntaba con una espada, actué rápidamente y desarmé al intruso.

—¿Qué estás haciendo aquí, Thomas?

—Le diré a mi padre toda la verdad sobre ti. Sería mejor si tú misma recogieras tus cosas y te marcharas.

—¿De qué estás hablando?

—Sé todo de ti, Elizabeth.

No pude disimular mi sorpresa. ¿Cómo era posible que hubiera descubierto quién era? Pero aun así no estaba dispuesta a revelarme tan fácilmente.

—¿De qué rayos hablas?

—Leí una de tus cartas a tu hermana, o más bien diría a tu amiga Emily.

—¿Y cómo sabes que esa Elizabeth soy yo?

El Escudero del rey

—Yo... Bueno... según lo que vi cuando te bañabas en el río, no eres un hombre.

El pequeño se me acercó desafiante. Antes de que pudiera reaccionar le di un bofetón que lo lanzó al suelo. El chico se me quedó mirando con odio mientras se acariciaba la mejilla. Me le acerqué y le extendí la mano para ayudarlo a levantar. No podía permitir que se enojara conmigo y me descubriera ante su padre. Al ponerse de pie, tuve que tragar mi orgullo para elevar su dignidad, así que me puse de rodillas frente a él.

—Por favor, no le digas nada a tu padre. Si has leído mis cartas, sabrás la razón por la que me he forzado a trabajar como hombre. Pensé que había perdido esta pequeña batalla por descuidarme en el río. Mirándolo fijamente proseguí:

—He jurado lealtad a mi tierra y jamás traicionaría la mano que me alimenta. Sabes que hablo con la verdad. Dime qué quieres que haga, pero no descubras mi identidad porque no podré conseguir trabajo en ningún lugar. Yo...

—Si me enseñas a usar la espada como tú lo haces, consideraré tu deuda saldada —dijo el pequeño extendiendo su mano hacia mí.

Mi incredulidad por lo exigido me obligó a mirarlo. Thomas continuó:

—Sé que lo haces por tu madre. Ojalá yo tuviese la mía viva —dijo tomando mi mano y estrechándola en son de pacto—. Dejaré pasar lo de la bofetada por entender que eres una chica, pero una segunda y te denunciaré. ¿Entendido?

En ese momento concretamos el acuerdo. Le enseñaría a usar diestramente la espada y él guardaría mi secreto. Más que un acuerdo, fue el comienzo de una amistad. El tiempo transcurrió y Thomas y yo parecíamos hermanos. Practicábamos y apaleábamos juntos el estiércol. Nos protegíamos uno al otro para evitar los regaños del herrero. Un día, al acabar mi tarea, el herrero me haló de la camisa y me dijo:

—Ven, Eliot, llevas tiempo trabajando para mí y no te he invitado un trago a la cantina.

—Yo no bebo, señor.

—¡Pamplinas! Ya no eres un mozalbete y estás en edad para darte un buen tarro de cerveza.

El herrero tenía razón, ya era mayor de edad y hubiese sido muy raro que no me le uniera en la taberna. Así que el señor Marcus me arrastró a la taberna del viejo William, un lugar sucio, ruidoso y abarrotado de otros aldeanos casi todos borrachos que se tambaleaban e intentaban cantar viejas melodías. Mientras en una esquina dos o tres músicos tocaban canciones populares, tres o cuatro mujeres de distintas edades servían las bebidas, se reían y coqueteaban con los comensales. Marcus se acomodó en una de las mesas y me haló por el brazo hasta hacerme sentar a su lado. Una mujer de aspecto desaliñado se acercó y poniéndole la mano en su hombro, le dijo:

—¿Este es tu hijo, Marcus? ¡Qué grande está!

—No es mi hijo, es mi aprendiz —dijo Marcus que ya había comenzado a beber.

Me sirvieron un tarro de cerveza. Yo miraba al viejo Marcus tomar uno tras otro hasta que puso su mano en mi cuello y, mascullando las palabras, le oí decir.

—Bebe, muchacho. ¿Qué estás esperando, que Martha te la ponga en la boca?

Al ver que una de las mujeres se acercó y se sentó en mi falda, casi le grito. «No, gracias. Yo puedo solo». Pero al primer sorbo, escupí el contenido. El sabor rancio de las raíces me dio asco y ganas de vomitar. Entre las risas de la mesera y de Marcus, vi dos hombres sentarse en la mesa contigua. Lucían extraños, como si no hubiesen venido a beber como los demás. Disimulando, como si me estuviera yendo de lado por el efecto del alcohol, escuché sigilosamente su conversación. Esperaban por alguien que les daría una orden. Me pareció que no tenían buenas intenciones. Uno de ellos señaló a la esquina de la taberna, donde estaba sentado un hombre encapuchado. Los hombres se levantaron y fueron a sentarse junto a él. Seguí observando de lejos y, luego de un rato, los dos hombres salieron con el sujeto. De pronto sentí el tiempo detenerse. Pude divisar que el hombre de la capucha llevaba un collar muy parecido al de mi padre. No, no era parecido. ¡Era la estrella de plata que mi padre le había obsequiado a Peter! El asesino de mi hermano se levantaba lentamente de su silla. Se me estaba escapando sin que pudiera atacarlo.

Instintivamente, me levanté con la intención de seguirlo, pero el herrero —ya ebrio y sin poder sostenerse—, me detuvo hablando incoherencias. Vi al asesino cruzar la puerta y desaparecer ante mis ojos. Cuando el herrero quiso ponerse de pie, ya estaba tan ebrio que se desmayó y cayó de bruces al suelo. Aproveché la oportunidad para correr tras el hombre encapuchado. Crucé la puerta de la taberna y miré en todas direcciones. No logré ver a nadie, pero escuchaba el galope de los caballos en dirección al bosque. Tenían que ser ellos. En ese momento, llegó Thomas acompañado de Emily a buscarme. Había supuesto que el herrero estaría en la cantina. Thomas comenzó a decirme algo, pero no presté atención, pues mi meta en ese instante era seguir el galope de esos caballos. Thomas y Emily me siguieron. Corrí con todas mis fuerzas hasta encontrarnos con dos hombres tirados en el camino. Al acercarme, Thomas reconoció a uno de ellos. Eran soldados del rey y estaban gravemente heridos. Al aproximarme, uno de ellos trató de decirnos algo. Aquellos maleantes planeaban tenderle una emboscada al rey, quien regresaba lastimado del campo de batalla escoltado al castillo por un puñado de soldados. Los guardias heridos se suponía que se encontraran con el príncipe y el rey para unirse a su escolta. Sin embargo, los bandidos robaron sus vestiduras para tomar su lugar. Uno de ellos expiró su último aliento en mis brazos.

—¿Qué está pasando? —dijo asustada Emily.

—Esto es obra del asesino de mi hermano y ahora planean matar al rey. No lo voy a permitir.

No puedo describir con claridad el sentimiento que me invadió. Por mis venas corría una mezcla de ira, miedo y desesperación. Solo recuerdo que saqué mi espada, que llevaba oculta debajo de mi túnica y corrí.

—¿Qué le sucede? —preguntó Thomas a Emily.

—Algo muy terrible. Nunca había visto esa mirada en sus ojos.

—Entonces significa que habrá acción —dijo Thomas entusiasmado.

—Vamos, Thomas, tenemos que detenerla antes de que cometa una locura.

El rey venía montado en su corcel un poco ladeado al parecer por la herida sufrida en batalla. Su hijo cabalgaba a su lado, con su mano sobre el hombro de su padre, como para ayudarle a sostenerse sobre la silla. Otro caballero avanzaba al otro lado del rey, por si perdía el equilibrio en dirección opuesta. Un puñado de soldados les seguía de cerca. No se trataba de una caravana real que llamase la atención, lo que me hizo pensar que la información de la llegada del monarca era secreta y, de algún modo, la información se había filtrado.

Los impostores aguardaban en un recodo oscuro en el camino que bordeaba el bosque. Me subí sigilosamente a un árbol para poder observarlos desde un lugar cercano. Al encontrarse de frente, los tres impostores hicieron las reverencias protocolares. El rey respondió con la cabeza a la veneración, aunque en su cara se notaba el dolor que sentía por la herida. Uno de los farsantes se colocó en la delantera del grupo como para guiarles en el camino y los otros dos se ubicaron en la retaguardia. En el momento en que la comitiva recomenzó la marcha, justo cuando me disponía a bajar del árbol para seguirles, el soldado que había tomado la delantera sacó su espada y se la incrustó en el hombro, más arriba del peto al soldado que iba al lado del rey. El príncipe sacó su espada y arremetió contra el atacante, mientras que el otro —aún herido— también acometió contra el asesino para salvaguardar la vida del rey. Yo no resistí más. Me arrojé desde el árbol gritando como un demente sobre el malhechor que intentaba enterrarle su espada al rey, derribándolo de su caballo.

El Escudero del rey

El príncipe, que era muy diestro, al ver al atacante derribado se viró para hacerle frente a los otros dos asesinos. Con una mano batallaba con su espada y con la otra protegía a su padre con el escudo. En ese momento, Thomas, le lanzó una piedra a uno de los impostores que le dio justo en la cabeza, tumbándolo de su caballo. Los otros soldados atacaron con sus lanzas a los dos impostores de la retaguardia atravesándolos por el costado y la espalda donde no los protegía la armadura.

Al frente de la comitiva, yo seguía luchando con el primer asesino. Perdí la razón. Estaba segura que aquellos impostores eran los asesinos de mi hermano y que entre ellos se encontraba quien poseía la estrella de plata. La sed de venganza me cegaba. El supuesto soldado se levantó como un resorte y se abalanzó hacia mí con singular fiereza. Era un adversario formidable y en varias ocasiones estuvo a punto de enterrarme la punta de su espada. Yo era mucho más joven y ágil que él y esquivaba sus estocadas y dándole certeros cortes en los brazos y las piernas. Cuando comenzó a flaquear por la pérdida de sangre y las heridas, arremetí como una fiera contra él hasta que le derribé la espada. Me abalancé sobre él con ferocidad. Cuando me disponía a dar mi estocada final, me detuve. De su cuello no colgaba ningún collar. Entonces, reaccioné ante lo que estaba a punto de hacer. Le iba a quitar la vida a alguien. El hombre aprovechó mi titubeo para recuperar su espada. Tanteó en el suelo hasta que logró agarrarla. Cuando reaccioné, ya era muy tarde. Sentí la punta de su espada entrar en mi costado. Esta vez sin vacilar le clavé mi hierro entre el cuello y el hombro. Retrocedí asustada. El hombre cayó de rodillas. Nunca olvidaré su mirada de desconcierto. No podía creer que había sido herido de muerte por un mozalbete. Entonces cayó de bruces sobre las piedras del camino. Caí sentada en el suelo viendo mi espada manchada con la sangre de aquel hombre que un minuto antes me había lucido como un guerrero gigante y poderoso. El príncipe se le acercó, lo agarró por la armadura, levantándolo y le gritó:

—¿Quién te ha enviado?

En lugar de contestar, el mercenario se le quedó mirando mientras sus ojos se cubrían de un velo grisáceo y se desplomó sin decir palabra. Yo estaba petrificada.

—¡No está muerto! —aseguró el príncipe.

Aún tirada en el suelo, lo vi agarrar al hombre por las piernas, atarlas con una soga de estopa y amarrarla de la silla de su caballo.

—No está muerto, solo se ha desmayado. Lo llevaremos al castillo para interrogarlo.

Yo miraba todo lo que sucedía como a través de una niebla y no emitía sonido alguno. La espada se me resbaló de las manos y comencé a temblar. Había practicado durante muchos años. Había jugado a caballeros y dragones. Había simulado duelos, pero nunca había herido a alguien. Me recorrió una sensación de pánico por todo el cuerpo. Recordé las heridas de espada en los cuerpos de mi hermano y de mi padre, y las expresiones de dolor en sus caras cuando mi madre los curaba.

Después de amarrar bien al hombre, cerciorándose de que no pudiera escapar, el príncipe de Clendor se paró frente a mí.

—Tus manos tiemblan. Es la primera vez que hieres a alguien. ¿Cierto, muchacho?

Me le quedé mirando sin saber qué responder.

—Siempre es así la primera vez, pero estamos en guerra y debes acostumbrarte a esto.

Yo seguía paralizada sintiendo que mis manos aún temblaban. Luego escuché al hombre parado frente a mí silbar para llamar mi atención. Lo miré aún con mi vista perdida.

—¿Cómo te llamas? —preguntó el príncipe.

—E.... Eliz...

—Eliot, su majestad, Eliot de Austin —respondió Thomas antes de que yo revelara mi verdadero nombre.

Al oír la voz de Thomas, reaccioné de inmediato.

—Gusto en conocerte, Eliot de Austin. Soy David, príncipe de Clendor –luego se dirigió a Thomas, que se paró a mi lado—. Y tú, valiente muchachito, ¿cómo te llamas?

—Thomas de Martis, su majestad —dijo Thomas haciendo una reverencia y dándome un leve golpe con el pie.

Entonces entendí que estábamos ante el príncipe de Clendor y me incliné en reverencia a pesar del dolor por la herida recibida.

—Por favor, no es necesario que te inclines aquí. Dejemos los protocolos en el castillo —dijo el príncipe David de un modo modesto, pero el rey se acercó y le dijo a su hijo.

—Son súbditos del reino y saben cómo dirigirse a la familia real, sea aquí o en el castillo. Es bueno ver jóvenes y súbditos educados. Eres el príncipe y el futuro rey de Clendor. No lo olvides.

—Claro, padre.

—Tu valentía, muchacho, será recompensada. Me has salvado la vida —me dijo el rey.

—Ha sido un honor, su majestad —le contesté.

—¿La doncella que se esconde detrás del árbol los acompaña? —preguntó el príncipe al ver a Emily oculta tras un árbol. Thomas y yo nos volteamos a mirar. Muy lentamente, salió de su escondite y con una reverencia se presentó.

—Mi nombre es Emily, su majestad. Soy la hermana de Eliot.

—Y yo su mejor amigo —añadió Thomas sonriendo.

El rey la saludó con una sonrisa y luego se dirigió a mí.

—Eliot de Austin...

—Sí, su majestad.

—Acompáñanos al castillo.

Mis ojos se sobresaltaron ante la orden del rey. Al príncipe se le escapó una leve risa y me dijo:

—Tus destrezas nos serán útiles en el camino. Si nos volvieran a atacar...

—Será un honor, su majestad.

El príncipe notó que mis vestiduras estaban ensangrentadas y no era la sangre del bandido a quien herí, sino la que provenía de mi costado.

—¡Estás herido! Tendremos que curarte antes de continuar el viaje.

Puse una mirada de terror, no quería ser curada y menos por él. Noté que se acercaba con la cantimplora en mano.

—Es solo un rasguño. En verdad, casi ni la siento —dije retrocediendo.

—¿No le tendrás miedo a un poco de licor en esa herida? La mirada del heredero de Clendor se tornó burlona mientras destapaba la cantimplora. Emily tuvo el atrevimiento de correr hacia el príncipe y tomarla de su mano. Le dijo humildemente:

—Si su majestad me permite, yo preferiría atender sus heridas, mi señor. Mi hermano, como ve, es algo tímido y siempre he sido yo quien le ha curado.

—Solo vierte el licor y véndalo. En el castillo se le dará mayor atención. Tenemos que avanzar para que traten a mi padre —respondió el príncipe.

El rey accedió. Nos escondimos detrás de un árbol y de inmediato Emily comenzó a tratar mi herida.

—Gracias —le dije muy por lo bajo a mi mejor amiga, mientras el príncipe y el resto de los soldados regresaron a sus caballos.

—Estás loca, ¿lo sabías? ¿Qué le diría a tu madre si te matan? Volverás a nuestra casa en este instante.

—¡No! No puedo rechazar la invitación del rey. Es una gran oportunidad.

—Los hombres que querías muertos ya lo están. Tu venganza ya se completó —dijo enojada cuando vertía el licor sobre la herida. Apreté los dientes para evitar gemir de dolor. Mis ojos se humedecieron, pero no derramé ni una sola lágrima.

—Ninguno de ellos tenía la estrella de plata. Por lo que he visto, hay alguien más detrás de todo esto que quiere ver muerto al rey. Quien quiera que sea está relacionado con la muerte de mi hermano y no voy a rendirme ahora. Además, si logro gracia ante los ojos del rey, podría pedir ayuda para mi madre.

Regresamos donde el rey y el príncipe nos aguardaban.

Monté uno de los caballos de los bandidos. Tan pronto todo estuvo listo y, antes de partir, el príncipe les dijo a Emily y Thomas:

—¿Todo en orden? ¿Su herida fue grave?

—Solo fue un rasguño su majestad. Ya está atendido —dijo Emily y yo lo reafirmé con la cabeza.

—Bien. Alisten sus cosas y llévenlas al castillo. Mi padre, el rey, quiere que Eliot sea uno de nuestros escuderos. Vivirá bajo la protección de la familia real.

No podía creer el honor que me concedían. ¡Vivir en el castillo! ¡Ser escudero del rey!

—Pero, ¿qué pasará con mi padre? Eliot trabaja para él —dijo Thomas.

—El herrero Marcus, ¿cierto? Siempre ha sido un fiel suplidor de armamentos. Vayan al castillo donde los recibiré —dijo el rey—. ¿Algo más que desees pedir, muchacho?

—Mi madre... —dije suplicante—. Su majestad, mi madre es ciega y está enferma. Yo estoy a su cuidado con Emily, sin mí...

—No se diga más. Que lleguen al castillo, también serán recibidas.

—Padre... —dijo el príncipe David—. El tiempo amerita y es menester que avancemos al castillo.

Seguí detrás de los soldados del rey. Emily y Thomas corrieron de vuelta a sus respectivas casas. Emily tendría que explicarles a sus padres que se irían al castillo del rey a cuidar de mi madre. Thomas le contaría a su padre la aventura para luego decirle que también se mudarían al castillo, para seguir supliendo espadas al rey. Comenzaba una nueva y totalmente inesperada etapa en mi vida. Por momentos sentía pavor de que me fueran a descubrir, para inmediatamente tener que contenerme para no reír como una estúpida pues no podía creer mi buena fortuna. Eliot de Austin, escudero de Amatur, rey de Clendor. Si mi padre y mi hermano vieran esto, cuán orgullosos estarían de mí.

La familia real

~

A medida que nos fuimos acercando a nuestro destino, aun desde lejos, el castillo lucía imponente. Nunca había visto uno, pues nunca había salido de la comarca pero todo lo que me habían contado no lograba describir su grandeza. El castillo descansaba majestuoso en la cima de una montaña, al borde de un acantilado. Sus enormes y macizas puertas de cedro de las montañas de Clendor abrían hacia el norte. Por el este y el oeste, había pequeños lagos rodeados de jardines repletos de flores de todos los colores, algunas de tonalidades en rojo, anaranjado y amarillo que nunca había visto en mi vida. Hacia el sur, el espectacular acantilado separaba el castillo de una amplia estepa. Allí pastaban animales de todo tipo, peludos toros, enormes caballos percherones y abultadas ovejas de lanas blancas y negras, que un perro pastor mantenía alejadas del bosque. También había un lago donde las bestias bebían. Cuando llegamos observé que a las tierras frente al castillo lo resguardaba un impresionante foso ancho y profundo. Solo se podía cruzar por un enorme puente que cuando se subía tapaba las puertas de entrada. Al construirlo, para impedir invasiones, los ingenieros tuvieron la visión de convertir el puente en un refuerzo a las puertas de entrada.

En cada una de las torres, las gárgolas parecían centinelas, con rostros feroces como furiosas fieras. Impresionantes colosos en posición de guardia hacia cada punto cardinal, listas para defender el castillo. Tan pronto llegamos la enorme puerta se abrió de par en par. Al cruzar por ella, en un gran patio interior, quedé deslumbrada por un un inmenso jardín. Justo en el medio del enorme terraplén, se elevaba la estatua de un caballero. Su armadura de bronce relucía con los rayos del sol y su enorme espada colgaba desde la silla casi hasta tocar el piso. Los estandartes del reino de Clendor flotaban en una tenue brisa en las columnas de mármol que se enfilaba hasta la puerta del salón real. El escudo de Clendor mostraba la corona real y bajo ellas dos caballos parados sobre sus patas traseras, uno blanco y uno negro. Mi padre me había descrito el escudo de armas de nuestro reino en sus narrativas. «El caballo negro representa la noche; el caballo blanco, el día. La sabiduría oculta y la luz de la resurrección. Ambos simbolizan la nobleza, el valor y la libertad. Estas virtudes están amparadas bajo la sombra de la corona que representa la familia real; símbolos de un reino digno en nobleza y lealtad».

Los guardias abrieron las puertas y de inmediato salió un hombre vestido con indumentaria de la realeza a recibirnos.

—¡David, tío, qué bueno recibirlos ya en casa! —dijo.

Su nombre era Carlo, el sobrino del rey. Había quedado a cargo del castillo mientras el soberano y su hijo combatían en el frente de guerra. Su apariencia no era tan impresionante como la de su primo David. Carlo era muy delgado, con una diminuta barba que se asemejaba a la de un chivo. Su escasa cabellera negra le llegaba hasta los hombros y sus ojos, a pesar de ser de un brillante color zafiro, eran opacados por sus profundas ojeras negras. Si lo hubiera visto sin ropas reales, claro está, me habría reído de su desgarbado aspecto. Sin embargo, al observarlo cuidadosamente, su mirada me pareció esquiva, como de quien oculta un secreto. En cambio, su primo David era fornido, galante no tan solo en su porte, sino también en el arte de la buena conversación. ¡Ah! Y sobre todo muy inteligente y sagaz. Su cabellera castaña le pasaba de los hombros. Una sombra de barba se asomaba a sus mejillas, lo cual realzaba su carácter. Sus ojos color miel, aunque fieros en medio del combate, lucían dulces y amigables. Era de suponer que derretían a las doncellas de servicio cada vez que se acercaban para atenderlo y así lo comprobé más tarde.

Por su parte, el rey era todo un caballero. Era un hombre

culto, muy interesado en el bienestar de su pueblo y apuesto, aunque su barba la llevaba desaliñada, no como me imaginaba la barba de un rey. En su mirada se reflejaba la ternura de un padre amoroso, pero a su vez la firmeza de un gran líder. Al momento de la batalla, no solo daba las órdenes sino que siempre era el primero en comandar desde el frente. El rey era un ejemplo de dignidad, valor y lealtad para sus súbditos. Hacía años que había quedado viudo. La reina Milena había muerto por una terrible enfermedad de tos sangrienta y fiebres altas. Nunca volvió a casarse, a pesar de que las doncellas habrían hecho fila para convertirse en su futura esposa. Amatur siempre tenía vivo el recuerdo de su amada reina.

Durante diez años Amatur crió a sus dos hijos sin la presencia y guía de la reina. Los convirtió en hombres de bien. Quedó también a cargo de su sobrino Carlo cuando su padre, el hermano mayor que nunca llegó a ser rey, murió. Cuentan que el padre de Carlo padecía de gula y un día, mientras comía una enorme pierna de carnero, se ahogó. Pienso que es una manera deshonrosa de morir, pero a veces así es la vida, o la muerte. La madre de Carlo, Lady Camila, vivía en el castillo junto con él. Camila era una mujer dulce, compasiva en el trato con familiares y extraños por igual. Sus ojos, a diferencia de los de su hijo Carlo, tenían una mirada cálida que provocaba la confianza de querer contarle todo, hasta los secretos más guardados. Lucía una hermosa cabellera plateada que completaba su semblante maternal. Luego de haberla conocido, entendí la importancia del papel que había jugado en la vida de los príncipes.

Tan pronto entramos, los pajes se hicieron cargo de los caballos y entramos en un gran salón donde esperaba una comitiva de la corte. Caballeros y damas se acercaron al rey para asegurarse de que sus heridas no eran graves y pedirle que les contara el ataque y su triunfo sobre los forajidos. De inmediato, Carlo le indicó a su madre que preparara un banquete. Dos pajes acompañaron al rey al salón del médico de palacio para que le curara las heridas. David y el rey, me miraron como esperando que yo

El Escudero del rey

los acompañara, pues también tenía heridas de cuidado. Y, siendo yo quien le había salvado la vida, le acompañé. Para mis adentros, iba pensando en cómo librarme del examen del médico pues seguramente me pediría que me quitara el camisón y la venda que me había puesto mi amiga Emily. En el salón real solo quedaron Carlo y David.

—Ese joven que vino con ustedes, ¿quién es? —preguntó Carlo.

—Es el nuevo escudero de mi padre. Trataron de atacarnos en el bosque, y ese jovencito nos ayudó a salvar la vida de nuestro rey.

—¡Vaya! ¡Qué oportuno! —dijo Carlo mostrando un suspicaz interés.

—Esta guerra va a ser terrible, Carlo. Los mólocs son muchos y se han infiltrado por todo el reino. A duras penas podremos defender nuestro territorio.

—No te preocupes, primo. Todos los habitantes de Clendor han sido reclutados y entrenados para defendernos.

—Aun así va a ser difícil, Carlo. Ya llevamos años batallando y no veo que estemos más cerca del final.

—Y seguiremos resistiendo. Pero, por ahora, solo preocúpate por que el rey se encuentre recuperado y en salud. Vamos, primo, ve a prepararte para el banquete de bienvenida —dijo Carlo dándole una palmada en la espalda a David.

—¿Dónde está mi hermano?

—Aún insiste en prepararse para ir a la guerra con ustedes. Se encuentra practicando en los jardines.

Mientras el médico curaba al rey, yo me aguantaba las ganas de vomitar. La herida de su pierna ya no sangraba, pero se podía ver la carne expuesta hasta el hueso. De repente, la puerta se abrió y entró Carlo con otro hombre. El sujeto que acompañaba al príncipe tenía una apariencia extraña. Usaba un turbante blanco y una túnica color marrón y gris que llegaba hasta el suelo. Lucía la barba y el bigote puntiagudos color azabache sobre su piel pálida. Sus ojos eran negros como la noche y llevaba muchos amuletos en el cuello y dedos. Tenía un arete de oro colgando de su oreja izquierda. El príncipe Carlo me miró como si fuese inoportuna mi presencia. El rey se percató de la situación y me dijo prestamente:

—Eliot, ve y busca a David. Dile que yo te envié para que te muestre tus habitaciones.

—Sí, su majestad —saludé con cortesía y me retiré.

Me sentí aliviada que me echaran del salón, así evitaría que revisaran mi herida. Ya había dicho que mi hermana me había curado, pero no fui muy convincente. Mientras me dirigía a la puerta de salida, pude oír al príncipe dirigiéndose al rey.

—Tío, quisiera presentarte a Melquiades. Es mi consejero.

—¿Ahora tienes consejero? —preguntó el rey con un tono sarcástico.

—Contigo en el campo de batalla, necesitaba consejo sabio de alguien que te fuese fiel. Melquiades conoce las artes de la curación. Te sanará esa herida en poco tiempo.

—¿Es médico, mago o consejero? —añadió Amatur con igual tono.

—Además de médico es mago, por eso puede detectar los males que se extienden más allá de los cuerpos.

—A ver, mago, ¿qué puedes hacer con esa herida? —cuestionó el rey sin ocultar su suspicacia.

El hombre reverenció al rey y comenzó a remover los trapos y vendajes de las heridas del rey. De camino a los jardines me topé con el príncipe.

—¡Príncipe David!

David detuvo su marcha y esperó a que me acercara.

—Eliot, ¿verdad? Dime, ¿qué se te ofrece?

—Su majestad me ordenó buscarlo. Dijo que le pidiera a su paje que me mostrara dónde me quedaría.

—Primero debo encontrar a mi hermano. Debe saber que mi padre ha regresado. Ven, luego te mostraremos el castillo.

—Gracias, señor mío.

—No hace falta que me hagas todas esas reverencias.

—Sí, mi señ... —ambos reímos con mi confusión.

Nos dirigimos hacia la parte oeste del castillo. Al costado del camino había un pequeño lago, rodeado de un enorme jardín con sauces llorones, estatuas de mármol blanco y arbustos de rosas en flor. David miraba a todos lados buscando a su hermano. Pisó una rama y una tabla saltó súbitamente del suelo. Nos sorprendió por un momento, pero no nos logró golpear. De pronto, sentí que algo se movió entre los árboles y vi una flecha que se acercaba. Mis reflejos fueron muy buenos y, aun cuando el príncipe se había dado cuenta, logré derribarlo al suelo. La flecha se incrustó en la tabla que había quedado parada frente a nosotros. De inmediato dos guardias que se hallaban a ambos costados del jardín corrieron hacia los arbustos espadas en mano. David se me quedó mirando y mientras se levantaba del piso me dijo:

—Buenos reflejos, joven Eliot. Ya son dos las deudas que tengo contigo.

—Usted no me debe nada, señor.

—Primero mi padre y ahora mi vida. Sí, estoy en deuda —dijo mirándome fijamente.

De entre los sauces llorones un joven salió corriendo con un arco en las manos mientras se quitaba un pañuelo que le cubría los ojos y le entregaba el arco a otro joven que estaba con él. Los dos guardias que corrían hacia él se detuvieron al verlo e hicieron una reverencia. Luego se quedaron mirando a David esperando instrucciones.

—¡David, lo siento! ¿Cuándo has llegado? ¿Te he lastimado? Te interpusiste entre mi blanco y yo. Tenía los ojos vendados —dijo el joven.

La primera vez que lo vi, su rostro me resultó familiar. El joven príncipe se parecía a su hermano David, excepto que no era tan musculoso y su cabello lo llevaba corto y pegado al cuello. No fue hasta que se acercó que me di cuenta de que ese muchacho de ojos color café era el mismo Sir Roben, con quien había tenido un duelo de espadas amistoso en el que resulté triunfante.

—Ya veo. Practicas tiro al blanco con los ojos vendados —dijo

David haciéndole un gesto con la cabeza a los guardias para que regresaran a sus puestos.

—Me dejaba llevar por el sonido y tú hiciste ruido cuando activaste mi blanco —dijo Roben intentando sacar la flecha de la tabla.

—Bueno, la próxima vez, procura poner un letrero de advertencia cuando hagas tus prácticas mortales en el jardín —dijo David dándole un abrazo a su hermano. Al separarse, Roben notó mi presencia. David se percató y comenzó a presentarme.

—Roben, este muchacho se llama...
—Eliot de Austin —dijo Roben interrumpiendo a su hermano.

—¿Ya se conocían? —reaccionó sorprendido David.
—Tiene pendiente conmigo un duelo de espadas —dijo mientras miraba a su hermano—. Amistoso, claro está.

—Estoy a su servicio, príncipe Roben –dije con una sonrisa y haciendo una reverencia.

—¿Y qué te ha traído a palacio, Eliot de Austin? —me preguntó el príncipe con cierta suspicacia.

—Su majestad me ha invitado a palacio —le contesté.
—Nuestro padre lo ha nombrado su escudero —me corrigió David.

—¡Vaya! Eso es inesperado. Entonces nos seguiremos viendo. Si me disculpan, iré a ver a mi padre y a darle la bienvenida —dijo Roben al marcharse, pero noté un tono frío en su voz.

Mientras Roben se retiraba, se viraba hacia atrás y miraba en mi dirección. El príncipe David frunció el ceño con curiosidad y me preguntó:

—¿Cómo se conocieron?
—Sir Roben... el príncipe Roben fue al taller del herrero Marcus, donde yo trabajaba, y sostuvimos un duelo amistoso de espadas.

—¿Y le ganaste, de seguro? ¡Aaah! Eso lo explica. Roben nunca ha sido un buen perdedor. No estará tranquilo hasta que vuelvan a luchar. Eso te lo puedo asegurar. Ven, te mostraré el castillo antes de que comience el banquete.

A pesar de que me mantuve serena todo el tiempo, me sorprendió ver a Roben y descubrir que era el hijo menor del rey. ¡Pensaba que se veía muy extraño para ser caballero! En primer lugar, no me pude explicar por qué decidió ocultar que era hijo del rey. Aunque si lo pensaba bien podía concluir que manteniéndose incognito corría menos peligro. En segundo lugar, no podía entender cómo siendo hijo del rey, con todos los recursos de palacio, no era mejor con la espada. Pero de algo sí estaba segura. Por lo que vi en sus ojos, ese duelo no se haría esperar.

Esa noche se llevó a cabo el banquete en honor al rey. Todos celebraban que su majestad hubiese sobrevivido el ataque y que se estaba recuperando antes de lo previsto gracias a la atención de Melquiades. El rey tenía que apoyarse en un bastón y apenas podía caminar, pero era demasiado testarudo para permitir que le ayudaran. No puedo negar que admiré esa cualidad en él.

El paje del príncipe me prestó unas ropas para asistir al festejo. Nunca unos tejidos tan suaves me habían rozado la piel. Me sentí como una princesa aunque las ropas fueran de hombre. Por alguna razón, no me sentía extraña con aquella elegancia. Era como si hubiese intuido que yo pertenecía a este mundo. Emily me habría abrazado de alegría.

El salón era inmenso. La vieja cabaña donde vivía con mi madre, mi padre y mis hermanos hubiese cabido varias veces adentro sin tocar las paredes. El rey estaba sentado a la cabecera de una larga mesa donde docenas de comensales conversaban y admiraban los platos con faisanes y codornices, piernas de cordero y lomos de carneros, y enormes platos repletos de calabazas y legumbres, frutas y panes de todos colores y tamaños. Yo estaba parada casi tras el rey y al costado de David. Ni en mis más remotas fantasías me imaginé cuán suntuosa podía ser la mesa de un rey y de sus nobles, caballeros, damas y visitantes de otros castillos y comarcas. A mi lado una hermosa joven doncella miraba a David con admiración y a mí con un poco de fastidio pues seguramente hubiera preferido haber estado sola a su lado. De pronto se oyó un tintineo de metal sobre cristal. Se hizo un gran silencio cuando Carlo comenzó a hablar.

—Brindo por el regreso de mi tío Amatur y por mi primo David —dijo alzando su copa.

Los presentes respondieron alzando sus copas y dando vítores al rey. Yo me encontraba tras mi señor y no sabía cómo actuar o qué decir. Solo esperaba a lo que el rey me pidiese. Me sentía más como un sirviente que otra cosa, hasta que David habló.

—Brindo por mi padre y por quien me ayudó a salvarlo, Eliot de Austin.

Todos se miraron entre sí y se preguntaban quién era Eliot de Austin. Entonces el rey, me presentó ante su corte y todos los presentes.

—El joven Eliot de Austin, demostró gran valor y coraje al enfrentarse a los bandidos que se atrevieron a atacarnos cerca de su aldea. ¡Mi agradecimiento, valiente Eliot! —dijo el rey y levantó su copa y me hizo un gesto con ella delante de toda la corte.

—¡Bravo, Eliot de Austin! ¡Dios te salve! ¡Salud, joven valiente! —decían unos y otros a mi alrededor. Yo levanté mi copa en respuesta al saludo pero no me atreví ni a tomar un sorbo.

—Además, me salvó esta tarde de ser presa de una de las flechas perdidas de Roben —continuó David.

Se suscitó un murmullo en todo el recinto. Roben, quien evidentemente se sintió incómodo, no se quedó callado.

—¡No era una flecha perdida! Padre, practicaba cuando David activó uno de mis blancos y se interpuso entre el tablón y yo.

—En ese caso, hijo, dada tu habilidad con el arco, este mozo —refiriéndose a mí—, lo libró de la muerte —dijo el rey riéndose. Todos rieron con él.

Luego me llamó a sentarme a la mesa, algo totalmente inesperado para mí ya que yo era un simple escudero. La molestia de Roben se podía ver en sus ojos. Luego del banquete, en el que apenas probé bocado, me subí a una de las torres del castillo.

Examinaba las impresionantes gárgolas cuando sentí que a mis espaldas alguien se acercaba.

—Buenas noches, su majestad —dije con cortesía.

—Nadie me gana con el arco —dijo Roben mirando al firmamento con sus manos cruzadas tras la espalda. Luego me miró desafiante y continuó—. He mejorado mucho con la espada y también seré el mejor.

—No me cabe la menor duda, señor.

—Claro que no. Al amanecer será nuestro duelo, Eliot de Austin. No me avergonzarás en mi propio hogar y frente a mi corte. Lo juro. Un príncipe siempre es fiel a su palabra.

No dijo nada más y se marchó. Me quedé mirando hacia el horizonte en dirección a Austin. ¿Cómo estaría mi madre? ¿Emily la estaría cuidando? ¿Qué le habría contado para que se sintiera orgullosa de mí pero no temiera por mi suerte? Mi suerte... ¿Cuál sería mi suerte al enfrentarme al hijo del rey que evidentemente me odiaba por haberlo vencido? ¿Qué podía yo hacer? ¿Vencerlo y volver a humillarlo? ¿Dejarme vencer y perder el aprecio del rey y del príncipe? Me regresé al aposento que me había enseñado el paje del príncipe por la tarde. Apenas noté que la cama tenía un colchón de plumas y que era blanda y suave, como nunca la había sentido en mi vida. Me quedé en vela toda la noche pensando en qué haría al enfrentarme al príncipe en la mañana.

Al día siguiente, apenas los primeros rayos del sol se asomaron por el horizonte, nos encontramos en la plaza. Poco a poco fueron llegando los espectadores, encabezados por el rey Amatur, el príncipe David y gran parte de la corte. David me había advertido la noche anterior que Roben era muy testarudo y que, cuando juraba algo, siempre lo cumplía. Yo soy igual de testaruda, pensé sin decir nada. Así que temí que no me dejaría vencer tan fácilmente. El príncipe Carlo sería nuestro mediador en el encuentro y contaría los puntos obtenidos.

—No quiero heridas. Por eso las espadas no tienen filo y se contarán los puntos de toque con la punta o el borde de la espada. Esto es un duelo con honor entre caballeros... bueno entre un escudero del rey y un caballero, que para todos los efectos es lo mismo —indicó Carlo.

Al dar la cuenta, nuestro duelo comenzó. Roben arremetió primero su ataque, el que esquivé fácilmente. Reconozco que Roben había mejorado desde nuestro encuentro anterior. Era mucho más fuerte que yo, eso debo admitirlo, pero al atacarme con toda su fuerza, yo siendo más ágil lograba esquivarlo y lo golpeaba lo suficiente para que contara para puntos. Esto lo enfurecía. El sol comenzó a escalar en el cielo y el calor a aumentar. Roben y yo seguíamos luchando sudorosos ya jadeando, pero cada cual demostrando sus destrezas. Comenzamos a dar muestras de cansancio, él más que yo, ya que era él quien siempre comenzaba el ataque y yo lo evadía, conservando las fuerzas que él malgastaba. Entonces el rey intervino y declaró un empate. «Si seguimos así, estaremos todo el día esperando a que uno de los dos gane o a que ambos caigan extenuados al suelo» dijo con una pícara sonrisa.

Ambos nos quedamos mirando el uno al otro. Pensé que Roben sabía que hubiera podido vencerlo. Nos estrechamos las manos, jadeando por la ardua lucha, pero con algún grado de insatisfacción. Lo cierto es que Roben cumplió su juramento. Demostró un buen dominio de la espada y evitó que lo derribara. Todos se acercaron a alabar al joven príncipe. La mayoría me ignoró como si yo fuera otra de las rocas del jardín. Nadie pareció percatarse de que no lo avergoncé en su propio hogar ni frente a su corte. Algunos pocos, incluyendo a los príncipes Carlo y David, se acercaron a felicitarme.

—Buena demostración, Eliot. Mis felicitaciones —dijo David.

—Tienes suerte de que Roben no sea tan bueno en el manejo de la espada como David. Su fuerte es el arco, pero debo decir que lo hiciste muy bien. Nos has impresionado —dijo Carlo.

—Muchas gracias, sus excelencias. Soy yo quien se siente honrado de haber podido luchar con el príncipe —dije mirando a Roben, quien estaba lo suficientemente cerca como para poder escucharme.

El Escudero del rey

Obviamente, debo aclarar que lo menos que deseaba era tener una rivalidad entre Roben y yo. Vivía en el castillo y le estaba muy agradecido a la familia real de que mi madre fuese a vivir conmigo. No podía permitir que por un enojo me echasen fuera. Pensaba yo en mi fortuna cuando en ese momento anunciaron la llegada del herrero Marcus, Thomas, Emily y mi madre. Presurosamente corrí a darles la bienvenida. David, muy gentilmente, nos asignó dos pajes y una doncella de la lavandería para que nos ayudara a conducir sus cosas a las habitaciones.

—Muchas gracias, su majestad. Ha sido usted muy amable en ayudarnos —dijo Emily a David.

—Señorita, es un honor tan grata compañía entre nosotros. Su hermano Eliot me ha contado que usted es muy buena en el arte de narrar historias —dijo el príncipe mirando con curiosidad a mi amiga.

—Mi hermano es un adulador, mi señor —dijo Emily lanzándome una mirada de simulada molestia—. Es cierto que me gusta narrar historias y fábulas. Así comparto con nuestra madre que, como ha podido ver, es ciega y está enferma, pero no soy tan buena.

—Entonces, me encantará escuchar alguna de esas historias y fábulas. Estoy seguro de que a mi padre también le gustaría escuchar una y juzgar por sí mismo. Creo que sería buena idea para disipar la tensión en estos tiempos de guerra.

Acompañé a mi madre y a Emily a una habitación que le prepararon para ambas en el ala de las damas en el castillo. Como se hallaba la doncella que les ayudó a acomodarse, no les comenté nada fuera de mi alegría de que estuvieran conmigo. Uno de los pajes acompañó a Marcus y a Thomas a un edificio al costado del castillo pero dentro de las murallas. En la parte de atrás se hallaba la fundición donde Marcus ahora sería herrero del rey. El tercer paje llevó al establo la mula de Marcus junto con el carretón en el que vinieron mi madre, Emily y Thomas. Cuando los pajes y la doncella se retiraron abracé a mi madre y ambas lloramos de alegría.

35

—Elizabeth, hija mía, en qué lío te has metido. ¿Qué va a suceder cuando descubran la verdad? ¿Qué será de todos nosotros cuando sus altezas sepan que les has engañado a todos? Nos lanzarán de vuelta al camino sin nadie que nos proteja.

—Madre, eso no va a suceder, confía en mí. Le he salvado la vida al rey, que es un hombre muy generoso y un caballero. Además, también le salvé la vida al príncipe David, quien se parece a su padre en muchas virtudes. Cuando sea propicio me descubriré yo misma. Soy leal al rey y a Clendor, cuando los convenza de eso, ellos entenderán.

—Me da mucho miedo, Elizabeth. Así ciega como estoy no puedo hacer nada por ti, no puedo tratar de defenderte, como no pude aquella tarde...

La abracé más fuertemente aún.

—Madre, por favor, no te angusties por lo que pasó. Me pudo haber sucedido buscando setas en el bosque. Yo te debí proteger a ti.

—Niña, pero qué dices, es el deber de los padres proteger a sus hijos.

—Y llega el momento en la vida en que nos toca a los hijos proteger a sus padres, sobre todo a quienes lo han dado todo por nosotros.

Comenzada a caer la tarde tras bañarme con agua calentada por primera vez en mi vida, me puse nuevamente las ropas de la cena de la noche anterior y bajé al salón real donde se encontraban el rey, los príncipes y Melquiades. Me le acerqué al rey a expresarle mi agradecimiento por su generosidad.

—Su majestad, le agradezco la bondad de acoger a mi madre y mi familia en el castillo bajo su protección.

—Salvaste mi vida, muchacho. Además, tuviste suerte de que el licor que tomé para soportar el dolor de la herida me pusiera tan generoso.

Todos comenzaron a reír con el rey. Yo no entendí en un inicio a lo que se refería hasta que repetí en mi mente las palabras del rey: «... me pusiera tan generoso». Entonces entendí que mi estadía en el castillo y la de mi familia posiblemente se la debían a su embriaguez. En ese instante, la algarabía fue interrumpida por uno de los soldados que llegaba con noticias de la guerra.

—Su majestad —dijo el soldado poniendo rodilla en tierra.

—Dime, ¿hay alguna novedad? —preguntó el rey frunciendo el ceño y poniéndose de pie.

—No, su majestad. Hemos esperado por la paloma mensajera, pero aún no ha llegado. Tememos que el campamento al norte del bosque haya sido atacado. Se ve humo en la distancia —informó el soldado.

—Hay que enviar hombres a investigar, ese campamento era uno de nuestros puestos de vigilancia más importantes —dijo David.

—Yo me ofrezco, su majestad —dijo uno de los caballeros presentes.

Carlo se acercó al rey y en voz baja le dijo:

—Tío, si me permites opinar, lo mejor será enviar pocos hombres para investigar qué ha pasado. Creo que el joven Roben podría ir. De esta manera podrá demostrarte que ya es digno de tu confianza.

—¿Roben? —reaccionó en voz alta el rey.

—¡Padre, yo puedo ir! Déjame demostrarte que estoy preparado —dijo el príncipe Roben, quien estaba cerca y al escuchar la sugerencia se inclinó frente a él.

—No eres un caballero ni un soldado. Eres el príncipe y mi hijo menor.

—Ya soy un hombre, padre. Tras estas murallas solo tendrás a un puñado de mozos que no estarán preparados para enfrentarse al enemigo. Déjame demostrarte que he completado mi entrenamiento.

—Padre, yo puedo ir para protegerlo —dijo David.

—¡No! Padre, ya estoy cansado de que me traten como a un niño. No deseo que David me acompañe. No todo el tiempo estaré a su cuidado. Debe estar aquí donde es necesario. Además,

¿no he demostrado hoy que tengo buenas capacidades para la batalla? —continuaba Roben para convencer a su padre.

—Tío, si le preocupa su seguridad, que lo acompañen mis soldados de confianza —dijo Carlo.

—¡No! —dijo enérgico el rey mirando de frente a su hijo—. Es cierto, te he tratado como a un niño. Te ruego que disculpes a este viejo que además de rey es padre y me preocupo. Tengo plena confianza en ti. Hoy has demostrado tus habilidades para el campo de batalla y sé que puedo contar contigo. Esta es mi decisión: Eliot de Austin te servirá de escudero y acompañante desde este momento.

—¿Qué? Padre... —Roben quiso protestar, pero el rey lo interrumpió.

—No deseas a alguien mayor que tú. Eliot es casi de tu edad, además de ser muy buen espadachín, casi tan bueno como tú. Además, goza de mi confianza.

—Pero, padre...

—Esta es la decisión del rey. Alistarán tus cosas para que partas en la tarde. Deben ser muy cautelosos. Van en misión de informantes, no de soldados. No permitan que los descubran.

—Sí, padre —dijo Roben ocultando su molestia y mirándome con la esquina del ojo para ver mi reacción.

—Confío en ustedes. Nuestro reino depende del éxito de su misión —no dijo más y se retiró.

Mi instinto me hizo seguir tras el rey, pero él se detuvo, volvió su cabeza, me miró con una mezcla de autoridad y depósito de confianza, y me dijo.

—Recuerda que ya no eres mi escudero. Servirás a Roben.

—Sí, su majestad —dije haciendo una reverencia.

No me quedó más remedio que obedecer. Roben se encontraba en las mismas circunstancias. A ninguno de los dos nos agradaba la compañía que nos había tocado. Miré a mí alrededor para ver las reacciones de los presentes. Quien único lucía satisfecho con la decisión era David. Así que tuve que resignarme a estar bajo las órdenes de aquel muchacho cuyo ego y altanería eran más grandes que su cabeza. En ese momento no podía entender el porqué de este súbito giro en el momento más emocionante de mi vida. Me habría de costar mucho sacrificio y esfuerzo entender que todo estaba siendo planeado estratégicamente por el destino.

El viaje

~

«Si toman el camino corto a través del bosque y se detienen solo lo necesario, tardarán dos días en llegar». Estas fueron las palabras de David antes de marcharnos. ¡Dos días si no nos deteníamos! Tendríamos que acampar. Recuerdo la expresión de Roben cuando vio mi rostro ante la advertencia de David. «¿Le tienes miedo a la oscuridad? Tendremos que acampar en el bosque. Si decides no ir, lo comprenderé».

—Soy el escudero y acompañante del príncipe Roben. Iré donde tenga que ir. Mi honor está de por medio y cumpliré mi palabra —contesté.

David nos entregaba el mapa y daba las últimas instrucciones antes de partir, cuando llegó Thomas con todas sus pertenencias a cuestas.

—Thomas, ¿para quién traes eso? —preguntó Roben.

—¿Pues para quién crees? Los acompañaré. Yo llevaré las provisiones —contestó Thomas con su cabeza erguida. Antes que yo fuera a abrir mi boca, Roben le habló.

—Lo siento, Thomas, pero el viaje es muy peligroso y no quiero que salgas lastimado.

En verdad me sorprendieron sus palabras. Definitivamente asumía muy bien el papel de líder.

—Pero... Roben, hace años me prometiste que te acompañaría en una de tus aventuras.

—Es cierto. Y lo harás, pero no en esta ocasión, o al menos de este modo.

Roben puso su mano en el hombro del pequeño Thomas y le dijo algo que ninguno de nosotros pudo oír, pero tuvo un buen resultado. El chico se despidió de nosotros sin ningún reproche. Al pasar por las puertas del castillo, recordé las palabras de mi madre que en llanto me decía antes de partir. «Cuídate, Elizabeth. Dios sea tu escudo y protector. Que te devuelva a mí con vida. No vuelvas tu vista a la oscuridad por más tentadora que sea. Mira la luz de tu corazón, escúchalo y encontrarás la verdad».

En ese momento no comprendía la sabiduría de sus palabras, pero más tarde me las harían recordar.

La primera hora del viaje fue tediosa. Tenía que soportar que Roben me lanzara cuantos insectos encontraba en los árboles del camino para ver mi expresión de asco. Al cabo de un rato, me acostumbré y ya no le resultó divertido. El silencio me incomodaba así que para tener algo que decir, comencé a platicar.

—Y... ¿cuál fue su consejo al pequeño Thomas?

—Los secretos entre caballeros son sagrados, Eliot. Yo considero a Thomas un futuro caballero.

¡Bien! Con esa ya me había cerrado la boca para que no me inmiscuyera en lo que no me importaba. Entendí muy bien su mensaje. De todos modos, busqué de qué hablar. A ambos nos gusta la competencia, así que comenzamos a hacernos acertijos y adivinanzas, en los cuales debo admitir, Roben no era nada malo.

—¿Cuándo te rendirás, Eliot? —preguntó el príncipe luego de varios acertijos contestados.

—Cuando nos alejemos del empate que llevamos y yo gane, por supuesto. ¡Claro! Sin ofender a su majestad —dije respondiendo a su sonrisa burlona.

—Propongo otra competencia la cual agilizará nuestro viaje y nos hará bien. Una carrera a caballo entre tú y yo.

—¿Cuál sería la meta, príncipe?

Roben consultó su mapa y me mostró el dibujo de una cascada.

—Aquí, en la caída de agua de Clairos. Serán unos cuantos codos de distancia nada más.

—Como guste, su majestad.

– Bueno... comencemos... ¡AHORA!

El muy tramposo se me adelantó sin aviso, pero siendo yo menos pesada y mi corcel igual veloz que el suyo, le gané. Llegamos al lugar designado y Roben sonreía entre dientes. Se notaba que estaba molesto. Sí, debo admitirlo, me resultaba muy divertido verlo así. Bajó de su caballo y lo ató a un árbol.

—Este es un buen lugar para descansar los caballos.

—Señor, ¿usted no acaba de decir que deberíamos apresurar nuestro viaje? Tenemos una misión que cumplir y...

—Ahora, ¿quién es el príncipe y quién es el lacayo? —me dijo en un tono serio levantando una ceja.

Nadie debe cuestionar la autoridad de la realeza. Eso me estaba demostrando. Bajé mi cabeza ofreciendo mis disculpas y él comenzó a explorar el lugar. Nos encontrábamos al lado de la caída de agua, en una pequeña pendiente. Si nos colocábamos a la orilla, se veía la cascada que terminaba en un lago pequeño.

—Me han dicho que los pescados más deliciosos que llevan a palacio provienen de este lago. Quiero uno, anda y pesca uno para mí —dijo Roben.

—¿Qué?

—Me oíste, Eliot. Quiero que pesques uno para mí.

—Pero... señor...

—Mi padre, el rey, te puso a mis órdenes. ¿No osarías desobedecer una orden real, me equivoco? —dijo mientras se sentaba en una roca enorme y cruzaba sus piernas mirándome con su media sonrisa sarcástica.

Me di cuenta de lo que estaba haciendo. Se estaba desquitando por ganarle la carrera y haber alardeado un poco. Buscaba la manera de encontrar un lugar seguro por donde bajar a la orilla del lago cuando Roben me comenzó a reprochar.

—¡Por los cielos de Clendor, Eliot! ¿Qué estás haciendo?

—Busco una manera de bajar, señor —dije casi entre dientes.

—Es sencillo. Te lanzas y me traes un pescado —dijo ya acercándose.

—¡¿LANZARME?!

—¿No le tendrás miedo a las alturas, o sí? —dijo con una sonrisa burlona.

Bueno, lo cierto es que sí le temía algo, especialmente porque no sabía nadar. Estando a la orilla de la pendiente la veía tan ancha y alta como una de las torres del castillo, pero ante la sonrisa burlona del príncipe, lo negué todo.

—¡Claro que no!

—Pues entonces te volteas.

Ya a mi lado, puso sus manos en mis hombros y me volteó en dirección a la pendiente.

—Te lanzas y pescas uno para mí —dijo dándome el empujón final.

Recuerdo que solo pude gritar de terror. Mientras caía, oía su voz burlona: «¡Gritas como una chica!». Al dar contra el agua todo comenzó a verse borroso. Comencé a hundirme y a mover brazos y piernas sin ninguna coordinación. Lo último que recuerdo fue haber tenido la sensación de que algo me rodeaba y comenzó a halarme. Todo a mi alrededor era oscuridad. Vi una luz tenue y me acerqué a ella. Tosí y expulsé bocanadas de agua varias veces. Al abrir los ojos, una silueta estaba frente a mí la cual me decía con voz grave y lenta: «Eliot, ¿estás bien?». Parecía que estaba soñando. Me estrujé los ojos y, me percaté de lo que había pasado. Comprendí que me estaba ahogando y alguien me había salvado la vida. Levanté el rostro para ver a mi rescatador y solo vi a Roben, todo mojado, sentado en el suelo frente a mí. Se notaba fatigado.

—¡Gracias al cielo!... ¿Estás loco? ¿Por qué no me dijiste que no sabías nadar?

No contesté. En cambio, me le quedé mirando con una expresión idiota.

—¿Crees que si lo hubiese sabido te hubiese lanzado?

Mi expresión seguía diciendo la misma: «¿Yo qué sé?».

—¡Por Dios, Eliot! ¡Soy un príncipe! Tengo honor —dijo sorprendido y algo decepcionado.

Al levantarme, sentí que algo corría por mis pantalones. Sacudí la pierna y al suelo cayó un pez. Al verlo, no nos quedó más remedio que reír. Esa fue nuestra cena. Ya anochecía y Roben decidió acampar allí por ser el lugar más seguro. El resto del camino sería más difícil. Hicimos una fogata, asé el pez como me había enseñado mi madre y le añadí algunas legumbres que traía en la alforja junto con una hogaza de pan negro. Aunque no era buena cocinera, pudimos comer el pescado. Platicamos y reímos bajo un frondoso roble. La camisa de Roben se secaba tendida sobre las ramas. Obviamente era solo la de él.

—Eliot, si no te quitas la camisa mojada, puedes enfermar.

—No se preocupe, su majestad. Al lado de la fogata me mantendré caliente.

—¿Qué tienes que ocultar? —dijo el príncipe mirando hacia el fuego y riendo de medio lado.

¿Acaso había sido descubierta nuevamente? Estaba algo asustada, aunque mi expresión era serena. El príncipe comenzó a reír.

—Eres muy raro, Eliot —dijo Roben sin darle más importancia al asunto y recostándose para dormir.

—Sí, creo que sí lo soy, señor. ¿Cuánto nos falta para llegar?

—Bueno, nos falta al menos la mitad del camino. Mañana cruzaremos el área de Blaidd —dijo con sus ojos cerrados.

—¿Blaidd?

El príncipe Roben suspiró fuertemente como si le molestara mi pregunta. Se sentó y comenzó a explicarme.

—Sí, es territorio de lobos, «Blaidd», es lenguaje antiguo. Este mapa lo advierte todo. Tendremos que partir al amanecer. Así trataremos de recuperar el tiempo perdido gracias a ti.

—¿Gracias a mí?

—¡Claro! Hemos perdido horas valiosas porque te lanzaste al lago a pescar. Sin mencionar que tuve que lanzarme a salvar tu vida —dijo levantándose.

—¡Usted fue el que me lanzó al lago! —dije levantándome también.

—¿Cómo es posible que a tu edad no sepas nadar? Ni siquiera me has dado las gracias por rescatarte...

Estaba molesta. Ya no resistía su cinismo. Si no fuera porque era el hijo del rey y nos separaba la fogata le hubiese propinado un puñetazo. En ese momento observé que había una serpiente en el árbol detrás Roben y se acercaba desafiante hacia él. Roben seguía hablando sin parar. Tomé la daga que llevaba en mi cinturón y la lancé justo a la cabeza del reptil. El arma pasó rozando por el lado de Roben, quien pensó que yo lo había atacado, y en el acto sacó la espada que llevaba en el cinto. Tiré la mía al suelo y levanté mis manos diciéndole:

—Jamás alzaría mi espada contra su majestad, aunque usted sea desesperante, mi señor. Si voltea, podrá ver en el árbol la razón de haber lanzado la daga.

Roben cautelosamente tomó mi espada del suelo y, aún apuntándome con la suya, se volteó para ver el árbol. La daga había traspasado la serpiente justo por su boca, dejándola clavada al árbol. El joven príncipe quedó sin palabras. Aprovechando su asombro, me acerqué y sonriendo le dije:

—Supongo que eso debía estar advertido en el mapa, ¿no?

Di la vuelta sin mirarlo y me acosté en el suelo para dormir. Tenía que convencerlo de que jamás lo lastimaría. Por más odioso que me resultase, seguía siendo el hijo del rey, a quien debía lealtad. No reclamé de vuelta mi espada. Esa fue mi forma de darle las gracias por haber salvado mi vida. Aunque no se lo dije con palabras, pues no quería que su ego se inflara más, creo que él se dio cuenta. Durante un rato miró detenidamente el mapa y dijo mientras se rascaba la cabeza: «Pues no... no lo advertía». No supe si estaba siendo irónico y tratando de mediar la tensión entre nosotros o si seguía siendo igual de sarcástico. Decidí no comentar. Esa noche dormí plácidamente bajo las estrellas.

Al amanecer, ya estábamos alistando los corceles para continuar con nuestro viaje, cuando terminaba Roben se acercó y me devolvió la espada y la daga.

—Creo que esto te hará falta durante el camino.

Estaba algo sorprendida, pues nuevamente no sabía si estaba siendo sarcástico o hablando en serio, pero sonreí. Comprendí que era su manera de darme las gracias. Emprendimos nuestro camino y, en poco tiempo, ya estábamos atravesando el territorio de los lobos.

—Roben... digo, su majestad.

—Sí.
—¿Por qué cuando visitaba Martis se hacía pasar como un caballero y no se presentaba como príncipe?
—Casi nadie me conocía fuera de palacio. De esa manera, no llamaba la atención.
—Me extraña... me refiero a la manera en que le hablaba a Thomas.
—Son tiempos de guerra, Eliot. Además, con Thomas es diferente, yo era su héroe, hasta que tú me venciste. Me sentía bien alardeando un poco. No soy de los príncipes que usan su título para ir conquistando doncellas. Pertenecer a la realeza representa una gran responsabilidad y gobernamos un pueblo que espera justicia y honor en su familia real.
—Sus palabras me sorprenden. Ya no suena como el odioso, mocoso y pre... su... mi... do... príncipe que conocí.

Mi voz se fue opacando cuando me di cuenta de que estaba insultando en mi cumplido al príncipe de Clendor. Roben no pudo evitar reírse a carcajadas al escucharme decir lo que de verdad pensaba.

—No me tomes demasiado en serio, Eliot —dijo con su cabeza erguida y con su media sonrisa burlona—. Solo quería divertirme un rato. Pero si me presionas mucho, podría ser más odioso.

—Si me es permitido darle un cumplido a su majestad, creo que usted domina ese arte como nadie —dije ante la confianza que me brindó su sonrisa.

—¡Vaya, gracias!
—¡No, en serio! Usted es más de lo que deja ver en palacio. Si su padre le oyese ahora, estaría muy orgulloso. Es bueno que deje salir su verdadero yo.

—¿En serio? Siempre he sido quien soy. Mi personalidad nunca la he fingido. Soy tal como me ves. Nunca he dejado de ser Roben para ser otra persona, con otra identidad. Aún me sigues debiendo ese duelo. No estoy conforme con un empate.

En ese momento escuchamos los primeros aullidos. Un poco

asustados, comenzamos a mirar en todas direcciones para descifrar de dónde provenían. Era difícil comprobarlo con certeza. Los aullidos se escuchaban por todo el bosque.

—¿Sabes cuál es el otro nombre de este lugar? —me preguntó Roben.

—No... señor.

—El aullido de la muerte.

El movimiento de la manada se sentía cada vez más cerca. De pronto sentimos algo a nuestras espaldas. Al voltearnos, a unos pocos metros de distancia, un par de ojos brillaban sobre unos enormes colmillos afilados. No sé si era por el temor que su presencia infundía, pero aquel animal de lomo erizado lucía gigantesco y amenazante. Jamás había visto un lobo de tal magnitud. Los aullidos que parecían venir de todos los costados recorrían mi espina dorsal y mi piel se erizaba como la del lomo del animal.

—Eliot, escúchame. Dame mi escudo. Agarra fuerte tu espada y, con la otra mano, agárrate lo más fuerte que puedas a la silla de tu caballo. Pase lo que pase, no te detengas. ¿Me has entendido? No podemos detenernos tan pronto comencemos a galopar. Sin importar lo que suceda, sigue de frente sin parar.

—Sí, señor.

—¡AHORA! ¡Corre! —gritó Roben dándole una palmada en las ancas a mi caballo.

Galopamos. Yo iba al frente y de vez en cuando me volteaba para ver dónde se encontraba Roben. Los lobos nos seguían de cerca con sus dientes feroces queriendo alcanzar las patas de los equinos. Se lanzaban contra Roben, que se protegía con su escudo. Logré derribar a uno con mi espada. En ese momento, volví a mirar atrás y ya no vi al príncipe. Su corcel pasó galopando por mi lado, sin él. Di la vuelta al mío de inmediato en dirección a donde se encontraba Roben rodeado por lobos. Giraba en un mismo lugar con su escudo como una barrera giratoria y su espada lista para enterrársela al que se acercara. Uno de los lobos saltó tratando de alcanzarlo por encima del escudo. Su espada lo atravesó por el cuello. Aprovechando que se había detenido otro lobo se agachó para saltar y lanzarse contra él. Con una rapidez que a mí misma me sorprendió logré arrojarle mi daga hiriéndole de muerte. Roben aprovechó que los lobos se replegaron al ver dos de sus líderes caer heridos y sacó su arco y una flecha del carcaj. Un lobo se me acercó por la espalda, tomándome por sorpresa lanzándose sobre mí y enterrando sus colmillos en mi hombro. En ese momento pensé que mis días habían llegado a su fin. Pero en un instante Roben lanzó una de sus saetas atravesando el feroz animal y este se desplomó emitiendo un desgarrador gemido de dolor que se opacó rápidamente al caer muerto.

Roben corrió hasta mí justo en el momento en que pude ponerme de pie apretando la herida de mi hombro con la mano. El olor a sangre excitó aún más a los lobos y, aunque habíamos matado a varios, aún quedaban tres acechándonos. El príncipe me señaló el árbol que estaba a nuestras espaldas. Nos movimos rápidamente de espaldas, yo con mi espada extendida mientras él apuntaba el arco a las fieras. Dobló sus piernas y aproveché para usar uno de sus muslos como escalón y subirme a una de las ramas. Mientras yo alcanzaba a una rama más alta, en una acción que me pareció una locura en el momento en que lo hizo, me acercó el arco y el carcaj, agarró al lobo que estaba frente a él, lo levantó con las manos y dando un gran rugido lanzó al animal hacia los tres que nos acechaban. Los lobos se desconcertaron y retrocedieron, lo cual le dio tiempo a subirse a la rama por la que yo había subido. De inmediato Roben comenzó a lanzarle flechas a los tres lobos que nos miraban mientras rugían con furia. Logró alcanzar dos y el tercero se alejó un poco con las fauces abiertas en desafío.

—¿Qué está haciendo? —pregunté cuando lo escuché lanzar un fuerte silbido.

—Mi corcel está bien entrenado. Responderá al llamado. Cuando venga, tendremos que saltar.

Dudé de su aseveración sobre todo porque había visto al

corcel hacía un corto tiempo huir del lugar. Pero me había equivocado. Desafiando el peligro, el caballo respondió y se paró debajo del árbol entre los lobos muertos. Roben y yo saltamos sobre él, y éste salió disparado en dirección al camino por el cual habíamos llegado. En un instante, más lobos comenzaron a seguirnos mientras tratábamos de escapar a todo galope. Roben me cedió las riendas mientras él, se sentó en la grupa del caballo a mis espaldas, y continuó disparando flechas a la manada. En las alforjas llevábamos algunos conejos que habíamos llevábamos empaquetados en sal para comer en el camino. El joven príncipe los sacó de los sacos y se los lanzó a los lobos. Inmediatamente saltaron y comenzaron a devorar las presas, atacándose unos a otros para arrebatárselas. Un macho alfa se trepó sobre una piedra y se abalanzó hacia nosotros. Afortunadamente, Roben le atinó con una flecha justo en el hocico, derribándolo. Así continuamos galopando tan rápido como pudimos hasta salir del territorio.

Logramos encontrar un lugar abierto desde el cual podíamos ver cualquier peligro acercarse. Nos detuvimos para descansar y examinar mi herida. El dolor era insoportable y aún estaba sangrando, aunque poco. Roben me ayudó a sentarme y apoyar mi espalda en una roca enorme.

—Buscaré unas plantas y vendas que tengo en la alforja para curar esa herida —pude percibir algo de preocupación en su voz.

En poco tiempo, Roben estaba frente a mí con un pequeño bulto que cargaba en la montura de su caballo. Recogió algunas hojas y comenzó a machacarlas y colocarlas sobre la venda. Trató quitarme la mano del hombro, pero lo detuve.

—Eliot, no seas cobarde.

—No es necesario, majestad. No es grave.

—Tienes una herida profunda. Si no coloco las yerbas curativas, se infectará.

—No —dije mirándolo fijamente a los ojos.

—David me contó lo que pasó cuando ayudaste a salvar a mi padre, cuando resultaste herido, pero tu hermana no está aquí.

—Yo puedo curarme solo —seguí insistiendo.

—Sé que no te caigo bien, pero tendrás que soportarme y dejar que revise la herida.

—No es eso...

—Es una orden real, Eliot. Revisaré esa herida ahora.

No tuve remedio y bajé mi mano. Mi camisa tenía los huecos hechos por los colmillos de la bestia. Roben comenzó a romper la camisa por ahí, pero lo detuve con mi mano.

—Su majestad, hay algo que debo informarle antes.

—Ahora qué.

—Yo no soy el chico que usted cree. Soy diferente...

—Ya sé que eres una chica, si es a eso a lo que te referías.

No pude disimular mi asombro y desconcierto. ¡Cómo era posible que lo supiera! Traté de protegerme de cualquier modo posible. ¿Qué había hecho mal? Entonces recordé, el lago... por eso la pregunta: «¿Qué tienes que ocultar?».

—Lo sospeché desde que te rescaté en el lago. Ahora déjame revisar tu herida. Sabes que soy un caballero y no tienes nada de qué preocuparte —añadió Roben.

Ante mi asombro, él comenzó a curarme. No podía creer con la tranquilidad que había tomado el hecho de que fuera mujer. Observé con cautela sus movimientos. Su bolso contenía utensilios extraños que utilizó para limpiar mi herida y presionarla para que no siguiera sangrando. Resistí con valentía su tortura curativa. Justo cuando terminaba mi caballo se acercó mordisqueando unas yerbas a la orilla del camino. Lo miramos y sonreímos. Con razón se les llama «noble bruto» a los caballos, pensé, aunque estos habían demostrado ser muy nobles y nada brutos.

Mientras esto acontecía, en el castillo David esperaba noticias y se encontraba en los jardines mirando con nostalgia los objetos de práctica de su hermano menor. Tomó en sus manos la tabla que casi le cuesta un flechazo y sonrió ante el recuerdo, cuando escuchó el llanto de una mujer y la voz enfurecida de su primo Carlo.

—¡No llores, mujer! Deberás ser castigada.

El Escudero del rey

—¡Piedad, mi señor! No sabía que estaba prohibido tocarlas.

David se acercó al lugar y vio que la mujer que lloraba era Emily, la hermana de Eliot. Se apresuró a llegar hasta su primo para ver qué ocurría.

—¿Qué sucede, Carlo?

—Esta mujer cortaba rosas del jardín prohibido.

—Está recién llegada, Carlo. No sabe las normas del castillo. Yo me encargaré de ella.

—¡Son las rosas favoritas de la reina, tu madre, David!

—No te preocupes. Esta dama está bajo mi protección y será mi responsabilidad.

Carlo hubiera querido enfrentar a David, pero éste era el mayor de los príncipes y el sucesor al trono. No tuvo más remedio que marcharse junto con Melquiades, que siempre lo acompañaba como un perro sigue a su amo. David le ofreció la mano a Emily y le ayudó a ponerse de pie.

—No tienes nada que temer —dijo el príncipe.

—No quería violar ningún mandato de su majestad, mi señor. No sabía que estaba prohibido cortarlas. Las vi tan hermosas que quería llevarle una a mi madre —explicó Emily.

—¡Pero ella es ciega! —dijo David.

—Su aroma la reconforta... Si me permite preguntar, ¿por qué está prohibido cortarlas?

—Las rosas eran protegidas por mi madre. El rey y la reina las cultivaron juntos. Cuando la reina murió, mi padre ordenó que no las tocaran. Pero eso fue hace muchos años. Las rosas han crecido salvajes. Viéndolas ahora, creo que es momento de mirar con esperanza al futuro.

—Es difícil hacerlo en medio de una guerra, su majestad.

—Lo es, pero siempre debe haber una esperanza de tiempos mejores y del retorno de paz y felicidad.

En el bosque, ya Roben había terminado de curar mi herida y comenzó a curar la suya. No me había dado cuenta de que había sido mordido en una pierna. Afortunadamente, la herida no resultó grave gracias a que su bota era resistente y lo protegió. Me sorprendió que, a pesar de su edad y apariencia, el príncipe supiera a la perfección qué hacer con tal herida.

—¿Dónde aprendió? —pregunté.

—¿Qué cosa?

—A curar heridas. Lo hace muy bien —dije tocando mi hombro—. Sea lo que sea que me aplicó, me hace sentir mucho mejor.

—Solo son plantas medicinales. El consejero de mi padre era un sabio médico que sirvió a la familia real por muchos años. De pequeño aprendí con él. Lo que bien se aprende, jamás se olvida.

—¿Qué le sucedió?

—Cuando mi madre enfermó de gravedad, él se mantuvo a su lado. Mi padre nos tenía prohibido acercarnos. Agus enfermó también. Me encargó sus escritos y se marchó al bosque luego de la muerte de la reina. Tiempo después supimos que había muerto igual que mi madre.

—Lo lamento.

—Dejó su sabiduría conmigo. Estudie sus escritos por muchos años. Al comenzar el conflicto, me dediqué a entrenar, pero, como te dije, lo que bien se aprende, jamás se olvida.

—Y usted aprendió muy bien.

—Agus fue leal al reino, un hombre justo y honesto. Nunca nos engañó y lo admiré por ello.

Me quedé pensando en su relato. Imaginé que yo jamás sería digna de esa admiración.

—Si su majestad decide que abandone la misión, lo comprenderé —dije preocupada.

—¿Y por qué haría eso? —preguntó con cierto asombro.

—Engañé a su majestad. Me he deshonrado y engañado a sus altezas al hacerme pasar por un varón cuando realmente soy una mujer. El engaño es una traición y eso se paga muy caro... con la vida.

—Mi padre, el rey, no tan solo te puso a mis órdenes, sino también bajo mi protección. No sería honorable dejarte abandonada con esa herida, Eliot. Si ese es tu verdadero nombre, lo cual dudo.

—Mi nombre es Elizabeth —en ese momento callé al darme cuenta de su trato—. Me está tratando diferente ahora que sabe que soy mujer.

—Siempre he sido igual, ya te lo había dicho. Y no creas que te trato diferente porque eres mujer. Aún sigues siendo mi escudero, y no me agrada que una mocosa me haya ganado en un duelo de espadas. Quiero una revancha. Hablaremos de tu castigo por engañarnos con tu identidad cuando regresemos al castillo.

—Sí, señor —dije cabizbaja.

—Falta poco para llegar. El resto del camino es fuerte. Hay una parte por la que no hay manera de pasar a caballo. Prepárate; no será nada fácil.

Era cierto, no había manera de pasar a caballo por el camino que nos quedaba. Eran estrechos pasajes con pendientes peligrosas. Debíamos bajar con cuidado y luego subir otra pendiente hasta llegar al otro mogote solitario donde se ubicaba el campamento. Aún no se había terminado la construcción de un puente que daría acceso cruzando la cañada. Habíamos dejado los caballos en una cueva y emprendimos el descenso. Fue algo difícil debido a nuestras heridas. Algunas rocas rodaban pendiente abajo a medida que pasábamos por los estrechos pasajes. Resbalé varias veces, pero Roben me sujetó y viceversa. Debo admitirlo, a veces era insoportable, pero otras era todo un caballero. Creo que se puede decir que al fin nuestra rivalidad había comenzado a convertirse en amistad. Nos habíamos salvado la vida mutuamente y teníamos que confiar el uno en el otro, pues esta misión no nos dejaba otra alternativa.

Al llegar al campamento, descubrimos que nuestros peores temores se habían hecho realidad. El lugar estaba desolado. Los caballeros estaban muertos. La escena era lúgubre, triste, y los cadáveres comenzaban a heder. Entramos a la cabaña. No había palomas mensajeras, ni muertas ni vivas. Encontramos al cuidador muerto.

—Mi padre debe saber esto de inmediato —dijo Roben asombrado ante la escena.

El príncipe se acercó al cuerpo del cuidador y lo volteó. Sus ojos estaban aún abiertos. Con evidente pesar en su corazón, cerró los ojos del difunto con las puntas de los dedos. Entonces se percató de que tenía algo en la mano. Le costó trabajo pero al sacarlo vio que se trataba de un pedazo de tela que tenía escrito un mensaje: «Traición». Me acerqué a una de las mesas y comencé a estirar unos mapas enrollados sobre una de ellas. No comprendía mucho, solo un poco de lo que mi padre nos había enseñado. Había marcas, letras escritas, la bandera de los mólocs más cerca y en varias direcciones. Llamé a Roben para que lo viera. Su rostro se frunció con preocupación. En ese momento fue como si el cielo fuese nuestro aliado, una de las palomas llegó hasta la ventana. La agarré y se la traje al príncipe quien escribió rápidamente sobre un pedazo de tela y la amarró a la pata de la paloma. Enviamos el ave con un mensaje al castillo: «Los mólocs regados. Refuerzos. Traidor entre los nuestros».

El ave salió volando con nuestras esperanzas de que el mensaje llegara a salvo al castillo.

—Al menos de esta forma el mensaje llegará antes que nosotros.

—¿Partiremos ahora?

—Hay que sepultar a los caballeros. Lo merecen. Necesitan descansar con honor. Es lo menos que podemos hacer por ellos dadas las circunstancias.

Sofismas

~

Thomas recorría los pasillos del castillo cuando vio al príncipe Carlo entrar a su habitación junto a Melquiades y los siguió para escuchar la conversación. Aprovechando que no había guardias presentes, se paró detrás de la puerta y se asomó por el ojo de la cerradura. Carlo, se paseaba preocupado de lado a lado mientras su amigo permanecía sentado junto a una pequeña mesa comiendo frutas y pedazos de pan que había en una canasta de mimbre.

—Aún no hay noticias de Roben y el mocoso de su escudero. No confío en ese muchacho, hay algo raro en él —dijo Carlo.

—¿Cree que podría traernos problemas? —dijo Melquiades tragando el bocado de pan.

—Espero que no. ¿Cómo sigue la herida de mi tío?

—Sigue mejorando, príncipe Carlo. La medicina que le estoy administrando está surtiendo el efecto esperado —dijo echándose otro bocado de pan y varias uvas a la boca.

—Bien. Eso es lo que espero de ti, Melquiades. Que atiendas estos asuntos para yo poder encargarme de los demás —puso una expresión de asco al ver comer a Melquiades, y tapando su boca, le reprochó–. Por favor, deja de comer de esa manera, me repugna.

—¿Sigue mal de su estómago? —dijo Melquiades, tragando con dificultad.

—Comes como si se fuera a acabar el mundo. No lo soporto, me recuerda a mi padre —gruñó Carlo dándole la espalda y recostándose del espaldar de una de las sillas.

Melquiades se limpió la boca y se levantó de la silla. Se acercó al príncipe Carlo y puso una mano en su hombro.

—Debería comer. Si sigue descuidándose no podrá cumplir

sus funciones. Sus ojeras se están profundizando y su madre ya está preguntando por su salud.

—He estado muy tenso.

—¿Le preocupa el príncipe David también?

—Sigue siendo mi primo y no me gusta la forma en que trata a esa campesina –dijo acercándose a la ventana y mirando hacia la distancia.

—Si me lo permite, su majestad, creo que el príncipe se está enamorando —dijo bajando el tono de voz como para no sonar demasiado entrometido.

—De David me encargaré yo —ripostó Carlo con tono grave.

—Sí, su majestad.

En ese momento, dos guardias doblaron por el pasillo y uno le llamó la atención a Thomas quien salió corriendo. Al doblar hacia el próximo pasillo se tropezó con Emily, quien se dirigía a ver a la madre de Elizabeth.

—Thomas, ten cuidado.

—Lo siento, Emily... tengo que decirte algo importante.

El chico haló a Emily hacia un recoveco donde no pudieran ser escuchados.

—¿Qué te pasa, Thomas?

—¡SHSHSH! Creo que estás en peligro.

—¿Yo?

—¡Shshshsh! El príncipe Carlo cree que David se ha enamorado de ti, y se propone impedirlo.

—¿Qué?

—Sí, Emily.

—Thomas, por favor, no seas ingenuo. Eres muy joven y no sabes de lo que hablas.

—No... no me entiendes.

—Ya no escucharé más tonterías —dijo Emily poniéndole la mano en el pecho al joven—. El príncipe David es de la realeza y yo, una plebeya. Además, yo tengo prometido. No dejes que tu imaginación juegue contigo.

El Escudero del rey

Emily se marchó no sin antes abrirle los ojos grandes como diciéndole que no se atreviera repetir lo que le había dicho.

Mientras tanto, en el campamento del acantilado, Roben y yo terminábamos de sepultar los cadáveres de los caballeros. Había cambiado mi camisa rota por una de los caídos a quien di mis respetos.

—Descansen en paz —dije con solemnidad.
—Debemos marcharnos lo antes posible.

Emprendimos el viaje, pero algo nos sorprendió cuando subíamos las pendientes peligrosas en el camino de regreso. Justo cuando llegábamos a la cima escuchamos un zumbido y Roben sintió un flechazo en el brazo izquierdo. El príncipe se agarró a mí por instinto en el momento en que perdía el balance. Ambos caímos al suelo. Yo quedé en el borde del camino, pero Roben rodó y casi cae al vacío. Mientras lo sujetaba por el brazo, miré hacia el lado de donde vino la flecha. Un hombre encapuchado se acercaba colocando otra flecha en el arco. La ira comenzó a cegarme cuando vi que de su cuello pendía una estrella de plata. Todo sucedió rápidamente, pero en mi interior yo sentía que el tiempo transcurría lentamente. Roben se me resbalaba, y yo escuchaba su voz como si estuviera desde la lejanía. Miré desesperada el arco y el carcaj con las flechas que habían caído a mi lado. Mi instinto me gritaba que los tomara y lanzara una flecha a aquel asesino, pero no podía soltar al príncipe. Tomé una flecha y en un vano esfuerzo la lancé con mi mano libre. La ira y la sed de venganza me decían: «¡Suéltalo y venga la muerte de tu hermano, necesitas las dos manos!». Dudé. Afortunadamente, las palabras de mi madre resonaron en mi mente: «¡No te dejes vencer por la oscuridad por más tentadora que sea, sigue la luz de tu corazón y hallarás la verdad!». Roben se me resbalaba. A pesar de mi hombro lastimado, sujeté a Roben con las dos manos. Pesaba mucho. El bandido lanzó otra flecha que solo rozó mi camisa, pero perdí el balance y caímos al vacío.

Mientras todo esto ocurría, una paloma surcaba los cielos de Clendor llevando nuestro mensaje. En el palacio, Emily se encontraba en el salón real narrando una de las leyendas que tanto me gustaban.

—Y así, el demonio y el dictador fueron castigados por los cielos y encerrados para siempre. El reino fue libre. El guerrero regresó a su hogar y su hermana, la princesa, reinó con sabiduría y justicia por muchos años.

Todos comenzaron a aplaudir. Emily hizo una reverencia y, luego de los elogios, David la acompañó hasta el balcón a las afueras del salón dejando al rey con Carlo y Melquiades.

—Tío, he estado pensando. Creo que, con los recursos de nuestro reino podremos combatir a los mólocs sin necesidad de involucrar otros reinos —dijo el príncipe Carlo al rey.

—¿En verdad lo crees? —el tono del rey sonó algo suspicaz mientras Melquiades le daba su medicina.

—Solo piénsalo, tío. Los juglares y los poetas cantarán historias y leyendas de tu reino y tu reinado.

—Sí, su majestad. Inclusive nobles y plebeyos nombrarán a sus hijos con su nombre y a las doncellas con el nombre de la reina —interrumpió Melquiades.

—Leyendas como las que cuenta la hermana de Eliot —dijo el rey.

—Sí... tío. De hecho, sobre esa plebeya quería hablarte.

Cuando Carlo iba a expresarle su parecer al rey, David irrumpió en la sala real acompañado de otro caballero.

—Padre, noticias de Roben.

Abrí los ojos y miré a todos lados, desconcertada pues no sabía dónde estábamos. Por fortuna, el follaje de un árbol había detenido nuestra caída. Me palpé los brazos y las piernas. No tenía ningún hueso roto, solo magulladuras. Me percaté de que había pasado un tiempo considerable desde que aquel asesino nos atacó hasta que despertamos en aquel árbol. Roben logró arrancarse la flecha que tenía incrustada en el brazo. Inicialmente un borbotón de sangre salió de la herida. Rápidamente, saqué un trapo que traía en el pantalón, lo coloqué sobre la herida y la apreté con fuerza.

—No fue nada grave, gracias al cielo —dijo Roben apretando él mismo el trapo sobre la herida.

—Definitivamente alguien ha querido detener nuestra misión. Hay que avanzar y llegar al castillo para avisarles —dije preocupada.

—No.

—¿No? —pregunté desconcertada.

—El soldado cree que estamos muertos. Dejemos que lo crea. Tomaremos otro camino.

—¿Cómo sabes que no estará esperándonos para cerciorarse?

—Si hubiese querido cerciorase, nos hubiese buscado y estaríamos muertos. Mira donde vinimos a parar —dijo el príncipe mirando desde donde habíamos caído—. Haber caído desde esa altura es para haber muerto. Ciertamente el cielo está de nuestro lado.

—Tiene razón —dije mirando la distancia de nuestra caída—, pero tomar otro camino sería retrasar nuestra llegada.

—Pero es más seguro. Sé que recibirán el mensaje enviado. Nuestra misión está cumplida.

Mi hombro sangraba. Con el esfuerzo de haberlo sostenido me había lastimado. Roben nuevamente curó mi herida y yo lo ayudé a curar la suya.

—¿Cuál será mi castigo? —le dije mientras me atendía.

—¿Castigo?

—Sí, necesito estar mentalmente preparada para lo que me toca por mi ofensa. El no saber me intranquiliza.

—Elio... Elizabeth. No cometiste ningún error. Bajo las circunstancias, nadie podía haber previsto que nos embocaran como lo hizo. Has sido leal, de eso no tengo la menor duda. Se necesita valor para hacer lo que hasta ahora has hecho. No me soltaste. Me volviste a salvar la vida. Hasta yo te recomendaría para ser caballero de la guardia real y eso es mucho decir. Te considero ya un caballero... Eliot de Austin, y los secretos entre caballeros...

—Son sagrados. No lo olvido.

—Bien.

—Pero... no podré seguir fingiendo toda la vida... y si alguien más se da cuenta y...

—¡Eliot! Juro que protegeré tu identidad.

La mirada de firmeza en sus ojos me infundió respeto, aliento y tranquilidad.

—Gracias, su majestad.

—Solo ayúdame a encontrar al traidor. Me dijiste que quien nos atacó tenía un distintivo.

—Sí, lleva en su cuello un collar con una estrella de plata.

—¿Y qué hay de especial en ese collar?

—Es único porque lo hizo mi abuelo para mi madre. Mi padre lo recibió como amuleto cuando iba a la batalla y luego lo pasó a mi hermano. Él fue asesinado y quien lo hizo robó su collar.

—¿Una estrella de plata?

—Sí, tiene en su centro una pepita de oro.

—Bien. Entonces sabremos cómo identificarlo.

—¿Qué haremos ahora?

—Buscar los caballos y seguir nuestro camino. La ruta, aunque es larga, será segura.

La noche ya había caído sobre el castillo. Entre las sombras del establo se llevaba a cabo una reunión secreta. Melquiades hablaba en voz baja con un hombre encapuchado.

—Has avanzado en tu misión —le dijo Melquiades al sujeto.

—Soy el mejor señor.

—¿Los terminaste?

—Sí, cayeron por el acantilado. No hay manera de que hayan sobrevivido.

—¿Te cercioraste de que estuvieran muertos?

—De haber descendido hasta donde cayeron...

—No importa. Llegó el mensaje con la paloma. Amatur enviará a David a Taloc para solicitar refuerzos al rey Darivius. Saldrán mañana al amanecer. Tú irás como acompañante de David. Ya sabes lo que tienes que hacer.

—Sí, señor —dijo inclinado sobre una rodilla y acariciando el collar que llevaba puesto: una estrella de plata.

Salieron sigilosamente del lugar, mirando a todos lados. Sin embargo, no se habían percatado de que el pequeño Thomas se hallaba cerca, tan cerca como para haber escuchado toda la conversación. Thomas se había quedado dormido en el establo sobre el heno junto a uno de los caballos en el establo. Se despertó al escuchar entrar al sujeto encapuchado. Por fortuna, el cuerpo del animal y el cajón que usaban los caballeros para subirse a la montura fueron su escondite. El jovencito no podía creer lo que había presenciado. Se proponían traicionar al rey y matar al príncipe David. Roben le había pedido, antes de salir de la misión, que vigilara al consejero Melquiades porque sospechaba algo de ese mago. Ahora sabía el por qué sobre todo al percatarse que ese sujeto encapuchado llevaba en su cuello la estrella de plata. Era el asesino del hermano de Elizabeth y él no podía permitir que aquellos traidores se salieran con la suya. ¿Cómo advertir a David si Carlo no se separaba de su lado? Emily se negaba a escucharlo. Era una misión imposible.

Roben y yo cabalgamos de regreso al castillo toda la noche. Al principio alumbrábamos el camino con antorchas y más tarde nos ayudó una hermosa luna llena. Nos detuvimos pocas veces a descansar y retomábamos el camino con prisa. No podíamos demorar mucho. La vida de los nuestros estaba en peligro y con ella, el futuro de Clendor.

El canto de los gallos anunciaba la alborada cuando divisamos el castillo en la distancia. Nos enteramos al llegar que David partiría a solicitar ayuda a Darivius, el rey de Taloc. Solo lo acompañaría un soldado, pues no podían perder mucho tiempo.

Antes de partir, David buscó a Emily en los jardines.

—Pronto partiré a Taloc —le dijo David a Emily.

—Le deseo éxito en su misión, su majestad.

—Luego de buscar refuerzos, partiremos directo al campo de batalla.

—Cuídese, su majestad, usted es el futuro de Clendor.

—Espero no solo ser el futuro de Clendor.

Emily empezó a comprender a lo que se refería David, en especial al ver su mirada. Thomas tenía razón. El príncipe comenzaba a tener sentimientos por ella, quien solo era una campesina. David era muy tierno y gentil. Se sentía sumamente halagada de poder despertar esos nobles sentimientos en alguien como él, pero su corazón le pertenecía a un hombre que había partido hacía tiempo a la batalla. Ella esperaba con pasión la llegada de su amado Jonathan. Cada noche, en sus plegarias, pedía por su bienestar. Era lo primero y lo último que pedía. Con tal fervor lo deseaba que siempre lloraba hasta quedarse dormida. Lo más que deseaba era volverlo a ver, poder sentirse protegida entre sus brazos. Cualquier doncella de Clendor estaría emocionada con que el príncipe heredero del reino se interesara por ella, pero Emily era diferente a las demás. Tenía un alto sentido de lealtad y honestidad, especialmente con ella misma. Amaba a Jonathan y estimaba a David. Sus sentimientos estaban claros. ¿Cómo decirle a David, el príncipe heredero, que no tendría futuro con ella? No quería ofender a su majestad. La realeza siempre obtiene lo que desea, pero David era diferente. Debía decirle, él entendería. Emily tomó su pañuelo y sujetándolo fuertemente comenzó a hablar.

—Su majestad, quisiera si es posible pedirle un favor.

—Lo que sea, milady —dijo David dulcemente.

—Usted ha sido muy gentil conmigo. Se lo agradezco de alma...

—Continúa.

—Quisiera que entregara esto a un soldado que se encuentra en el frente de batalla —dijo extendiéndole el pañuelo—. Por favor, dígale que estoy bien y espero su regreso.

David contuvo el aliento por unos segundos. Era más bien un acto de desilusión mezclado con dolor y compresión. Respiró hondo y preguntó.

—¿Es su esposo?

El Escudero del rey

—Mi prometido, mi señor. Sé que aún está vivo. Puedo sentirlo.
—¿Cómo se llama?
—Jonathan... soldado de Austin. Es el hermano de Eliot.
—¿Hermano de Eliot?
—Por ser la prometida de Jonathan, es que Eliot es mi hermano y la señora Sofía es mi madre.
—Jonathan de Austin es un hombre afortunado por tu amor y lealtad. Prometo que se lo entregaré.
—¡Gracias, su majestad! No sabe cuánto se lo agradezco. Estoy en deuda con usted.
—No me debes nada, Emily. Levanta tu rostro. No tienes que estar apenada.

No hubo más palabras entre ellos. David se marchó junto con su escolta sin la más mínima idea de que su vida estaría en peligro. Ya los últimos rayos del sol se despedían del castillo, cuando se anunció nuestra llegada. El rey no tardó en darnos la bienvenida. Se ordenó a lady Camila que atendiese las heridas del príncipe. Roben entró a palacio no sin antes encomendarme los caballos, pues Thomas no estaba. Emily me dijo que había salido con su padre ese mismo día a su pueblo a ver a un familiar que estaba en su lecho de muerte. Todos recibieron al príncipe con alegría, pero noté algo en la mirada de Melquiades. Casi siempre estaba serio, pero no logré descifrar con exactitud la mirada de sospecha e intriga que intentaba ocultar.

Emily me acompañó al establo. Estábamos las dos solas, así que tuvo la confianza de tratarme como siempre.

—¡Mira nada más cómo vienes! —dijo Emily sacudiéndome las vestiduras que estaban sucias por el viaje.
—Emily, sabías que no sería un viaje fácil.
—Elizabeth, eres muy testaruda.
—¡Shshsh, no Elizabeth, soy Eliot! —reproché en un susurro.
—Sé que tu madre estará emocionada al oír tu voz.
—No hay nada como estar en casa.
—Aunque no sea Austin.

—El hogar está donde está el corazón, y mi corazón está con ustedes.

—Veo que te llevas mejor con el príncipe Roben.

—Sí, pasamos por mucho, pero quiero saber de ti y de mi madre. A propósito, no vi a David.

—Recibieron un mensaje y salió con otro soldado rumbo a Taloc.

—Bueno, es un alivio que nuestra misión fuera un éxito, pero hay que mantener los ojos bien abiertos.

—¿Por qué? —preguntó Emily e hice un gesto de que bajara la voz.

—El asesino de Peter nos atacó de regreso. Tenía la estrella de plata. Sospecho que puede ser alguien del castillo, un soldado tal vez —dije en voz baja.

—Un solo soldado no puede hacer esto, Elizabeth.

—Lo sé, sospecho que puede ser alguien de confianza.

—¿De quién sospechas?

—No estoy segura, pero Melquiades me da mala espina.

Me bañé rápidamente. Emily me ayudó a limpiar mi herida y a vestirme con la ropa que me habían dado al llegar a palacio. No hablamos más del tema y me fui a ver a mi madre. Más tarde al servirse la cena, el rey solicitó mi presencia. Me incliné frente a su majestad y este comenzó a hablar.

—Me alegra que Roben por fin se lleve contigo, Eliot de Austin. Me ha narrado lo que sucedió, cómo lo ayudaste con los lobos. Perdiste tu daga, según tengo entendido. Era de tu padre. ¿Significaba mucho para ti?

—No he visto a mi padre desde que se unió al ejército, su majestad. Me dejó su daga para que pudiese defenderme en caso de que nos atacaran a mi madre, a mí, o a mi hermana —dije inclinada sobre una rodilla.

—Entiendo. Supe que la perdiste defendiendo a Roben.

—Sí, señor.

En ese momento, el rey se acercó y me extendió una hermosísima daga de oro.

—Sé que no compensará la que tu padre te confió, pero representa el honor y la lealtad que has demostrado.

Me quedé sin palabras y sospecho que el rey pudo ver mi rubor. Me sentía sorprendida y sumamente halagada. Temí que en cualquier momento sería castigada por haber ocultado mi identidad. Miré a Roben incrédulamente y él, con un movimiento de cabeza, me indicó que aceptara el regalo del rey. Con un gesto de reverencia y el temblor en mis manos, acepté la daga y apenas le pude balbucear un «Gracias, su majestad. No creo que merezca tanto honor...».

Más tarde, en la torre, mientras miraba al horizonte tratando de asimilar todo lo que había experimentado en los pasados días, sentí que Roben se paró a mi lado.

—Siento que esto —mostrando la daga, le dije—, le pertenece más a usted que a mí.

—Eliot, mi padre me cedió su escudo —me dijo Roben visiblemente emocionado.

—¿El escudo de armas de Clendor?

—Sí, por fin accederá a que luche en el campo de batalla junto con mi pueblo.

—Es un honor, pero...

—¿Pero?

—¿No sientes miedo?

—¿A qué?

—A la guerra.

—¿Y preguntas eso después de todo lo que hemos pasado?

—Me refiero a... miedo a morir.

—Tengo miedo a no hacer nada y dejar que mi pueblo sea invadido y destrozado. Tengo miedo de no hacer nada y que los niños de Clendor se conviertan esclavos.

—Es cierto —dije con total convicción—. Mejor morir luchando que morir de miedo.

Me quedé callada por unos segundos observando y acariciando la daga.

—Como dijo mi padre, no remplazará la que te dio tu padre, pero...
—Si mi padre viese esto ahora, estaría orgulloso.
—Me imagino. Pero no andes presumiéndola. Provocarás la envidia de los otros soldados.
—No la usaré a menos que vayamos a la guerra. La guardaré en mi habitación. Dudo que en el palacio me haga falta.
—No lo creo...
En ese instante llegó Carlo.
—Buenas noches, caballeros —saludó Carlo.
—Buenas noches, Carlo —dijo Roben.
—¡Buenas noches, príncipe Carlo! —dije haciendo la reverencia.
—Me alegra que ambos estén con vida. Luego de todo lo que han pasado, se diría que el que estén aquí con nosotros no es nada menos que un milagro.
—No es para tanto, Carlo —dijo Roben, mirándome y levantando los ojos como quien dice «¡qué exagerado!».
—Creo que ambos deberían descansar, recobrarse de sus heridas. Mañana es otro día y habrá que prepararse para lo que vaya a suceder cuando David regrese de su misión.
—Sí, pero antes quiero reunir a todos los soldados y sirvientes del castillo. Mi padre ha autorizado.
—Entiendo tu urgencia. ¿Es por la sospecha de traición? —preguntó Carlo, asumiendo un tono de confidencialidad, dando a entender que ahora la conversación era entre los príncipes.
—Sí, temo que quien nos atacó se encuentre en el castillo. Posiblemente un soldado.
—Es una imputación muy seria. ¿Pudiste ver su rostro?
—Sabré cómo reconocerlo. Quiero verlos antes de mi cabalgata matutina. ¿Te puedes encargar?
—Como gustes, Roben —dijo Carlo mirándome con desconfianza.
Nos despedimos y al cada cual caminar hacia un lugar

distinto del castillo, me volteé y vi que Carlo nos miraba con una extraña expresión en su rostro.

A la mañana siguiente, me levanté muy temprano a preparar los corceles. Roben solía cabalgar al amanecer y luego entrenaba. Era su rutina antes de cada misión. Solo la interrumpía cuando enfermaba o, cuando quería un duelo. Dejé la daga bajo mi cobija y partí hacia los establos. Luego de preparar los caballos y desayunar me encontraría con el príncipe para ir a la plaza. Una doncella de la cocina me detuvo para entregarme un panecillo. Me quedé sorprendida con la amabilidad de algunas damas de servicio desde que llegué de la misión. El príncipe Roben se encontró conmigo y la dama de servicio se retiró haciendo una reverencia. Roben estaba tratando de ocultar su risa mientras se acercaba.

—Te has vuelto popular entre las doncellas de servicio, joven soldado.

—¿Qué?

Roben me señaló el panecillo que llevaba en mi mano. Al mirarlo, entendí lo que me estaba diciendo. Comenzó a reír tras mi expresión de asombro.

—Es normal luego de que se regó el rumor de que «El escudero del rey salvó la vida del joven príncipe» —dijo con tono divertido.

Partí el panecillo por la mitad riéndome de lo ocurrido.

—¿Quiere? —dije ofreciéndole el pedazo de pan.

El príncipe tomó el pedazo de pan y riendo mientras lo masticaba me decía:

—En verdad tendré que ganarte nuestro próximo duelo, Eliot. No es justo que llames la atención más que yo.

Ambos reímos y continuamos caminando hasta la plaza donde los sirvientes y soldados esperaban por Roben quien se acercaba a cada uno y los observaba mientras decía en voz alta:

—Estos son tiempos difíciles. Tenemos muchos enemigos que quieren conquistarnos. También nos hemos enterado de que el enemigo se ha infiltrado entre nosotros. Cualquier indicio de traición me debe ser notificado de inmediato. ¡Es una orden! No hacerlo se pagará con la vida.

Roben dio la vuelta y comenzó a caminar hacia el establo. Yo lo seguí y mientras caminaba miraba los rostros y los pechos de los soldados y sirvientes buscando algún indicio de mirada sospechosa o alguna estrella... Buscamos los caballos para la cabalgata matutina del príncipe, y mientras montábamos le dije:

—No le había oído hablar así.

—Es la ley. La traición se paga con la vida. Aquella persona que atente contra mi padre tendrá que vérselas conmigo. Además, la razón por la que quise verlos de frente fue para saber si alguno llevaba puesto el collar.

—¿La estrella de plata?

—Sí, quien sea el portador de ese collar fue quien nos atacó. De seguro que es uno de los que quieren conquistar nuestro reino.

—Lo sé.

—Sí. Sé que llevas en tu corazón el dolor de perder un ser amado por ese asesino. Te ayudaré a vengarlos y no permitiré que toque a mi familia.

—Yo tampoco voy a permitirlo, su majestad. Antes de que toque a la familia real, tendrá que pasar sobre mi cadáver.

—Gracias... Eliot.

Montamos nuestros caballos y comenzamos la cabalgata. Al llegar a los jardines, Roben recordó que le había ganado la carrera de la caída de agua de Clairos y quiso una revancha.

—Aún me debes una —dijo con media sonrisa.

—¿El duelo?

—Aún estás lastimada de tu hombro, y yo de mi brazo.

—¿Entonces?

—Me refería a la carrera.

—¡Ah! La que gané fácilmente.

—¡Apenas ganaste por una nariz!

—Eso no es lo importante. Lo importante es que vencí al príncipe Roben de Clendor —imité su sonrisa burlona.

—Bueno, pues te reto a otra ahora... y juro que ganaré.

Comenzamos a galopar. Nuestros caballos iban cabeza a cabeza cuando sucedió el trágico hecho que casi nos cuesta la vida. Esto marcaría mi vida y cambiaría la historia de Clendor para siempre.

Los caballos iban a toda velocidad cuando de pronto algo asustó al de Roben. Este se puso nervioso y se levantó en dos patas. Roben cayó al suelo y recibió un golpe en la cabeza que lo dejó inconsciente. Me desconcerté por lo ocurrido, pero me bajé rápidamente a socorrerlo. Comencé a llamarlo por su nombre, pero no respondía. Pedí auxilio y dos soldados que me escucharon llegaron corriendo y cargaron a Roben hasta el castillo.

Pasé el resto del día al lado de Roben, sentada en el suelo de su cama, rogando por que despertara. Veía a Melquiades entrar y salir, al igual que a lady Camila, Carlo y el rey Amatur. Sentí que mi cabeza iba a explotar de tanto que había contenido el llanto, pero rehusé irme de su lado. No podía creer que estuviese pasando esto, cuando en la mañana reíamos como dos compañeros de armas. El cansancio me venció y me quedé dormida.

Mientras tanto, en las habitaciones de Carlo, Melquiades entró para hablar con el príncipe. Carlo se encontraba vomitando y, al entrar Melquiades, se irguió y se secó la boca con un pañuelo.

—¿Cómo está Roben? —preguntó Carlo.

—Se encuentra bien. Le he estado administrando mis pociones. Pronto se olvidará de todo. Estará a tu merced y te obedecerá.

—Solo asegúrate de que no muera.

—¿Se está arrepintiendo, su alteza?

—David debe estar muerto ahora. Ya cargo con ese peso en la conciencia.

—¿No lo vale el trono?

—Sí, creo que sí —dijo Carlo dudando. Melquiades se acercó tratando de convencerlo.

—Tú eres el verdadero heredero al trono. Tú eres quien debería llevar la corona. Tu sangre es la verdadera sangre real, la

del verdadero heredero al trono —dijo Melquiades colocando más incienso en una escudilla sobre la mesa del príncipe.
—Tienes razón. Si mi padre no hubiese renunciado al trono, ahora yo sería rey.
—Conoces el significado de tu nombre, Carlo. Es poderoso. Eso es lo que eres, rey poderoso. Solo piensa en los reinos que estarían bajo tu mando: Taloc, Aspen, los reinos allende los mares.
—Sí, soy el verdadero heredero. Yo acepto la responsabilidad que mi padre no quiso.
—Solo hay algo que se interpone entre la corona y tú.
—¿Qué?
—Amatur.
—¡Qué! ¡Te dije que no quiero que mi tío muera!
—No permitas que la lástima te venza. Él te quitó lo que por derecho es tuyo, y lo sabe.
—Ya te lo dije. Sería demasiado peligroso si también él muere. Solo mantenlo así, sumiso, a mi merced.
—Amatur es muy fuerte. Tarde o temprano mis remedios ya no surtirán efecto en él.
—Amatur se mantiene vivo. Es una orden, Melquiades. Más te vale que la cumplas —dijo Carlo con autoridad.
—Sí, su majestad —dijo Melquiades haciendo una reverencia.
Melquiades salió por la puerta y encontró a uno de los soldados que tenía detenida a Emily.
—¿Qué sucede? —preguntó Melquiades.
—Estaba espiando, señor —dijo el soldado.
Desperté cuando sentí que me sacudían bruscamente por los brazos. Se trataba de dos guardias reales. Les pedí que me soltaran, pero mientras más trataba de incorporarme, más fuerte me sujetaban. Comencé a forcejear mientras me sacaban de la habitación y me arrastraban por los pasillos. Exigía que se me explicase lo que pasaba, pero ninguno hablaba. No me enteré de nada hasta que me llevaron al salón real. El rey se veía afligido, pertur-

bado, débil. A su lado estaba Carlo con una mirada de odio. Los soldados me lanzaron en medio de la sala y Carlo comenzó a hablar.

—Exijo la vida de este impostor por la de mi primo, el príncipe Roben —dijo en voz alta.

—¿Qué sucede? —pregunté confundida.

—Tú intentaste matar a Roben.

No entendía, no podía creer lo que oía. Se me acusaba de alta traición por algo que no había hecho. Continuó Carlo.

—Lo que pasó esta mañana no fue un accidente. ¿Tú preparaste los corceles en la mañana?

—Sí, señor, pero no entiendo lo que me dice. Todo estaba bien, las monturas...

—¡Mientes! La correa de la cabalgadura del príncipe estaba cortada.

—¿Qué?

—Tu daga estaba en el establo.

—¡No! —grité, pero Carlo me golpeó. Melquiades se acercó y comenzó a hablar en voz alta.

—Claramente, la daga que te obsequió nuestro amado rey fue usada para esta trampa.

El rey tenía sus ojos llenos de lágrimas, pero su expresión mostraba coraje y odio. No podía dejar que continuara esta locura. Traté defenderme, pero me golpeaban. No me dejaban hablar.

—Este... joven, su majestad —decía Melquiades al rey—, no tan solo es un traidor, sino que es un muy buen maestro del engaño. Pretendió ser nuestro amigo, salvándole la vida, haciéndose pasar como lacayo fiel siendo un traidor del bando enemigo.

—¡No es cierto! —grité, lo que me costó otro golpe.

—Entonces explica cómo es que, tan diestro que eres con las espadas, no acabaste con la vida del que intentó matar al rey. Lo tenías frente a ti, justo en la mira, y no le mataste —decía Carlo en voz alta y autoritaria—. O explica por qué saliste ileso del ataque del acantilado. No querían hacerte daño porque eres uno de ellos.

—¡No! No es cierto, su majestad. Roben sabe que no es así. Roben sabe... —dije casi entre lágrimas.

—¡Roben no está aquí para contestar! No puede. Está casi muerto gracias a ti —dijo Carlo.

—No... no... no es cierto —decía en voz baja para convencerme que esto no era más que una pesadilla.

—¡Calla! —ritó el príncipe Carlo.

Melquiades se acercó y continuó.

—No tan solo eso, su majestad. Eliot de Austin no solo es un traidor, sino una traidora.

Los suspiros de asombro no se hicieron esperar entre los presentes. Se había descubierto que Eliot de Austin era una mujer. Melquiades continuó.

—Una buena actriz que se hizo pasar por hombre y se burló de su majestad y de toda la corte. Ya no lo puedes ocultar. Unos soldados te oyeron cuando hablabas con tu hermana.

—¡Confiesa, traidora! —gritó Carlo.

—Déjeme explicarle, su majestad... —dije, pero Carlo me golpeó nuevamente.

—Confiesa o quieres que te descubra aquí mismo delante de toda la corte —dijo Carlo al colocar su espada en mi camisa con la intención de romperla frente a los presentes. Bajé la cabeza y dije.

—Mi nombre es Elizabeth de Austin. Perdón, su majestad, no tuve opción. Tuve que asumir este rol para defender a mi familia. Mi madre está enferma y asesinaron a mi hermano, pero jamás traicionaría a su majestad.

—¿No crees que es tarde para decirlo ahora? —dijo el rey—. Enciérrenla en los calabozos. Su vida dependerá de si mi hijo sobrevive.

Fui encadenada y llevada a los calabozos. Emily corrió con la misma suerte, pues fue acusada por complicidad. Mi madre tuvo mejor suerte. Lady Camila intercedió por ella dada su enfermedad. Se ordenó que no la tocasen ni se le informara de mi sentencia.

En el calabozo me ataron de manos y pies boca abajo sobre una superficie horizontal conectada a un torno. En un extremo había una manivela que sospeché que al girarla tiraría mis extremidades en direcciones opuestas. Era un lugar oscuro. Se podía sentir la pesadez en la humedad del ambiente y el chillido de las ratas que reinaban en el lugar. Mis manos y pies estaban muy lastimados. Ningún esfuerzo era suficiente para librarme de las cadenas. Las gotas de humedad que se filtraban por el techo caían al suelo con un ritmo desesperante, como si marcaran el tiempo que quedaba para mi muerte. Me había resignado a no ver más la luz del sol. ¿Ahí acabaría todo? ¿Moriría torturada o mi cabeza rodaría por la plaza? Jamás volvería a ver a mi familia. Sentía una enorme frustración y un dolor profundo que me rasgaba el alma. Quería llorar, pero había jurado no hacerlo. En ese momento escuché unos pasos. Carlo y Melquiades se acercaban acompañados por otro soldado. Carlo se detuvo frente a mí estirando un látigo entre las manos.

—Querías que te tratase como a un varón. Ahora serás torturada como uno.

Carlo hizo una señal al soldado que les acompañaba y este comenzó a girar la manivela. Las cadenas estiraron mis brazos y pies en direcciones opuestas mientras el príncipe gritaba.

—Confiesa, tú eres la traidora.

—¡No! No lo soy. Lo juro.

Melquiades ordenó al soldado que me estiraran más, pero Carlo ordenó con su mano que pararan. Hizo otra señal para que me colocaran derecha con la cabeza hacia arriba y los pies apenas tocando el suelo. Quedé colgando de mis manos y Carlo comenzó a azotarme. Sentía mi espalda arder y la sangre bajar por mi espalda baja cuando Carlo se detuvo. Me haló la cabeza hacia atrás por el cabello. Acercándose a mi cara me dijo:

—Confiesa y tu muerte será rápida.

—No confesaré algo que no he hecho. Roben lo sabe, no hice nada —dije.

—Roben está inconsciente. No te puede ayudar jovencita —dijo Melquiades.

—David ayudará a aclararlo todo —dije, pero Melquiades comenzó a reír.

—David ya debe estar muerto.

No pude evitar mi sorpresa, a pesar de que lo sospechaba. Melquiades era el traidor. El soldado que les acompañaba sonreía también.

—Usted es el traidor —dije.

—Nadie te ayudará. Pronto te unirás a tus muertos. No pudiste llegar en mejor momento —dijo Melquiades y su voz me recordó el silbido de las serpientes.

No podía creerlo. Miré a Carlo. Este no dio muestra de ningún sentimiento. Un frío recorrió mi espina.

—Usted... tú estás detrás de esto también —dije a Carlo. Ya el «usted» no le aplicaba.

Lo miré esperanzada de estar equivocada, pero me miró con total indiferencia, con cinismo. Me encolericé. ¿Cómo era posible que traicionara al rey, su tío, su propia sangre? ¿A los príncipes quienes lo trataban como a un hermano? ¿Cómo podía traicionarlos tan vilmente?

—Eres un traidor, traid...

Carlo desquitó toda su furia sobre mí con más latigazos y no pude sino emitir un gemido de dolor. Quería expiar sus culpas en mi carne, pero por más que me castigara, no borraría de su conciencia el daño que ya había hecho. Cuando se cansó y ya solo me sostenían las cadenas, Carlo se marchó y el soldado tras él. No tenía fuerzas para sostenerme, pero escuché a Melquiades hablar con alguien en el calabozo. No podía casi abrir mis ojos, pero pude darme cuenta de que hablaba con un prisionero.

—¿Cuándo saldré de aquí? —le dijo el prisionero.

—Cuando el tiempo sea propicio —contestó Melquiades.

—Es fácil decirlo para ti porque estas libre, mientras yo sirvo de alimento para las ratas.

—Paciencia, hermano, pronto Clendor será nuestro. Moiloc será dueño y señor.

—¿Cuán pronto?

—Mañana, en el banquete, Amatur tomará su última copa.

No pude escuchar más. Era tanto el dolor y el agotamiento que perdí la consciencia. Supongo que fue la manera de mi cuerpo librarme del dolor que me causaron los latigazos. Mientras me torturaban, en la habitación real del príncipe, Roben deliraba. En su sueño se hallaba en un bosque cubierto de neblina. Apenas podía divisar con claridad su entorno cuando escuchó el llanto de una niña. La niña pasó corriendo por su lado, huía de algo.

—¡Pequeña, espera! —le gritó.

En un parpadear la niña cayó en una especie de calabozo. Roben se acercó y la observó suplicar que la ayudara. Se sorprendió al ver el parecido de la niña con Elizabeth. Cabello dorado, ojos color pradera, piel como el trigo. La mirada de la pequeña era suplicante.

—No te preocupes, pequeña, te ayudaré a salir de aquí —dijo desesperándose.

Roben se impacientaba buscando alguna forma de ayudarla a salir de su prisión. La niña comenzó a gritar asustada. Algo la halaba cada vez más lejos. Roben se sentía impotente. Trataba de agarrarla, pero no podía. Solo pudo observar cómo ella era arrastrada por una sombra tenebrosa mientras se desvanecía en la oscuridad gritando su nombre: «Roben», suplicando su ayuda. Luego de desaparecer, se oían los latigazos y los gritos de la niña. Lamentos que se fueron convirtiendo en gritos de mujer. La neblina comenzó a disiparse y una imagen apareció frente a él. El castillo ya no era el mismo. Había un ambiente sombrío. Las banderas que hondeaban eran las del reino de Moiloc, una espada ensortijada en un látigo negro. Escuchó un rumor como cuando el viento parece que sentencia: «El poderío que subyuga a los pueblos». Al pie de las puertas del palacio vio una espada, la espada de su padre. Su corazón se desesperó y se apresuró a tomarla entre sus manos, pero algo lo golpeó fuertemente en las muñecas y lo obligó a soltarla. Entonces, vio frente a él a un hombre encapuchado montado sobre un corcel negro y con una estrella de plata colgando de su cuello. Tenía un látigo en sus manos.

—Muévete, o te unirás a ellos —le ordenó señalando a una lugar donde habían varias tumbas.

Vio que sobre una de ellas estaba la espada de su hermano y en la otra, la corona de Amatur.

—¡David! ¡Padre! —su grito era apenas un murmullo inaudible.

Comenzó a mover su cabeza de un lado a otro. Lady Camila lo acompañaba al lado de su cama. El joven príncipe tenía una pesadilla.

—¡Roben! Roben.

Roben abrió los ojos un poco aturdido y desesperado.

—¿Dónde estoy? —preguntó.

—En tu habitación, mi niño. Sufriste un accidente... No, mi niño, trataron de conspirar contra ti.

—¿Qué? ¿Quién?

—Ya eres un hombre y tienes que enfrentar la verdad de lo que sucede a tu alrededor y lo que amenaza al reino.

—Tía Camila, ¿quién ha conspirado en mi contra?

—Aunque no estoy segura de si debo decírtelo ahora, sería buena idea...

—Tía, te lo suplico. Quiero saber el nombre de mi atacante.

—Eliot de Austin.

—¡NO! —dijo seguro.

—Mi niño, ese muchacho no es nada más que una mujer que nos ha engañado. Yo misma no podía creerlo. Se veía tan sincero...

—Tía, sé que Elizabeth no haría tal cosa. Ella es leal al reino.

El Escudero del rey

—¿Tú sabías que era una mujer? —preguntó Camila confundida.

—Sí. Confío en ella. Es leal a mi padre. No tengo la menor duda de ello.

—Debes estar afectado por el golpe. Melquiades dijo que...

—¿Melquiades?

—Sí, ha estado atendiendo tus heridas y me advirtió que esto podía pasar.

—Tía, tú me conoces. Siempre sabías cuando te mentía, cuando tomaba un mal juicio, siempre me has conocido más que a mí mismo. ¿Cierto?

—Es cierto.

—Entonces... mírame a los ojos. Estoy seguro de lo que te digo. Confía en mí.

—Tu padre debe saber que estás mejor.

—No, no digas nada, en especial al rey –suplicó Roben.

—Él ha estado muy angustiado...

—Confía en mí. Alguien está inculpando a Elizabeth y voy a averiguarlo. Ayúdame, mi padre aún peligra.

Roben miró profundamente a los ojos azules de Camila. Ella puso sus manos en el rostro del joven y le dio un tierno beso en la frente.

—¡Que Dios te proteja si estás equivocado! ¡Que Dios nos proteja a todos si no, mi niño!

—¡Gracias!

Durante todo ese día, Camila ayudó a Roben a deshacerse de las medicinas que Melquiades le llevaba. En la noche, un grito se oyó en la habitación de Roben. Los guardias entraron y encontraron a Camila en la habitación del príncipe.

—El príncipe ha desaparecido —dijo con voz alterada.

Otra de sus damas de servidumbre entró alarmada.

—Mi señora, el joven príncipe ha tomado su corcel y lo vi atravesando los jardines.

El capitán de escuadra dio una orden y un grupo de soldados se movilizaron a buscar al príncipe fugitivo. Camila, ya sola con

77

la dama de compañía, se acercó a un enorme cesto repleto de ropas y túnicas sucias donde Roben estaba oculto.

—He puesto la vida de una de mis doncellas en riesgo por cubrir tu coartada. Date prisa.

Roben tomó su espada, le dio un beso a su tía y corrió sigilosamente hasta los calabozos.

En aquel lugar oscuro me sentía agonizar. Escuché unos pasos. Era Roben que aprovechó un momento en que los guardias se alejaron de mi celda. Había venido a liberarme. Sentí un alivio inmenso al verlo con vida y sonreí. Roben estaba atónito y angustiado al ver la condición en que me encontraba. Tomó las llaves, abrió, me quitó los grilletes de las muñecas y los tobillos, y me sostuvo por la cintura cuando me fui a desplomar.

—¡Elizabeth! ¡Qué te han hecho! —la angustia matizaba su voz.

—¿Roben? ¡Estás con vida! yo... yo no... —intentaba hablar.

—No hables. Te sacaré de aquí.

Salimos de los calabozos. Roben me condujo por los pasillos, su brazo por mi cintura, mi brazo sobre sus hombros.

—Te llevaré a un lugar seguro —dijo en voz baja temiendo que alguien se percatara de nuestra huida.

—¡No! Tu padre... Roben, ahora recuerdo. Melquiades planea asesinar a tu padre en la cena real. No podemos permitir que beba de su copa.

Recuperé mis fuerzas, aun cuando mi cuerpo estaba muy maltrecho. Algo en mí no me dejaba ir. Roben me entregó mi espada y corrimos al salón real. Habían comenzado a servir la cena y, en ese instante, le llevaban al rey su copa en una bandeja de plata.

—No tengo ánimos de brindar. ¿Ha habido noticias de Roben? —xpresó el rey entristecido.

—Aún no, tío —dijo Carlo.

Un soldado llegó y le dijo algo a Melquiades. Este miró a Carlo y le dio una negativa con la cabeza.

—Su majestad, si me permite aliviar su pena, los soldados no cesarán hasta que encuentren al príncipe. Debe alimentarse o enfermará —dijo Melquiades.

—Es cierto, Amatur, yo sé que Roben aparecerá con bien. Lo siento, pero tienes que alimentarte —dijo Camila.

—Mi madre tiene razón, tío. Debe comer —dijo Carlo.

El rey tomó la copa en su mano. Cuando estuvo a punto de tomar de ella, el grito de Roben retumbó en el salón.

—¡Padre, no bebas de la copa!

Todos los presentes se voltearon asombrados. El rey puso la copa en la mesa y se levantó sorprendido y aliviado al ver a su hijo. Entonces se percató de que yo lo acompañaba.

—¿Qué hace la prisionera contigo? —preguntó el rey.

—Ella es inocente, padre. Tu copa ha sido envenenada por el verdadero traidor.

—¿Qué dices, Roben? ¿Acaso te has dejado engañar por esa mujer? —dijo Carlo.

—Su majestad, sin duda, su hijo ha sido víctima de esta hechicera. Tiene a Roben bajo su encanto —dijo Melquiades.

—Tú eres el traidor Melquiades, y lo sabes, y Carlo también lo sabe —dije.

Todos se miraron desconcertados Roben giró hacia mí boquiabierto. No le había dicho todo lo que yo había escuchado en el calabozo. La noticia de la complicidad de su primo lo tomó por sorpresa.

—¡Ja! ¿¡Cómo te atreves a manchar el nombre del príncipe!? Esta mujerzuela, además de traidora, está demente. Su majestad, no tiene por qué dudar. Beba en confianza —dijo Melquiades.

—¡No lo hagas, padre! —dijo Roben.

—¡Pero qué te ha sucedido, Roben. Te has dejado hechizar por esta bruja! —dijo Carlo, incrédulo.

—Confío en Elizabeth —dijo Roben.

—¿Aun cuando me acusa de traidor? —dijo el príncipe Carlo indignado.

—Y si la copa está envenenada en verdad, tal vez fuiste tú y tu gente, traidora —dijo Melquiades.

—He estado en el calabozo. Si hubiese querido huir, ya lo habría hecho y ahora el rey estaría muerto. Pero estoy aquí, frente a ustedes, para que se sepa la verdad —dije con seguridad.

Lady Camila no aguantó más y tomó en sus manos la copa del rey.

—Ya basta de esta locura. Mi hijo no haría tal cosa. Para que no haya duda de él, yo beberé de la copa.

Carlo observó a Melquiades y notó en sus ojos la traición. Aun cuando le había ordenado que no matara al rey, Melquiades había tomado la decisión. Temió por su madre. Cuando Camila tenía la copa ya cerca de su boca, Carlo la detuvo con su mano.

—¡Madre, no lo hagas!

Hubo un silencio. La madre del príncipe lo miró con asombro y decepción. Dos lágrimas se le escaparon mientras le dijo:

—Dime que no es cierto. Tú no traicionarías a quien ha sido como un padre para ti.

El silencio y la mirada de Carlo a su madre revelaron la verdad. Era como si Camila hubiera desnudado el corazón de su hijo. La mirada de dolor en su rostro desarmó a Carlo por un instante y este comenzó a mirar en todas direcciones. Roben agarraba con fuerza su espada tratando de contener las lágrimas por la decepción. Carlo era como un hermano y esta verdad le rasgaba el corazón. Carlo fijó su vista en Melquiades y con odio le dijo:

—Maldigo el día en que crucé palabras contigo, traidor.

Acto seguido, los guardias apresaron a Melquiades y rodearon a Carlo, que aún se encontraba al lado de su madre. La madre de Carlo se arrodilló en el suelo clamando piedad por su hijo.

—Ha sido mi culpa, su majestad. No he sabido criar bien a mi hijo, por favor, castígueme a mí.

En ese instante, lo que pasó nos dejó sin palabras. Estoy segura de que todo Clendor lo recordará. El príncipe Carlo, con lágrimas en sus ojos, alzó la copa y gritó: «¡Por Amatur, verdadero rey de Clendor!», y bebió el contenido de la copa. Todos nos quedamos estupefactos. Jamás pensamos que Carlo se quitaría la vida y menos de esa forma. La copa cayó de sus manos, se puso pálido y comenzó a temblar. Su madre lo tomó entre sus brazos sin poder contener las lágrimas. Desconsolada, acariciaba el rostro de su hijo desolada en su convencimiento de que no podía hacer nada por él. Carlo miró a su madre, sonrió y en su último aliento susurró.

—Perdóname, madre, ¡Que vi... va A... ma... tur,... rey...!

No dijo más y Carlo, príncipe de Clendor, expiró en los brazos de su madre.

Taloc

~

Todo quedó en silencio. Se podía escuchar el zumbido del vuelo de las moscas. Lady Camila cerró los ojos de su amado hijo, que parecía dormido en sus brazos. Lo abrazaba y lo mecía como si aún fuera su pequeño, como si temiera despertarlo. Sus sollozos se derramaban por el salón real como la bruma. Roben, aún atónito, no sabía qué hacer, a dónde dirigirse así que dio media vuelta para retirarse. Caminó hasta la entrada, no recuerdo nada más. Mi cuerpo ya no resistía el dolor y caí de bruces al suelo. Lo último que recuerdo fue haber dicho en voz baja el nombre de Roben.

Al sentir un ardor horrible en mi espalda, desperté en una habitación que no era la mía. Era el cuarto de Lady Camila. Una doncella curaba las heridas y rápidamente la llamó cuando se percató de que había recobrado el conocimiento. Camila entró a la habitación y se sentó a mi lado.

—¡Pobre criatura! Pensé que no despertarías.

—¿Cuánto tiempo llevo inconsciente? —pregunté algo aturdida.

—Han pasado cuatro días… ¿Te hizo esto Melquiades?

—No, milady —dije entristecida. Sabía que Camila sentía un dolor muy profundo.

—Entonces… fue Carlo.

No podía decir ni una palabra, pero mi rostro lo reveló todo. Lady Camila suspiró de tristeza y decepción.

—Carlo se encontraba bajo la influencia de Melquiades, lady Camila. En ese momento no era él mismo. Carlo ya se ha librado de su poder —dije para tratar de aliviar su pesar.

Camila sonrió más por agradecimiento que por consuelo. En ese momento, Roben entró de súbito en la habitación.

—Debemos ir a Taloc lo antes posible Eli…

—¡Roben de Clendor!, ¿cómo te atreves a entrar en la habitación de una dama sin permiso?
—Lo siento, tía, me informaron que despertó y pensé...
—¡Estamos curando sus heridas! Será tu escudero, pero recuerda que es una dama. ¡Fuera hasta que se te avise!
—Sí, lo siento —dijo Roben mientras se retiraba girando su rostro, avergonzado.

Camila y la doncella continuaron colocando cataplasmas y gasas en mis heridas. Las cubrieron con una poción espesa que olía a menta y luego colocaron unas vendas de algodón blanco a la vuelta del torso. Me volví a quedar dormida y, cuando desperté, el sol comenzaba a retirarse habiendo completado su jornada.

Me levanté, me vestí y salí a deambular por los pasillos. No aguantaba más estar encerrada. Al acercarme a una de las torres vi a Roben concentrado mirando una de las gárgolas y no percibió mi llegada.

—¿Esperas que de alguna forman protejan el castillo? —dije con un tono severo pero en broma. Se volteó sorprendido y me recibió con una sonrisa.

—Desearía que así fuese... ¿Cómo te sientes?
—Un poco adolorida, pero lista para lo que sea.
—Partiré a Taloc lo antes posible. Llegó un mensajero. David está con vida.
—Alistaré los caballos para que partamos de inmediato.
—¿Partamos?
—Claro, yo le acompañaré.
—Estás herida. Ya has hecho demasiado. Necesitas reponerte antes de considerar si puedes hacer algo más.

Respiré hondo y seriamente le dije:
—Dígame una cosa. Cuando entró a la habitación de Lady Camila fue con la idea de que fuéramos a Taloc, ambos ¿cierto?
—Bueno... sí, pero estás lastimada y es un viaje muy agotador, sobre todo muy intenso para...
—¿Una mujer?... ¡Sabía que me estabas tratando diferente por ser mujer! —me enfrenté a él como un igual.

—¿Qué hay de malo en eso? ¿Por qué quieres tanto que te trate igual que a un varón? —preguntó Roben sin entender mi reacción.
—En primer lugar, somos personas y...
—Tienes toda la razón en eso, incluso mi madre siempre decía que por el hecho de traer los hijos al mundo son más fuertes, pero siempre me educó viendo a la mujer como...
—¿Inferior?
—No... Delicadas.
—Y por ser delicadas somos débiles... creen que nos pueden tratar como a un objeto para cuando se les plazca...
—Yo no... —la expresión de Roben fue una mezcla de confusión con vergüenza y a la vez temor de ser malinterpretado.
—No soy débil... no soy vulnerable... no me dejaré tratar así... no otra vez.

En ese momento, regresaron a mi mente angustiosas imágenes del pasado y, junto con ellas, el dolor. Eran imágenes que creía haber borrado de mi memoria, pero con lo ocurrido en el calabozo, reaparecieron para atormentarme. Sentí las lágrimas bajarme por las mejillas. Había jurado no volver a llorar, especialmente frente a otra persona, pero no pude. A veces el dolor de un recuerdo es muy poderoso. Detestaba ese sentimiento que me hacía sentir tan vulnerable, tan débil, tan pequeña. Roben se sorprendió, pues nunca había derramado lágrimas frente a él, sin importar cuán fuerte fuera el dolor, la ira o la desesperación. Nunca había demostrado ninguna señal de debilidad. Maldije haber llorado, haber sido tan tonta. No quería que me viese llorar. Me volteé y puse mis puños contra la pared. En ese momento sentí la mano de Roben en mi hombro mientras me decía:
—Llorar no nos hace débiles, Elizabeth. Nos hace humanos.

Roben se volteó para retirarse, se detuvo y me dijo:
—Descansa esta noche. Mañana al amanecer, partiremos a Taloc.

Esa noche me desvelé pensando en mi padre, en mis hermanos, en mi madre a quien había ido a ver pues se había pasado el día preguntándole a Emily por mí. Logré convencerla de que estaba bien, que había habido un malentendido, que no se preocupara por mí, que seguía siendo el escudero del príncipe. Contuve los deseos de llorar cuando me abrazó y no sintió las marcas de los latigazos en mi espalda por estar cubiertas con los vendajes. Al regresar a mi habitación lloré por el dolor de la traición, por el dolor de haberle mentido a mi madre, por el dolor que había aislado en mi espalda al punto de que ya lo sentía como una pieza de ropa áspera que lastima la piel pero no hace daño.

Salimos al amanecer. El trayecto no fue tan largo, al menos no para mí. Había estado tan concentrada en mis pensamientos que no me fijé en el camino. Conversamos de todo menos de mis heridas. Guardamos largos ratos de silencio por el alma de Carlo y cada uno, por separado trató de descifrar qué lo indujo a ceder a las tentaciones de Melquiades y una traición tan espantosa. Galopamos cada vez que el terreno lo permitía, deteniéndonos para dormir y solo para lo estrictamente necesario. Cuando llegamos a Taloc, ya era la mañana del cuarto día de viaje.

El castillo de Taloc era muy parecido al de Clendor, excepto que no se encontraba en un acantilado, sino en una colina en medio de un extenso llano. Por el parecido no me sentí extraña en aquel lugar. Los guardias reconocieron los colores de nuestros banderines que levantamos cuando nos acercamos al foso y nos abrieron las enormes puertas de cedro tan parecidas a las del castillo de Clendor que hubiese pensado que fueron hechas por los mismos artesanos. Mientras entrábamos al reino y a su palacio, Roben señaló que observara a los soldados. Entre la guardia de su majestad, también había mujeres. En la gran puerta del salón real estaba labrado el escudo de su reino: dos espadas cruzadas y una mariposa blanca sobre ellas enmarcadas por dos dragones dorados. Quedé impresionada con la hermosura del labrado que, a la distancia, antes de llegar a la puerta, relucía

como si estuviese labrado en oro y perlas. Roben se me acercó y en voz baja me dijo:
—Impresionante, ¿Verdad? Simboliza la lucha por la prosperidad del bien amparados por la pureza y la fuerza. Los dragones son la fortaleza y protección del alma noble de su pueblo, representados por la mariposa blanca. Las funciones diplomáticas, exigen conocer la historia de los aliados.
Fuimos recibidos por el mismo rey Darivius en el salón real. El rey de Taloc era un hombre mayor que Amatur. Se veía más anciano, con una barba larga y plateada. Pero sus años no eran sinónimo de fragilidad o impotencia, era de un carácter firme y fuerte.
—Bienvenido a Taloc, príncipe Roben —dijo de manera afable.
—Gracias por recibirnos, su majestad –dijo Roben inclinándose y siguiendo el protocolo de la realeza.
—Estoy seguro de que a su hermano David le dará mucho gusto verlo.
—Me alegra saber que mi hermano se encuentra bien, su alteza.
—Ha estado muy bien cuidado por la princesa. La herida de su brazo ha sanado rápidamente.
—¿Quién atacó a mi hermano, rey Darivius?
—El príncipe venía acompañado de un hombre y un niño que lo trajeron a palacio. Aparentemente, el soldado que lo acompañaba era un traidor, aprovechó un descuido de David e intentó asesinarlo. El príncipe lo derrotó no sin antes recibir una herida de espada. El herrero Marcus y el pequeño Thomas lo socorrieron y lo escoltaron hasta aquí. Síganme, los llevaré a los establos. Ambos se encuentran allí.
Hasta ese momento, yo no había pronunciado ni una sola palabra hasta que mi porte de escudero se vino abajo al mostrar mi entusiasmo por la conversación del rey y el príncipe.
—Me habían dicho que su ejército era peculiar. No pude

El Escudero del rey

evitar sorprenderme al darme cuenta del porqué. Hay soldados que son mujeres, rey Darivius —dijo Roben.

—No comprendo su asombro, príncipe Roben, teniendo usted a una mujer por escudero —dijo el rey observándome con el rabillo del ojo.

Roben se sorprendió ante lo dicho por el rey. Era cierto, me asombraba la astucia y sabiduría del rey de Taloc. Darivius continuó:

—Las mujeres pueden ser tan buenas guerreras como cualquier hombre. Mi reina, que en paz descanse, fue muy valiente. Por su determinación y valentía, junto a su hermano, este reino pudo librarse de la dictadura más cruenta de nuestra historia.

—Es admirable. La leyenda del demonio, la mariposa y el dragón dorado se la debemos a la historia de su pueblo —dijo Roben.

Fue entonces cuando no pude contenerme, ya que esta leyenda es mi favorita. Por ella fue que quise siempre ser como mi padre aun siendo una niña.

—¡El demonio, la mariposa y el dragón dorado! ¿Esa leyenda se refiere a su reino? —dije emocionada como un niño.

Roben me miró algo molesto, pues mi reacción no fue adecuada ante un rey. El rey comenzó a reír.

—Así es, valiente doncella. Habrás oído que quien luego reinó fue la princesa.

—¡Quién no ha oído esa leyenda! Entonces la princesa...

—Sí, eso fue hace muchos años. La gran historia ha viajado de boca en boca añadiéndole y quitándole hasta ser la leyenda que es hoy. Pero la esencia es la misma: la magia y la nobleza salvaron a nuestro reino. La belleza de la princesa... eso sí no fue exageración, así como su ejemplo y su memoria permanecen vivos en nuestra historia a través de la imagen de mi hija –dijo el rey Darivius con orgullo.

Mientras el rey decía esto, llegamos a los establos, que quedaban a mitad de camino del edificio donde se encontraba David. Allí nos topamos con la princesa Kaila quien al escuchar a su padre, se volteó y nos dio la bienvenida al palacio. El rey no había exagerado. Su belleza era alucinante. Una amplia sonrisa con labios color carmesí hacían relumbrar sus blancos dientes. Sus ojos color cielo, risueños y transparentes, nos deslumbraron a Roben y a mí, aunque creo que también el efecto de la luz del sol le regaló un halo a su entorno que embellecía aún más su presencia. De primera instancia, no me pareció una guerrera con su vestido largo y flores trenzadas en su larga cabellera negra, pero luego vería cuán equivocada estaba.

Roben y yo saludamos a Marcus y Thomas quienes se alegraron tanto de vernos que me pareció que se le humedecieron los ojos. Thomas me abrazó como el hermano menor que había perdido.

Entonces caminamos hasta los aposentos donde descansaba el heredero del trono de Clendor. Me quedé esperando afuera pues no quería ver el efecto que tendría en David descubrir que su primo, a quien había querido como un hermano, era quien había traicionado al rey. Decidí ir a los jardines a esperar y dejar que Roben le explicara todo. Cuando me estaba retirando, Thomas salió de los establos y corrió hacia mí.

—¡Eliot, espera!
—No te preocupes por llamarme Eliot.
—¿Por qué?
—Ya todos saben quién soy.
—Bromeas, ¿cierto? —los ojos de Thomas se abrieron sorprendidos.
—No.
—Bueno, no todos, porque David y mi padre aún no lo saben.
—Entonces ya están por saberlo.
—Te metiste en líos, ¿verdad?
—Muchos.
—Quiero escucharlo todo. Voy a esconderme detrás de la puerta pues no quiero perderme la expresión en sus caras cuando Roben les cuente.

Thomas se veía un poco más crecido, pero ciertamente seguía

siendo un niño. Sin esperar a que tratara de disuadirlo, salió corriendo hacia la habitación donde se encontraba David. No intenté detenerlo. Sabía que sería en vano. Seguí paseando por los jardines pensando en todo lo que había vivido en tan poco tiempo. La princesa Kaila me encontró en uno de los corredores al costado de una larga fuente donde cisnes y otras aves nadaban y se sumergían buscando su alimento. Tras saludarme con una naturalidad que no me esperaba de toda una princesa, comenzó a mostrarme los alrededores.

—Es bueno encontrar a alguien tan parecida a mí —dijo la princesa luego de contarme sobre el origen de los jardines y de cuántos lugares del reino habían traído plantas de río y aves de plumas impermeables.

—¿En verdad, su alteza? —pregunté sorprendida.

—He oído que eres muy talentosa con la espada. Serás una gran aliada de los príncipes cuando te enfrentes al enemigo en batalla —expresó jugando con una de las cintas de su vestido mientras caminaba a mi lado.

—¿Cuando me enfrente al enemigo en batalla?

—Sí, has estado en una.

—Es cierto, ahora que lo pienso. He estado en guerra desde que le quitaron la vida a mi hermano. A pesar de todo, solo en mi imaginación había contemplado enfrentarme a los mólocs.

—Sé que los podremos vencer. Mi hermano Darius llegará mañana con refuerzos de todo el reino. Mi padre y yo lucharemos también.

—Su padre.

—Es un gran mago. Su sabiduría y habilidades nos serán útiles en el campo de batalla.

—¿Irá también usted?

—¡Claro! También es mi responsabilidad. Conociendo la historia de mi reino, no puedo negarme a cumplir con la misión que me ha tocado.

Me quedé en silencio por un momento, meditando en la tranquilidad con que la princesa hablaba acerca de la guerra. Bueno, pensé, teniendo una madre que fue guerrera eso lo llevaba en la sangre. Me sorprendí cuando comenzó a hablar de nuevo.

—Habrá sido muy difícil para ti dejarlo todo para ser un escudero y guerrero. Por mi sangre corre esa energía, pero de mi padre he aprendido a controlarla. No es fácil controlar la ira. A veces te consume y más cuando los que amas han corrido riesgos.

Sentí que estaba leyendo mi mente. Mientras la princesa narraba lo que había vivido y sentido, era como si todo lo que yo había pensado, hablado y hecho se estuviera reflejando en mi rostro. Sí, habíamos vivido muchas cosas similares: la muerte de un ser amado, la sed de venganza, inclusive aceptar las cosas tal como son, pues no se puede volver al pasado.

Kaila había sufrido la pérdida de su madre cuando tenía trece años. La reina estaba a punto de dar a luz a su tercer hijo. La partera real no llegaba. A pesar de que la reina era fuerte, había tenido dificultades con su embarazo y necesitaba toda la ayuda posible. Su padre trataba de calmar el dolor, pero no tenía experiencia en esos asuntos ya que era la costumbre que el padre esperara afuera hasta oír el llanto del niño. La partera nunca llegó. Vivía cerca del castillo con su familia, pero fueron atacados por ladrones. Pensaban que, por ser la partera real, tenía riquezas en su casa, aunque no era así. La noticia del ataque llegó hasta Darivius. Todos habían muerto, además, habían incendiado la casa. Los sirvientes intentaron ayudar a la reina, pero solo pudieron salvar al bebé. La reina había usado todas sus fuerzas para que naciera la criatura. Murió sonriente en los brazos de su esposo, pues antes de dar su último aliento, pudo ver al niño con vida.

La princesa juró vengarse de los responsables de la muerte de la partera, a quien amaba también, pues había sido una compañía durante toda su niñez. Sin entender por qué, al principio odiaba a su hermano porque su nacimiento significó la muerte de su madre. Si no hubiese sido por él, llegó a pensar, su madre seguiría con vida. Junto con su hermano mayor, comenzó a investigar hasta dar con los ladrones asesinos. Su deseo era colgarlos en la plaza como advertencia a quien tratara de cometer un crimen, pero la sabiduría de su padre los hizo recapacitar. No era honorable que la realeza hiciera tal cosa, ya que recordaría los momentos de dictadura que habían sufrido y por lo cuales tuvieron que luchar para liberarse. Se llevó a cabo un juicio con representación de todos los habitantes del palacio y sus alrededores en el cual los ladrones fueron hallados culpables pues la evidencia en su contra era contundente. Los sujetos fueron sentenciados a morir, pero no en una plaza, sino en el calabozo, mediante el veneno de la serpiente más mortal del territorio. Luego, los restos fueron entregados a sus familiares para que los sepultaran. Los príncipes aprendieron a controlar su ira, pues de lo contrario culminaría controlándolos a ellos y los llevaría a una oscuridad de la cual luego les sería sumamente difícil salir. Comenzaron a ver a su madre en el rostro de su hermano menor y aprendieron a protegerlo, cuidarlo y a amarlo pues llevaba en sus venas la sangre de su madre y su último soplo de vida. Por su futuro, defenderían el reino de cualquier enemigo, incluso de los mólocs que aún no se habían declarados enemigos del reino.

La princesa Kaila tenía diecinueve años, su hermano mayor, el príncipe Darius, veintitrés, y su hermano menor, Darian, solo seis. Eran muy unidos. Se amaban y protegían unos a otros. Entrenaban juntos y recibían lecciones sobre justicia, moral y el arte de gobernar con su padre. El rey Darivius les enseñaba cómo ser buenos líderes, justos y honestos. Durante el rato que conversé con la princesa, sentía que estaba compartiendo con un amigo de mucho tiempo. No sentí que era una relación de realeza y plebeya o de amo y sirviente. Me trataba como a su igual y eso me hacía sentir apreciada, valorizada, en confianza.

—Mi madre solía decir que cegarse por la obsesión, el odio o la venganza es como estar en una caverna cuya entrada se ha derrumbado. Mientras más tiempo permanezcamos en la oscuridad, más difícil es acercarse a la luz que se filtra por las rocas que dan a la salida. Esa luz sale del corazón...

Escuchando las palabras de Kaila, los consejos de mi madre

regresaron a mi mente. Recordé que mi sed de venganza casi le costó la vida a Roben cuando nos atacaron en el acantilado. Me cegué. Solo quería acabar con el asesino. Por un segundo, me olvidé de él. Por un segundo, casi lo suelto al vacío. Kaila continuó.

—El corazón susurra, Elizabeth. Hay que escucharlo. Esa es la luz verdadera que nos guía a la salida, fuera de la oscuridad, a la libertad. Mi madre venció esos desafíos varias veces. Aprendió y pudo ser la reina que se ganó el corazón de todos.

—Es tan sorprendente la manera en que se parecen nuestras experiencias. Me refiero al sentimiento de perder a un ser amado de una manera tan cruel —le dije con una tristeza en la voz que provocó que Kaila me mirara con cierta ternura.

—Sí, lo es —me respondió con igual tono.

Kaila volteó la cabeza hacia el cielo y, con la mirada puesta en el firmamento, dijo:

—Mira el cielo, Elizabeth. Mira las aves volar con tanta libertad. El cielo es libre para ellas. La tierra debe ser libre también para el que desea vivir en paz.

—Tiene razón, su alteza.

—Nadie les cuestiona a los mólocs lo que hacen en su tierra, pero querer conquistar las nuestras, matando, torturando a inocentes, es algo imperdonable. No permitiré que mi pueblo sufra la esclavitud de una dictadura.

—Quiero castigar a los que mataron a mi hermano. No deseo ver a Clendor conquistado.

—Entonces lucharás.

—En mi interior, no me agrada la idea de acabar con la vida de un ser humano. Parte de mí me recuerda que son el enemigo, hombres despiadados, capaces de arrasar con cualquier vida con tal de obtener la victoria. La otra parte de mí siente que también tienen familias, que son hijos, padres, hermanos. Ese deseo de matar, de destruir, para mí no tiene lógica, ¿verdad?

—La guerra nunca tiene lógica, Elizabeth. Pero los derechos del vecino terminan donde comienzan los nuestros. Hay que ser realistas. Yo iré a la guerra con mi hermano Darius y David. Lucharé por mi pueblo, por las madres y por los niños de Taloc, y por mi hermanito que es lo único que me queda de mi madre.

—Es mi deber acompañarlos, su alteza. La seguridad de mi familia también está en juego. Debo protegerlos. Sí, estoy convencida de que mi destino es luchar al lado de mi gente, de David y de Roben.

—Lucharemos brazo con brazo en defensa de quienes amamos.

—Gracias, su alteza.

—Mañana partiremos. Se supone que mi hermano llegue hoy con los nuevos reclutas del ejército. Esta noche, mi padre convidará a un banquete para celebrar la unión de nuestros reinos y la voluntad de luchar juntos por nuestra libertad.

—Creo que ayudará a calmar la tensión.

—Te conseguiré uno de mis vestidos...

—¡No! No es necesario... su alteza —interrumpí a la princesa.

—Por qué no?

—Yo soy un soldado, no una doncella, ni una noble. No merezco ser tratada como tal.

—Yo también soy una guerrera. Serlo no te exime de ser mujer ni te quitará lo valiente. Tú eres una dama, noble o no, aunque quieras ocultarlo bajo la vestimenta de soldado... o escudero en tu caso.

—Yo... —en realidad no sabía qué contestar, estaba tratando de pensar qué responderle cuando continuó hablando.

—A veces formamos una muralla a nuestro alrededor para que no nos vuelvan a herir y nuestro verdadero yo se va ahogando. El tiempo pasa y nos vamos volviendo tan duros como esa pared, apresando los sentimientos sin dejarlos salir y sin amor al final de todo. Pensamos erróneamente que esa barrera nos protegerá de las heridas del pasado. En realidad, lo que hace muchas veces es aprisionar esos malos recuerdos, y revivimos el pasado una y otra vez sin permitirnos apreciar lo que sí nos queda, lo que tenemos para vivir en paz. A veces solo basta un abrazo para derribarla, permitiéndonos ser libres, tan libres como las aves que surcan el cielo.

Kaila no dijo más y se despidió para retirarse. Me encontraba concentrada en el vuelo de las aves que surcaban el cielo cuando el rey Darivius se acercó.

—Mi hija tiene un gran don, aunque para algunos es una maldición. Nunca te dice lo que deseas escuchar, pero sí lo que necesitas oír.

Me quedé pensando en sus palabras. Luego el rey me miró con una ternura paternal. Su mirada me recordaba a mi padre cuando me explicaba las cosas verdaderamente importantes en la vida.

—David y Roben te esperan en la antesala del salón real.

—Gracias, su majestad —balbuceé desconcertada.

Al llegar, el rey me dijo que entrara, pues los príncipes querían hablar conmigo en privado. Mi corazón se aceleró. Enfrentaría a David y tendría que ver en él la decepción por el engaño. Al menos me aliviaba saber que Roben estaría allí.

Entré y cerré las puertas tras mí. Roben y David estaban solos.

—Ven, Elizabeth de Austin —dijo David seriamente.

Sentí mi corazón alojárseme en la garganta. David no estaba sonriente, como era su costumbre. Tenía un brazo vendado. Probablemente producto del ataque del traidor. Me acerqué y me incliné sobre una rodilla frente al príncipe heredero de Clendor. David comenzó a hablar.

—Roben me ha contado todo.

—Su majestad...

—¡No me interrumpas, Elizabeth! —me dijo David con autoridad.

Obedecí y bajé la cabeza. David continuó:

—Solo hay una expresión para todo lo que has hecho... —respiré hondo. Temí cuál podría ser mi sentencia.

—¡Gracias! —dijo David.

Levanté mi rostro incrédula y David explicó.

—Si no hubieses sido Eliot, no hubieras podido ayudarme en

el bosque cuando nos atacaron; si no te hubiésemos conocido, mi padre con toda probabilidad estuviese muerto ahora mismo. ¡Ah! Y no vería ahora a mi hermano convertido en todo un líder, crecido y maduro.

—No olvides que salvó mi vida varias veces, por lo cual también estoy agradecido —dijo Roben.

—Ponte de pie, Elizabeth de Austin —ordenó David.

No sabía qué esperar. Una extraña agitación me apretaba el pecho. ¡Me sentía tan pequeña! Me puse de pie y Roben se acercó a mí con algo oculto en sus manos. Tomó mi mano y me dio lo que ocultaba mientras decía: «Sé que has esperado mucho para tener esto». Cerró mi mano y sonrió. Al abrirla, en la palma sostenía la estrella de plata de mi padre. No podía explicar lo que sentía. Era una explosión de emociones encontradas: felicidad, alivio, nostalgia... No puedo describirlo con claridad. Lo único que puedo decir es que cuando me di cuenta de lo que pasaba, ya me había lanzado sobre Roben y mis brazos le rodearon el cuello en un abrazo espontáneo. El joven príncipe se sorprendió, pero pude sentir sus brazos que respondieron a mi impulso inconsciente. No recuerdo por cuánto tiempo me quedé así, solo recuerdo que le daba las gracias mientras mi voz se apagaba con el llanto. Ya no me sentía débil, sino aliviada. Comprendía el significado de haber recuperado el collar. Lloré de emoción y no me importó que Roben me viera o incluso David. ¡David!, pensé. Me había olvidado por un instante de que él se encontraba en el salón también. De súbito, rompí el abrazo y sequé mis lágrimas con la manga de mi camisa. Roben me dijo con una sonrisa en los labios:

—Marcus y Thomas fueron los héroes. Thomas reconoció tu collar en uno de los soldados que apoyaban a Melquiades y me lo dio para que te lo entregara.

—¡Gracias! —dije con la voz aún entrecortada.

—Ven —dijo Roben guiándome hacia la puerta.

Afuera, en los jardines, nos esperaban Marcus y Thomas. Al reunirme con ellos, los abracé y les di las gracias, creo que mil veces. Me disculpé con el herrero por no haber sido sincera con él desde el inicio.

—Si el futuro rey te ha perdonado, no veo por qué yo no. Gracias a ti y a mi hijo, vivo en el palacio —dijo el herrero Marcus.

Miré a Thomas, quien, con una mirada tímida, se acercó y me dijo:

—Siento no haber sido yo quien haya rescatado la estrella de Peter dándole su merecido al asesino. Mi padre hizo la mayor parte; yo solo se la arranqué del cuello.

—Ya no importa, Thomas. Definitivamente eres un héroe para mí.

Thomas sonrió y le di otro fuerte abrazo. Ya lo había adoptado como parte de mi familia. Le di un beso en la coronilla y se sacudió alejando su cabeza.

—¡Oye! Recuerda que todos saben que eres una chica, no me avergüences —dijo Thomas frunciendo el entrecejo.

El herrero comenzó a reírse a carcajadas.

—Has vivido más aventuras de las que yo hubiera soñado jamás. ¡Ja! ¡Eres todo un héroe, muchacho!

Y me dio una fuerte palmada en el hombro que me estremeció hasta casi hacerme caer. Luego recordó que no soy Eliot, sino Elizabeth, y algo preocupado se disculpó.

—Lo siento. Me olvidé de que eres una chica.

Todos comenzaron a reír mientras acariciaba mi hombro lastimado por el golpe.

En ese momento, las trompetas sonaron dando la noticia de la llegada del príncipe Darius con el ejército de reclutas. Nos sorprendimos al ver la muchedumbre aglomerada. El pueblo de Taloc respondía al llamado de la familia real. El príncipe Darius llegó entusiasmado donde su padre al poder mostrarle la respuesta de su amado pueblo dispuesto a luchar. En el salón real, Darius saludó a los príncipes de Clendor. Estrecharon manos y Darius dijo a David.

—Nuestros pueblos lucharán juntos, príncipe David. Los mólocs no podrán conquistar ni un reino más.

—Gracias, príncipe Darius.

—Bueno, es hora de que descansen por un rato antes del banquete real. Hoy celebraremos y mañana partiremos hacia Clendor —dijo el rey.

Subí a la habitación que había sido preparada para mí. Cuando entré, observé sobre la cama un vestido y una nota de la princesa Kaila. «Ser guerrera no te quita lo de ser doncella, y usar el vestido no te quitará lo valiente. Recuerda: <El hábito no hace al monje>». Tomé el vestido en mis manos sintiendo la suave textura de la tela. Una lágrima se me escapó al recordar a mi madre. La extrañaba. Recordé con una mezcla de tristeza y ternura el vestido que me había mandado a hacer y que me convirtió, sin ninguna de las dos anticiparlo, en la guerrera que soy ahora. Sacudí la cabeza y me recosté sobre la cama con el vestido en mi mano y caí en un profundo sueño.

Llegó la hora del banquete. Dentro y fuera del castillo se les servía comida y bebida a los soldados. Se oía música popular y algarabía en el ambiente. En el gran comedor real se encontraba el rey Darivius, los príncipes de Taloc y Clendor, y la corte real. Marcus y Thomas se hallaban en una mesa contigua con otros invitados del rey. La música de arpa, violas, gaitas y mandolinas llenaban el salón de melodías por todos conocidas y que hacían a los presentes sonreír con gratos recuerdos y alegría. El pequeño príncipe Darian y Thomas, que se miraban desde sus respectivas mesas como chicos locos por jugar juntos, ya deseaban que comenzaran a servir la cena, pero la princesa Kaila aún no llegaba al salón comedor. Era costumbre del rey que la familia real tenía que estar reunida para comer.

—Paciencia, Darian, Kaila aguarda por Elizabeth. No es propio de una princesa dejar a su invitada sola —dijo el rey.

Los príncipes se reían mirando al pequeño príncipe fruncir el entrecejo.

—Padre, ¿quién es Elizabeth? He oído de ella, pero no la he visto —preguntó Darius con interés.

—Es el escudero del príncipe Roben —contestó el rey.

—Además, es una heroína por haber descubierto un complot que se tramaba contra mi padre —dijo David.

—Ahora entiendo porqué mi hermana tiene tanto afecto hacia ella. Me imagino que tienen mucho en común. ¿Y cuándo llegará? —dijo Darius.

—¡Ya están aquí! —dijo Roben asombrado.

Lo cierto es que todos se nos quedaron mirando cuando Kaila y yo entramos al salón comedor. Kaila lucía un hermoso vestido azul turquesa con encajes blancos y orquídeas en su cabello. Yo, bueno, accedí a utilizar por segunda vez en mi vida un vestido. Era de color magenta, algo así me dijo ella, con mangas largas y abiertas. Kaila había colocado una orquídea también en mi cabello recortado pero peinado por una de las doncellas de la princesa para que pareciera más largo. Por las miradas de mis amigos, sabía que no me parecía en nada al escudero que entró en el palacio. La verdad es que no sé ni cómo me veía. Si hubiera visto mi reflejo, de seguro que me hubiese quedado en la habitación.

El príncipe Darius se acercó galantemente. Su cabellera negra ondeaba al compás de su caminar. Sonriente y presuroso nos dio la bienvenida saludando a su hermana y escoltándonos, ambas tomadas de sus brazos hasta nuestros asientos. Nos sostuvo las sillas al llegar a la mesa. Mientras me sentaba, le escuché dirigirse a mí diciendo: «David me dijo que es un héroe. Mi padre me dijo que es el escudero del príncipe Roben, pero nadie me advirtió de lo hermosa que es milady». No pude evitar sonrojarme. El príncipe Darius me miraba insistentemente. Su piel levemente bronceada resaltaba sus ojos azules bajo unas cejas profundamente negras y al sonreír, resaltaba los hoyuelos en sus mejillas. Era un adulador, su hermana ya me lo había advertido. Aun así, me sentí especial aunque no como una frágil doncella.

El Escudero del rey

No pude evitar darme cuenta de la expresión de mis amigos, Marcus y Thomas que aún tenían la boca abierta.

Luego de la cena, el padre de Kaila le pidió que bailara para los presentes. Kaila comenzó a danzar al ritmo de la música. Luego se acercó a mí para que la acompañara, a lo cual obviamente me resistí. Kaila era muy insistente y me di cuenta de que no se daba por vencida hasta que obtenía lo que se había propuesto.

—Vamos, Elizabeth —decía Kaila.

—Anda, Elizabeth, baila —gritaba en voz baja Thomas desde la mesa de al lado.

—Ve, pequeña —dijo el rey.

—Vamos, Elizabeth. Solo tiene que seguir los pasos de mi hermana –insistió Darius con una mirada saturada de ternura.

Miré a todos lados, David asentía con la cabeza mientras sonreía. Roben se limitaba a sonreír observando a todos pedirme que bailara. Los demás insistían hasta que casi me sacaron de la silla. Kaila terminó por darme el halón final. Thomas, soltando una carcajada, me gritó: «¡Vamos, inténtalo, quiero ver cómo mueves tus dos pies izquierdos!», lo que le costó un coscorrón por parte de su padre.

—¡Cállate, Thomas! Esa no es manera de hablarle a una dama.

—¿Dama? Pero si es Elizabeth, ¡Eliot! ¿Lo olvidan? —reprochó Thomas.

—¡Thomas! —intervino Roben con simulada autoridad—. No le discutas a tu padre.

Pude seguir los pasos de Kaila y juntas bailamos la pieza. Al terminar todos en el salón real nos aplaudieron. No recuerdo haberme reído tanto desde hacía muchos años. Al finalizar el banquete, el rey se reunió en una sala de estar al lado del salón real con los príncipes. Se me dijo que yo podía estar presente por ser el escudero de Roben.

—¿Con cuántos soldados contamos? —preguntó el rey.

—Seis mil hombres y tres mil mujeres —dijo el príncipe Darius.

—Nueve mil soldados, confío que sean suficientes —dijo Roben.

—Son más que suficientes —dijo David.

Acto seguido comenzaron a nombrar los batallones que cada uno estaría liderando.

—Bueno, vayan a descansar. En la mañana partiremos —dijo Darius cuando acordaron la distribución de los batallones.

Kaila se retiró a descansar. Darius daría un último vistazo a las tropas y David fue con Marcus y Thomas a revisar los caballos. Definitivamente se habían convertido en hombres de confianza del príncipe. Roben y yo salimos del salón real y caminamos sin rumbo por el jardín.

—¿Segura que quieres ir mañana? —preguntó Roben.

Comencé a notar en él un semblante diferente, algo extraño.

—¿Por qué la pregunta? —le dije.

—Por nada... solo es... curiosidad.

—Claro que estoy segura. No me quedaré aquí mientras usted puede participar en toda la acción.

—¡Sí, claro! Acción.

—¿Qué está pasando por su mente? Lo noto raro. ¿Es por esto? —refiriéndome al vestido que aún llevaba puesto.

—¡No!

Me quedé mirándole incrédula y me dijo:

—Bueno es... que te ves extraña. ¡No me malinterpretes! No es que te veas mal... digo, no te ves mal... te ves... solo que no estoy acostumbrado a verte con un vestido.

—Pues créame que yo tampoco. No sabe lo insistente que es la princesa Kaila.

Por un instante, nos miramos de reojo y luego comenzamos a reír. Oímos una discusión y acudimos a ver qué sucedía. Darius le llamaba la atención a unos soldados que ya estaban ebrios y comenzaban una pelea.

El Escudero del rey

—Caballeros, ya se han pasado de la raya. Claramente se les puso un límite por la tarea de mañana. Esto no se puede permitir.

—¡Ya! ¿Qué es un banquete sin embriagarse? —dijo uno de los soldados claramente borracho.

—Serán llevados al calabozo hasta que entren en razón —dijo el príncipe Darius.

Cuando los guardias reales se disponían a llevarse a los revoltosos, la pelea comenzó. Eran unos seis sujetos que habían robado un barril de licor y, aunque estaban ebrios, tenían mucha fuerza. Roben y yo corrimos a intervenir. El largo de mi vestido no me permitía moverme con agilidad, por lo que uno de los sujetos aprovechó, me sujetó por una de las mangas, me haló hacia él.

—¡Ehh! ¡Ya tenemos la diversión! —gritó.

Me enfurecí, le di un cabezazo y, al soltarme, tomé la daga que llevaba debajo del vestido. Sin encomendarme a nadie llevé al enorme sujeto contra la pared y detuve mi daga justo en medio de sus ojos. Por un segundo, la ira me consumió y sentía mis ojos como dos llamas encendidas.

—¡No soy la diversión de nadie! Más te vale que aprendas a respetar a una mujer o te costará caro. ¿Me has entendido?

No me di cuenta que David, Marcus y Thomas habían llegado. Tampoco me di cuenta de que se hizo un pesado silencio. Solo sentí la mano de Roben posarse con suavidad en mi brazo, que temblaba tenso por la presión con que sostenía la daga frente a los ojos del soldado. Este aunque borracho, miraba la daga aterrado. Entonces me percaté de que le había hecho una cortadura justo en el entrecejo. El hombre parecía que se iba a desmayar de la impresión, a pesar de que aún lo sujetaba contra la pared. Al ver la sangre en la punta del metal, lo solté y lo vi caer de bruces al suelo. La daga se me cayó de las manos. Me sentí de nuevo en la caverna oscura, sin salida hasta que Roben me agarró por la cintura y, halándome suavemente, me sacó de allí. Solo en ese momento vi la luz que se filtra por las rocas que dan al exterior y pude escapar del

101

trance. Me sentía avergonzada. Mi deber era luchar contra los mólocs, no contra un aliado. Era una simple pelea de borrachos y yo casi le quito la vida a uno que lo único que tenía en sus manos era su tarro de licor. Me retiré del lugar huyendo de las miradas sorprendidas de mis amigos. Pude oír a Marcus decir mientras me alejaba: «Recordaré no provocar que se enoje conmigo».

Llegué hasta uno de los jardines donde había un pequeño manantial. Asomé mi rostro buscando mi reflejo. Me veía diferente, desaliñada, con el traje sucio y desgarrado. Ahora, ¿qué le diría a Kaila? Vi en el cristal del agua mis ojos como los de los lobos que nos atacaron en Blaidd. Luego vi la estrella de plata de mi padre en mi cuello. Acerqué mi mano para tocar la estrella en mi reflejo en el estanque. Sentí la presencia de mi familia en mi corazón. Tomé agua en mis manos, me lavé la cara y cerré los ojos. Quería ser yo, la Elizabeth de antes, la que quería luchar pero no la que se había convertido en una guerrera capaz de hacer daño. Abrí los ojos para verme nuevamente. Mi rostro seguía distorsionado con el movimiento del agua. Cuando se aquietó, pude verme claramente y, detrás mi hombro derecho, vi a Roben.

—¿Te encuentras bien? —dijo preocupado.

—Sí, eso creo... Gracias, Roben.

—Por qué, Elizabeth?

—Si no me hubieses detenido, no sé qué hubiese hecho.

—No lo hubieses matado.

—¿Cuán seguro estás de eso? Ni yo misma estoy segura.

—Porque esa no eres tú, aunque tengas tanta ira dentro de ti...

—Ese es el problema, Roben. No soy yo, especialmente cuando recuerdo todo lo que...

—Te detuviste antes. También te detuviste en el acantilado cuando nos atacaron.

Miré a Roben con curiosidad. Entonces él también se había percatado de mi primera intención cuando quise vengarme contra el encapuchado. Respiré hondo. Roben puso su mano en mi hombro y me dijo:

—No sé qué recuerdos son los que te atormentan, pero te considero como un hermano de armas, un caballero de la corte real, un soldado de confianza. Si necesitas sacar todo eso de tu corazón, recuerda que los secretos entre caballeros...

—... son sagrados.

Asentí con la cabeza y justo cuando Roben comenzaba a girar para retirarse di un suspiro profundo y empecé a contarle todo. Se sentó a mi lado en un banco al costado del manantial. Pude desahogarme. Abrí mi corazón y dejé salir todo lo que me hería y me atormentaba. Le conté por qué nos mudamos a Austin, por qué había prometido cambiar y convertirme en Eliot. Relaté desde lo sucedido en Tersa hasta lo que pasó en el acantilado. Todos mis sentimientos salieron sin esfuerzo alguno, como cuando se rompe la represa de un río y se desbordan las aguas, esa agua sale al momento, raudas, incontenibles. Así me sentí. Roben me escuchó con paciencia. Cuando terminé me dio la impresión de que no supo qué decir. Hubo un silencio por unos momentos, hasta que me dijo:

—Por eso buscabas tu reflejo en el agua, para encontrarte. Sé lo que sientes, Elizabeth. Cuando me he sentido así, también trato de buscar mi reflejo, trato de encontrarme en mi interior. Las veces que me he sentido perdido, he podido encontrar el camino gracias a mi familia y a mis amigos, amigos como tú.

—¿Yo?

—Me ayudaste a encontrarme a mí mismo en estos viajes —sonrió por lo bajo—. De cierto modo me enseñaste a madurar, así que cuando necesites salir de esa caverna oscura nuevamente, yo estaré aquí, siempre.

Volví a mirar mi reflejo en el manantial. Había algo diferente. La Elizabeth que había perdido hace años, encerrada en la oscuridad, se asomaba entre las ondas del agua oscura y ahora se reflejaba en mi rostro.

—¿Cómo te sientes ahora? —me preguntó en voz baja.

—Ahora me siento yo misma. Gracias, Roben.
No me había dado cuenta de que todo el tiempo Roben llevaba en su mano una orquídea. Él se percató de que miré la flor.
—¿Esto? Se te cayó hace un momento durante la lucha. Solo quería devolvértela.
Al decir esto acomodó la orquídea en mi cabello. Sentí mi corazón acelerarse. No comprendía lo que estaba pasando. No había tomado licor. Sentí como una hoguera que corría desde mis pies hasta mi cabeza. Mis mejillas ardían. Roben se me quedó mirando. Sus mejillas se tornaron rojas. Me pregunté si estaría sintiendo lo mismo que yo. Hubo un gran silencio, hasta que una rata pasó corriendo y un enorme perro ladrando tras ella.
—Buenas noches, Elizabeth —dijo.
—Buenas noches, su majestad.
—Creo que de aquí en adelante puedes decirme Roben.
—Entonces, buenas noches, Roben.
—Aunque pensándolo bien, puedes decirme príncipe Roben, especialmente frente a los soldados —dijo de manera jocosa.
—Entendido —dije, riéndome.
Esa noche me tiré en la cama con todo y vestido. Era tanto lo que había sucedido, el viaje a Taloc, conocer al rey y sus príncipes, la traición de Melquiades, la muerte de Carlo, lo que parecía ser una nueva amistad con la princesa Kaila, el vestido maravilloso con que me presentaron en palacio, mi furor con el borracho que pensó que podía abusar de mí, como los ladrones que golpearon a mi madre, la complicidad con Roben quien me había escuchado con tanta atención, la orquídea que colocó en mis cabellos, su mirada... la extraña forma en que me había mirado... y me quedé profundamente dormida.
Los primeros rayos de sol se dispersaban sobre la tierra de Taloc, cuando ya todo el ejército estaba listo para marchar. La voz del rey Darivius se oyó potente desde una plataforma frente a sus soldados.

—¡Hijos de Taloc! Hoy nos uniremos a nuestros hermanos de Clendor contra el ejército móloc. No queremos que esta tierra vuelva a ser víctima del terror y la oscuridad. Lucharemos con honor y valentía. ¡Que Dios los lleve a la victoria!

Darius, que lideraba las tropas junto a David, alzó su espada y exclamó.

—¡Por Taloc!

—¡Por Taloc! —gritó la multitud.

—¡Por Clendor! —gritó Darius.

—¡Por Clendor!—respondieron los soldados.

Los cornos dieron el aviso de partida. El rey se regresó al palacio con el pequeño príncipe y Thomas, a petición de Roben y David. Ahora comenzaba la jornada a Clendor. Nueve mil soldados, entre hombres y mujeres, arriesgarían todo por el honor y la libertad. Lo que sucediera a partir de este momento quedaría escrito en la historia compartida de ambos reinos.

El conflicto

~

Un batallón de cuatro mil soldados liderados por David y Roben tomaron la delantera en dirección a Moiloc. Lo componían los arqueros más diestros y los jinetes más veloces. Se nos encomendó la tarea de adelantarnos para asegurar el terreno de ataque mientras los demás soldados, arrastrando catapultas con mulas, llegaban a pie.

Llegamos a Clendor a todo galope. Al pasar por la comarca de Austin, mi antiguo hogar, los recuerdos de ese hermoso lugar me asaltaron de golpe, pero a medida que avanzábamos comenzaron a disiparse como la bruma sobre los lagos de Taloc. Austin ya no era igual. Ya no cabían más refugiados, aldeanos sobrevivientes de las comarcas atacadas y devastadas por los mólocs. Los soldados del rey habían logrado ganar varias batallas obligando a los enemigos retroceder. Pero se anticipaba que Moiloc aumentara sus tropas y atacara en cualquier momento.

Nos encontramos con el ejército de Clendor al llegar a las ruinas de Arturo, de la cual quedaba solo una vieja muralla y parte de un viejo castillo. Eran vestigio de los primeros reinados de Clendor. Aunque eran antiguas y estaban destrozadas, sirvieron para acampar las tropas. Los mólocs aún no habían llegado, pero era solo cuestión de tiempo. Al llegar, los guardias reconocieron a David y se nos dio paso. El general a cargo del campamento llegó hasta nosotros y les extendió un ceremonioso pero corto saludo a los príncipes.

—¿Cuántos soldados quedan afuera? —preguntó David al ser informado que un grupo de soldados habían ido a escoltar a familias que aún quedaban en comarcas del sur, pero no habían regresado.

—Son ciento cincuenta soldados, señor —dijo el general.

—¿Cuándo salieron?

—Al amanecer. Esperamos por los refugiados para escoltarlos a las comarcas protegidas.

En ese momento sonaron los cornos. Un soldado llegaba con noticias. El grupo de caballeros había sido sorprendido por una tropa móloc de alrededor de doscientos hombres. No se sabía la suerte que habían corrido las tropas leales al rey.

De inmediato David dio la orden de virar donde mismo nos encontrábamos para ir con doscientos soldados al rescate del grupo atacado. Roben y yo nos unimos a las tropas.

—Esto no es lo mismo que entrenar en el castillo —dijo David un tanto preocupado a su hermano.

—Lo sé —dijo Roben.

—Cuando comience el ataque, lo más seguro es que nos separemos. Si vencemos volveremos juntos. Si no, tratemos de vernos cuando regresemos aquí. Cuídate las espaldas. Son guerreros implacables.

—Estoy consciente de eso, David.

—Solo... cuídate. No quiero perderte, hermano.

—Tú también, David. Tampoco quiero perder a mi hermano mayor.

Los hermanos se dieron un fuerte abrazo y montaron sus respectivos caballos. Los cornos sonaron otra vez y la cabalgata salió a toda prisa bosque adentro con doscientos soldados para ayudar a la compañía atacada. Aunque había participado en varias escaramuzas, al llegar frente a la batalla me impactó ver la barbarie que es la guerra. Hombres y bestias se lanzaban unos contra otros arrojando flechas y enterrando garrochas, gritando, atacando con espadas, hachas, dagas, palos, piedras, todo lo que tuviesen a mano con qué destrozarles el cráneo, el pecho, la espalda o los brazos a sus enemigos. La ira los cegaba y solo podían ver a su contrincante como el objeto de su odio y su sed de venganza. El ejército móloc arrasaba con los nuestros.

Al son de los cornos irrumpimos en la batalla. Nuestros arqueros lanzaban sus flechas con una precisión impresionante. Recuerdo que entre la algarabía ya no vi a Roben ni a David.

Levanté mi espada y comencé a luchar. Galopé hasta un móloc que había derribado al suelo a un aliado. De un espadazo lo derribé y no se volvió a levantar. El soldado nuestro estaba herido y me bajé a ayudarlo.

—Somos de Clendor —le dije en voz alta al soldado.

—¡Cuidado! —gritó el hombre herido mientras se quitaba el yelmo de la cabeza.

Apoyándose en el brazo lastimado, tomó una lanza del suelo con su otra mano y la tiró a un móloc que se me acercaba por la espalda. Al ver el móloc caer me volteé y miré el rostro del soldado herido que acababa de salvarme la vida. Me quedé desconcertada, inmóvil.

—¡Esta es la guerra, muchacho! Tienes que ser más cuidadoso y estar alerta —me gritó.

No dije nada. Lo ayudé a levantarse y a montar el caballo de un soldado muerto. Al verse superados en número y ver la fiereza con que los atacamos, los mólocs se retiraron escurriéndose entre los árboles como si fuesen fantasmas, Comenzamos a rescatar a los nuestros que quedaban con vida y a montarlos en los caballos de los caídos para regresar al campamento.

Llegamos a toda prisa a las ruinas de Arturo. De los soldados que habían sido enviados primero, solo regresó la mitad. Al soldado que ayudé, y que salvó mi vida, ya le curaban sus heridas. No fueron graves, gracias a Dios, por lo que se repondría pronto. A pesar del tiempo que hacía que no lo veía, pude reconocerlo. Jonathan estaba más fornido, más maduro. No me reconoció por mi armadura y mi cabello. Lo cierto era que durante el tiempo que había pasado yo había cambiado también. Más tarde, cuando me encontraba en la torre observando a lo lejos de dónde habíamos regresado luego de la batalla, escuché una voz a mis espaldas.

—Veo que estás muy pensativa. ¿Te encuentras bien? —preguntó Roben.

—Atendiste la herida del soldado que ayudé —respondí sin voltearme.

—Ayudé a curarle, sí. Es el capitán que está a cargo ahora de uno de los escuadrones. ¿Sucede algo con él?
—Lo conozco. ¿Cómo está?
—Recupera pronto. Ha pedido ver a su salvador —respondió parándose a mi lado.
—Ese soldado es mi hermano, Roben. ¿Cómo enfrentarlo y decirle que nuestro hermano está muerto?
—Entiendo, si no deseas...
—Pero, tengo que decirle.

Nos quedamos mirando el horizonte un buen rato sin decir palabra. Imaginé que Roben pensaba en la muerte de su primo Carlo, otra víctima del destino y de esta guerra sin sentido. Yo pensaba en el rostro del joven Jonathan antes de partir con mi padre y el hombre que me había salvado la vida unas horas antes. Ambos pensamientos pesaron sobre nuestros estados de ánimo y nos despedimos con un leve movimiento de la cabeza, como diciendo, «ya tendremos ocasión de compartir esta pena».

Al bajar al patio donde atendían a los heridos, me acerqué donde estaba mi hermano. Comía sentado en el suelo junto a otros soldados.

—Hola, Jonathan —dije acercándome con cierta timidez. Jonathan y mi padre habían sido mis héroes, mis modelos a seguir.

Me observó extrañado. En su rostro podía reconocer esa expresión que uno pone cuando trata de reconocer a alguien que le parece familiar. Luego observó que llevaba puesta la estrella de plata de nuestro padre y para mi tristeza, pensó que era Peter.

—¿Pet... ¿Peter? —dijo con su rostro iluminándose de alegría a la vez que se ponía de pie.

—No, hermano —dije bajando mi cabeza y con un gesto negativo.

—Entonces... —sus ojos se abrieron como cazuelas cuando me reconoció—. ¡Elizabeth!

—Sí.

—¿Cómo... Cuándo...? ¿Qué haces aquí?

—¡Cuánto me alegra que estés bien, querido hermano! —dije y le di un fuerte abrazo. Los soldados se nos quedaron mirando. Uno de sus compañeros le dijo:

—¿Tu hermano?

—Es mi hermana —dijo con lágrimas en los ojos.

Me miró con una alegría paternal. Inmediatamente una sombra de preocupación cruzó su semblante.

—¿Qué ha pasado que estás haciéndote pasar por soldado? ¿Y nuestra madre?

—Ella está bien. Hace más de un año que saliste de casa. ¡Ha pasado tanto tiempo, tantas cosas!

—Tengo tiempo, por favor, cuéntame qué ha sucedido —dijo buscando donde sentarnos aunque moviéndose con un poco de dificultad por el dolor que le causaba la herida. ¿Cómo es que te has unido al ejército?

Encontramos un tronco en un lugar apartado en el patio para poder contarle todo lo que me había pasado. Un aire de desolación nos embargó al escuchar de mis labios la noticia de la muerte de Peter. Lloramos mientras le contaba todo. Al menos su corazón estaba tranquilo al saber que nuestra madre y Emily se encontraban a salvo. Ahora era su turno de contarme todo lo que le había acontecido durante este año. La lucha había sido tanto más terrible que lo que quizá imaginó al salir de Austin. Aun cuando se había sentido listo con todo el entrenamiento que había recibido de nuestro padre, en el campo de batalla, todo era desordenado, improvisado, sangriento. Vio morir a sus amigos sin poder hacer nada por ellos.

Mi padre siempre le recordaba que si no luchábamos, los mólocs invadirían a Clendor y nos someterían a horribles torturas y esclavitud; que la vida de muchos inocentes estaría en peligro; que había que darlo todo por la patria, por los niños, por el futuro. Las palabras de papá lo disuadían de renunciar: «El honor es lo que nos dicta la conciencia. La palabra no hace al hombre o a la mujer, sino la acción. Eso es lo que nos da la vida. Yo pienso en mi querida Sofía, en mi Elizabeth en Peter y en ti.

No quiero verlos como esclavos. No lo soportaría. No quiero eso para mis hijos y mis nietos. Quiero que vivas y verte crecer, tener hijos y verlos crecer, pero quiero verlos crecer libres. Soy un hombre de honor y no podría vivir en paz si huyera de mi destino y mi responsabilidad».

—Eso decía papá cada vez que a los soldados y a mí la duda se nos aferraba al pecho como una enorme sanguijuela. Era el deber por sobre todas las cosas. Defender el reino, nuestra gente, la patria es la única forma de vivir. En una de las batallas un soldado móloc atacó a mi padre hiriéndole en la pierna. Las aldeas del sur ya habían sido invadidas por el enemigo. Nuestro padre logró rescatar una niña que estaba siendo secuestrada cuando lo atacaron. Logró dar muerte a sus atacantes pero la herida se infectó. Perdió su pierna y, poco a poco, la vida.

Mi padre siguió agonizando mucho después de que la batalla había cesado. Jonathan jamás olvidaría sus últimas palabras: «Lucha, Jonathan, lucha. No te dejes vencer por el miedo ni por el odio. El honor te mantendrá fuerte. No te rindas. Que los mólocs no nos venzan. No lo permitas».

Mi hermano juró luchar, no dejarse vencer. Aún en desventaja ante el enemigo, luchó como un león y sobrevivió cada batalla. Lideró un grupo que rescató a un grupo de mujeres y niños secuestrados. Hicieron retroceder al enemigo. Cegó la vida de muchos de ellos, sin que cada victoria le diese satisfacción.

—He vengado la muerte de mi padre cada vez que levanto mi espada, pero mi conciencia me reclama las vidas que he tronchado. No me arrepiento por luchar y defender los míos, pero le pido al cielo que perdone el que mis manos se hayan manchado con tanta sangre.

—Al menos no es sangre inocente —dijo David acercándose.

—¡Su majestad! —dijo Jonathan sorprendido.

—¿Eres Jonathan de Austin?

—Sí, su alteza.

—Jonathan es mi hermano, príncipe David —dije poniéndome de pie.

David tenía en sus manos un pañuelo. Era el que Emily le había rogado que entregara. David le extendió el pañuelo diciéndole: «Emily le envía esto». Jonathan lo miró sorprendido y una enorme alegría iluminó su rostro. Tomó el pañuelo en sus manos y lo olió como para sentirla cerca.

—¡Gracias, su alteza! —dijo Jonathan haciendo un esfuerzo por levantarse para hacerle una reverencia.

David le puso la mano en el hombro para que no se levantase y continuó.

—La guerra siempre es inhumana. Se pierden vidas valiosas, pero tenemos que defendernos. Esta guerra se ha convertido en una lucha por nuestra supervivencia. Tenemos que proteger la vida de los inocentes. Emily lo sabe, y le espera con ilusión. Luche por ella, Jonathan. Luche por los hijos que tendrán y por su futuro juntos.

—Así lo haré, su alteza —dijo Jonathan inclinando su cabeza en reverencia al príncipe heredero.

El príncipe dio la vuelta y regresó al campamento. Jonathan y yo nos abrazamos sin palabras. Lo que acababa de suceder permanecería en nuestras memorias para siempre.

Esa noche los generales y los príncipes se reunieron en privado, en una de las tiendas de campaña en uno de los costados del campamento.

—¿Tenemos noticias de algún movimiento enemigo? —preguntó David.

—Todo está sereno afuera, señor. La luna alumbra todos los prados a la vuelta redonda —dijo uno de los capitanes.

—Pero no será por mucho —dijo Jonathan.

—¿A qué se refiere? —preguntó Roben.

—Sabemos que los mólocs esperan refuerzos.

—¿Tenemos idea de cuántos? —preguntó David.

—Los aldeanos rescatados les escucharon decir que miles.

—Cinco mil soldados liderados por los príncipes de Taloc llegarán mañana —dijo Roben.

—¿De cuántos miles escucharon hablar? —preguntó David.

—No estamos seguros, como unos veinte mil soldados, pero podrían ser más. Moiloc ha obligado a sus esclavos de territorios invadidos a pelear con ellos.

—Nos superan en número, por mucho —dije.

—Aún no lo sabemos con certeza —dijo David.

—Sean veinte mil o sean más, lucharé con honor hasta el final —dijo Jonathan.

—Te has ganado tus galones de capitán con honor y valentía. Tus palabras certeras servirán de inspiración a tus tropas —dijo David a Jonathan.

—Si algo aprendí de mi padre es a no rendirme nunca.

—Algo que llevan en la sangre ambos, como puedo ver —dijo David mirándome—. No digan nada de lo discutido a los soldados. No queremos que se preocupen demasiado y pierdan las esperanzas.

Al siguiente día, las tropas de Taloc hicieron su entrada. Se les brindó comida y se les invitó a acampar al lado del campamento nuestro, pues estaban extenuados por el largo viaje. Ese día transcurrió en tranquilidad, sin noticias de que hubiese mólocs en la cercanía. Aun así, reinaba una gran tensión en el ambiente. ¿Cuándo atacarían? ¿En realidad eran tantos? ¿Qué haríamos si estábamos en desventaja? ¿Nos rendiríamos o lucharíamos? Las preguntas podían leerse en el rostro de los soldados que apenas cerraban los ojos para descansar.

Kaila y yo conversábamos mientras dábamos rondas entre las tropas. La princesa me comentaba la incertidumbre y tristeza que observaba en los rostros de los soldados. Al cabo de un rato, suspiró profundamente y les habló con seguridad y autoridad.

—Soldados de Clendor y Taloc, preparen sus armas, revisen sus monturas, fortalezcan su voluntad, pronto los mólocs serán derrotados —dijo.

- ¿Está segura, princesa? Dice que son cientos de miles - preguntó un soldado, su rostro torcido por el esfuerzo por reprimir su temor.

—Podrían ser cientos, o tal vez miles, pero no cientos de

miles. Tenemos la justicia, el valor y el mejor ejército que se haya visto en estas tierras. No tengo duda de que venceremos —dijo la princesa esbozando una sonrisa de complicidad.

No entendía la expresión que acompañaba sus palabras, así que me acerqué y le pregunté en voz baja: «¿Tienes un arma de la cual no sepamos?».

—El elemento sorpresa no se puede divulgar si se quiere que siga siendo sorpresa.

—Pero, ¿tus tropas saben a qué te refieres?

—Y guardarán el secreto hasta el momento indicado.

Un murmullo de optimismo comenzó a regarse entre los soldados. Comenzaron a rumorar que las tropas de Taloc tenían un arma sorpresa. Unos decían que era magia, pues Taloc era un lugar donde la magia era muy conocida. Otros reían y decían que eran dragones, refiriéndose a la leyenda nacida en Taloc y que de niña era mi favorita.

De camino de regreso a la tienda de campaña de los príncipes nos topamos con Darius.

—Has hecho un buen trabajo, hermana —dijo Darius a Kaila.

—¿Están seguros de que esto no es engañarlos? —preguntó Roben preocupado.

—No los engañamos, porque cada uno de ellos tiene la razón —dijo Kaila.

David, Roben y yo no entendíamos a lo que se refería. Todo era un enigma, solo quedaba confiar en nuestros aliados y esperar. La noche amenazaba con tender su velo sobre nosotros antes de lo esperado. Se acercaba una tormenta y Kaila lucía preocupada. El príncipe David se le acercó y le preguntó:

—¿Qué sucede, princesa?

—Ruega para que no llueva, David, o el elemento sorpresa no dará resultado.

—¿Cuál es el arma secreta que una tormenta podría vencer?

—Un polvo especial. Al inhalarlo causa alucinaciones.

—¿Un veneno? Por eso se nos entregaron pañuelos para cubrirnos el rostro en el momento indicado.

—Sí. Mi padre me enseñó a extraerlo de ciertas plantas y hongos. Hay suficiente para detener a las primeras tropas de mólocs. Contamos con la ayuda del viento que viene del norte. Si llueve, el polvo no hará el efecto esperado.

Se sentía tensión en el ambiente. La tormenta comenzó, pero la lluvia aún no caía. Los rayos cruzaban el cielo de lado a lado. Pensar que pudieran caer sobre nuestro campamento provocaba terror en el más valiente. En poco tiempo, los cornos anunciaron la presencia de las primeras tropas de Moiloc. Rápidamente, los arqueros tomaron sus posiciones. Los otros soldados protegían las áreas vulnerables a ambos lados de las ruinas. Las catapultas estaban listas detrás de los arqueros con rocas envueltas en sacos que cargaban el polvo mágico para los mólocs. Kaila estaba al mando de las catapultas y Roben de los arqueros. David, Darius y Jonathan, frente al resto de los soldados con sus espadas y lanzas listas para el combate, aguardaban por una señal. Yo me mantuve todo el tiempo al lado de Kaila y Roben. Se podía escuchar las tropas enemigas avanzando por el bosque dirección a nosotros. Las aves huían a su paso. El ruido de la multitud se acrecentaba como un murmullo que crecía hasta convertirse en un zumbido, como el que produce un enjambre de avispas. Mi corazón se aceleraba como el de un corcel en pleno galope. El cielo se convirtió en nuestro aliado, lanzando rayos sobre el bosque donde se encontraba el enemigo. Se escuchaban los comentarios de algunos soldados diciendo que los dragones de Taloc ya habían comenzado el ataque desde el cielo, lanzando fuego y centellas sobre el enemigo.

Cuando las primeras tropas llegaron a la distancia de un tiro de arco, las catapultas lanzaron sus cargas con el polvo mágico. Se podía escuchar las risas de burla del enemigo, pues las pequeñas piedras en sacos con polvos les parecieron una tontería, un juego de niños. Luego que las catapultas lanzaron sus cargas, los arqueros entraron en acción. No pasó mucho tiempo antes de que el polvo comenzara a causar el efecto esperado. Los mólocs se transformaron. Parecían locos endemoniados gritando,

atacándose unos a los otros. Las catapultas nuevamente lanzaron otra carga de polvos. Se oía a los mólocs gritando de terror.
—¿Qué es lo que ven? —pregunté a Kaila.
—¡Sus peores temores, Elizabeth, sus peores pesadillas!
Las tropas enemigas se abalanzaban unos sobre otros y se mataban entre sí. El elemento sorpresa estaba surtiendo efecto, solo había que esperar a que ellos se destrozaran unos a otros. Más mólocs seguían surgiendo de entre los árboles. Parecían multiplicarse, pero no avanzaban hacia nosotros. Entre la multitud, observamos un grupo separarse de los demás. Uno de sus capitanes había encontrado la forma de avanzar con algunos soldados que cubrían sus bocas. Mataban a sus propios compañeros enloquecidos para abrir paso a otra tropa que llevaba pañoletas a modo de antifaz.
—¿Y si prendemos en fuego la carga de polvos? —pregunté.
—El humo cortaría nuestra visibilidad.
Las catapultas lanzaron otra carga de polvo, pero por desgracia la tormenta acrecentó y el cielo abrió sus compuertas dejando caer una enorme cantidad de lluvia. Los polvos ya serían inútiles. El enemigo comenzó a avanzar. Los arqueros arreciaron el contraataque con sus flechas, pero resultaba casi imposible detenerlos. Habría que luchar cuerpo a cuerpo.
—¡Soldados, al ataque! —gritó Roben.
Los cornos volvieron a sonar. David, Darius y Jonathan hicieron lo propio al dar las órdenes a sus soldados.
—¡Por la libertad! ¡Por Clendor y por Taloc! ¡A la victoria! —gritó David.
—¡A la victoria! —gritó la multitud.
Tomé mi espada con más fuerza que nunca pues sabía que este día definiría nuestro futuro. La batalla cuerpo a cuerpo comenzó. El único sonido que se escuchaba era el de las espadas y los gritos de los guerreros. Hombres enormes derribaban soldados más pequeños solo para caer vencidos por la lanza de uno mucho más pequeño aún o, en ocasiones de una guerrera. En medio de la batalla el tiempo parecía detenerse y solo el

El Escudero del rey

sonido de metal contra metal, metal lacerando la piel expuesta, los gritos de coraje o de dolor se podían escuchar, rasgando lo que parecía ser una nube de sordo silencio. No recuerdo a cuantos derribé, pero sé que fueron muchos. Soldados caían muertos en ambos bandos. La noche ya se acercaba y el cielo comenzaba a tornarse de un gris profundo. Los mólocs nos superaban en número, pero esa amenaza no nos detuvo. Aunque enfrentáramos la muerte, lo haríamos con honor. Estaba dispuesta a darlo todo. Luché cuerpo a cuerpo con un móloc que me derribó al suelo. Su espada se cruzó con la mía y la hoja de la suya casi llegaba a mi rostro. Pensé que aquí acabaría todo. Al menos había luchado con valentía y honor. Cerré los ojos anticipando el filo de la muerte, pero nada pasó. El móloc cayó derribado por la espada de Roben, quien me extendió su brazo y me ayudó a levantar. El panorama había cambiado. Roben sonrió y señaló al horizonte. Miles de soldados llegaban para ayudarnos.

—¿Quiénes son? —pregunté a Roben.

—Soldados de Káesar, rey de Aspen. Es el hermano de lady Camila y mi padre viene con ellos.

—¿Estás seguro de que no inhalamos los polvos, verdad? —dije entre broma y en serio.

—¡Elizabeth, estamos salvos y no es una ilusión!

Los soldados de Aspen llevaban en el escudo la imagen de un gran oso, símbolo de fuerza y valor. El enemigo emprendió su retirada huyendo de las espadas y las picas de las tropas que llegaban. Ahora nuestras tropas eran la inmensa mayoría. La lluvia volvió a caer durante toda la noche y a la siguiente mañana, limpiando la sangre del campo de batalla. Ese atardecer los mólocs fueron vencidos de una vez y por todas.

En los próximos meses, la alianza de Clendor, Taloc, Aspen y los reinos circundantes se solidificó. Se decidió no perseguir a los mólocs, a pesar de que no faltó quien propusiera invadirlos y acabar con ellos para que nunca más representen una amenaza. Sin embargo, los reyes en concilio, llegaron a un acuerdo. Se respetaría el territorio de Moiloc pero nunca se les permitiría que volvieran a invadir los reinos aledaños para formar un imperio.

En el camino de regreso a Clendor, nos enteramos que durante nuestro viaje a Taloc, lady Camila había convencido a Amatur para que solicitara ayuda a su hermano, Káesar de Aspen, a pesar de las diferencias y conflictos familiares del pasado, lo cual dio resultado y nos salvó de una posible y horrenda derrota. Lady Camila había jurado su lealtad a Amatur, en parte por su enorme pesar ante la traición de su hijo Carlo, y en parte por su admiración, por la valentía y el sentido de justicia del rey. Pero aún más que reafirmar su juramento de lealtad, le había entregado su corazón.

El reino de Clendor y Taloc serían familia. El príncipe David y la princesa Kaila se unirían en matrimonio, y luego se convertirían en reyes cuando el rey Amatur coronara a David. Ambos se habían llevado muy bien desde que se vieron en Taloc. Sin embargo luego supe que esa no había sido la primera vez que los herederos se habían visto. Esa aventura se remontaba a muchos años atrás, sin que ninguno supiese que estaban destinados a unirse.

Jonathan y Emily se casaron. Regresarían a Austin y mi madre se iría con ellos. No quería alejarme de ella, pero tampoco podía abandonar el castillo. Sentía un gran conflicto en mi alma. En momentos como este recordaría las palabras de Kaila y de mi madre: «Haz lo que te dicte tu corazón». El problema era que sentía mi corazón dividirse en dos. Mientras Emily ayudaba a mi madre a preparar sus cosas para partir, subí a la torre para volver a ver las gárgolas y observar el horizonte. ¿Sería la última vez que podría ver el espectáculo que ofrecía el paisaje visto desde allí? Mis pensamientos fueron interrumpidos por la voz del príncipe Roben.

—¿En qué piensas? —me preguntó mientras se recostaba del muro con sus ojos puestos en el horizonte sin mirarme.

—Ya hay paz en Clendor. Por fin la amenaza móloc acabó y con ella la guerra.

—Así es.

—Mi misión aquí ya terminó.

—¿A qué te refieres, Elizabeth? —sentí, sin mirarlo, que se había vuelto hacia mí.

—Bueno, fui nombrada tu escudero para acompañarte en la misión a Taloc. Ya no me necesitas.

—¿Eso piensas? —dijo de una forma tranquila volviéndose a mirar a lo lejos.

—Bueno... ¿No lo crees así? —dije volviéndome hacia él.

—Aún no la he liberado de su puesto, soldado. Sigue siendo mi escudero y me sigue debiendo un duelo —replicó tratando de contener una sonrisa.

Roben calló por unos segundos y luego, volteándose nuevamente y mirándome a los ojos, me dijo:

—Hagamos un trato.

—¿Un trato?

—Si tú ganas, podrás marcharte, pero si yo gano, te quedarás aquí, a mi lado, en el castillo. Y juro que ganaré —dijo con su acostumbrada sonrisa burlona, volviendo a mirar al horizonte.

¡No tenía opción! Así que accedí al acuerdo, siguiendo el dictado de mi corazón. El resto... es otra historia.

Mapa II

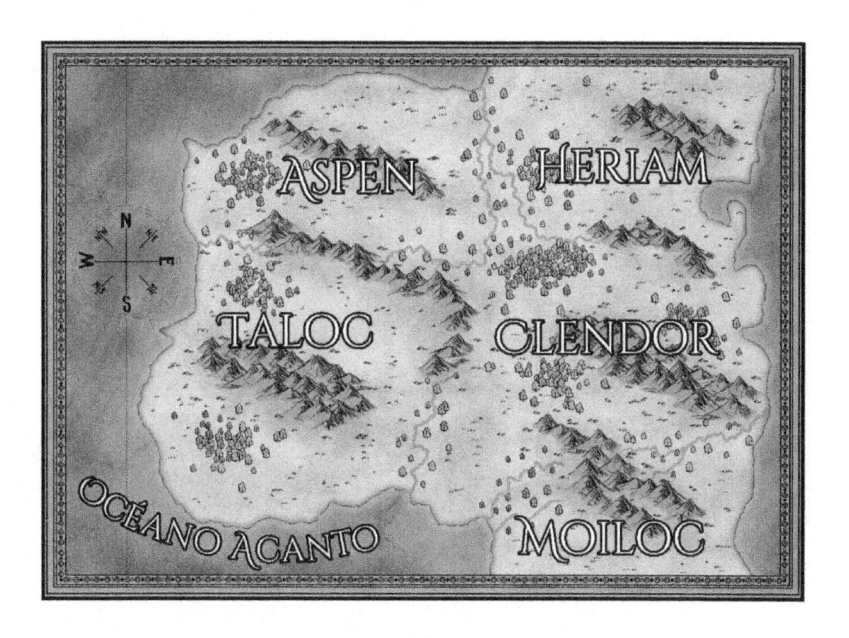

Segundo Libro

El Escudero del Rey

Decisiones

~

"…. el resto es una historia aparte".

Ya han pasado tres años desde el tratado de paz, y aún sigo viviendo en el castillo. Decidí escribir mis memorias de la cruenta guerra que vivimos contra los despiadados mólocs y hoy he terminado. La verdad no sé ni por qué he escrito todo esto. Quizá sea un modo de dejar mi huella en la historia de Clendor, y tener algo que contar cuando me reúna con mis ancestros. Desde hace un año he estado recopilando todas las versiones que he escuchado de lo que vivieron mis amigos y mi familia, y junto con mis propios recuerdos las he convertido en mi relato. Espero que algún día tenga el valor de compartirlo.

Esta mañana salí del castillo a encontrarme con Thomas. Iríamos de pesca, pues hoy no tenía que hacer guardia en la torre. Sí, Thomas es un cadete de la guardia real. Creo que los años que vivió en el castillo le vinieron bien, sin descontar la vez que ayudó a salvarle la vida a David y que sirvió de incentivo a la familia real para que lo aceptasen.

Cuando salí de mi habitación organicé mis escritos y los escondí en un cofre bajo llave. A pesar de que aspiraba a enseñárselos a alguien en algún futuro, definitivamente no tenía el valor en esta etapa de mi vida. Quizá los escritos permanecerán bajo llave por décadas. Sí, cuando sea vieja y la muerte ya no se encuentre tan lejos, los mostraré, si es que me acuerdo de hacerlo. Monté mi caballo y junto con Thomas, partimos a Clairos, el pequeño lago donde se daba tan bien la mejor pesca. Mi mente estaba absorta en mis recuerdos.

Al encontrarnos nos saludamos con el cariño de dos hermanos que agradecen al cielo contar el uno con el otro. Cabalgamos un buen rato sin decir palabra.

—Estás muy distraída, Eli —dijo Thomas.
—Posiblemente... y últimamente los recuerdos me han invadido.
—Suenas como una anciana —dijo Thomas riéndose.
—Quizá, pero esta «anciana» aún te vence con la espada.

Thomas me sacó la lengua en reproche juvenil a mi alarde. Proseguimos el camino hasta llegar al lago donde casi me ahogué en una ocasión. Absorta con los recuerdos me distraje con las flores del camino. Eran parecidas al bouquet de bodas de la reina Kaila. Me transporté a aquella mañana de verano cuando todo el castillo estaba adornado con flores de toda la comarca. Clendor estaba de fiesta. La algarabía consumaba a la celebración de la boda de nuestro ahora rey David y la princesa de Taloc, mi amiga Kaila. Lady Camila, la tía de David y Roben, se paseaba de lado a lado de la habitación buscando encajes, joyas y flores para completar el ajuar de boda de la princesa.

—¡Sofía rápido, el collar real! ¡El bouquet! ¡Llama a la costurera! ¡Que vuelva! Faltan unos ajustes ¿Y el velo? ¡Que no se nos olvide el velo!

Camila me observó recostada sobre la pared al lado del ventanal con mis brazos cruzados sobre el pecho. Estaba algo divertida al ver su nerviosismo como si se tratara de su propia boda.

—¡Anda, Elizabeth! ¿De qué te ríes? El carruaje pronto llegará con Kaila y todavía su vestido no está listo.

—¿Y qué puedo hacer, lady Camila? La verdad es que me siento inútil entre todo este lujo de damas.

Camila me observó por dos segundos y luego se le dibujó una sonrisa de oreja a oreja.

—Ponte el vestido. Hay que hacerle unos últimos ajustes y Kaila no llegará a tiempo para realizarlos.

Me quedé mirándola paralizada de horror.

—¿¡Qué!? —se me escapó en casi un grito de incredulidad.

La expresión de lady Camila cambió. Ahora parecía una mamá autoritaria, enojada.

—¡Anda, niña, y no te resistas! Tú y Kaila tienen la misma talla.

—Pero... Pero...

—Sin peros. Ya sé que no te gusta usar vestidos, pero esta es una emergencia. ¡Vamos!

Se acercó hacia mí. Tiró de mi brazo tan fuerte y rápido que no me dio tiempo a salir corriendo del lugar. Por poco me caigo al suelo por el halón. Las doncellas corrieron a desvestirme y colocarme el traje de Kaila.

En poco tiempo estaban ajustando los últimos detalles del gran vestido blanco, lleno de encajes y detalles coralinos. Mi cara reflejaba mi disgusto con lo que estaba sucediendo. Todavía no me acostumbraba a usar vestidos. De hecho, comencé a usarlos desde que conocí a la princesa y fue solo para complacerla. La primera vez fue en Taloc, en el banquete antes de partir a la guerra. Las otras dos fueron en la boda de Jonathan y Emily, y en el banquete de compromiso de David y Kaila.

Quería que esto terminara, pues sabía con toda certeza que si no desaparecía antes de que Kaila me viera, me haría utilizar un vestido y ese día sí que no estaba en humor de vestirme de dama. Estaba impaciente y grité cuando sentí que me pincharon la piel con una aguja.

—¡Lo siento! —dijo la costurera.

—Elizabeth, deja de mover la pierna. No es tu boda, sino la de Kaila.

—Lo sé, lady Camila. Intentaré tranquilizarme —dije mordiéndome los labios.

Verme con un vestido de novia, y más aún uno real, me hacía sentir indigna. Se me tensaron todos los músculos del cuerpo al escuchar dos toques en la puerta. Pensé que había llegado Kaila. Ahora sí que no podría huir. No podía tirarme por la ventana y arruinarle el vestido a la princesa. El corazón me dio un salto y me dejó fría cuando Camila dijo: «Adelante». La puerta se abrió. Sentí un alivio entre dulce y amargo al ver que no era Kaila ni ninguno de sus sirvientes, sino Thomas.

—Dime, Thomas, ¿qué mensaje has traído?

—Ya el carruaje de Taloc se divisa desde la torre. No tardarán en llegar y... —Thomas se detuvo a mitad de oración y me miró perplejo—. ¿Esa... esa es Elizabeth?

—Sí, Thomas, y gracias por el mensaje. Puedes...

Camila no terminó cuando Thomas estalló en carcajadas al verme con el vestido. Como era de esperarse, se burló. Y como era de esperarse de mí, me puse roja del coraje.

—Deja que le diga a Roben —dijo el mocoso.

—¡No! No te atrevas, Thomas —le amenacé.

—En la posición en la que estás, no puedes hacer nada —dijo de una manera desafiante y burlona.

Tomé lo primero que encontré al alcance de mi mano, un cojín adornado con encajes blancos, y se lo lancé con furia, pero Thomas se inclinó y pudo esquivar el proyectil. Se rió a carcajadas y me sacó la lengua. Lady Camila lo echó en el acto de la habitación y me dijo sorprendida.

—¡Dios Santo, mujer! ¡Estás roja del coraje!

—¿Puedo quitarme el vestido, Lady Camila? Tengo unas cuentas que arreglar con un mocoso de trece años.

—No te exasperes, Elizabeth. Aunque se comporte como un niño, Thomas tiene ya trece años y pronto se entrenará para la guardia real. Allí no le quedará más remedio que asumir seriedad y desarrollar carácter.

—Yo le haré desarrollar el carácter ahora —dije cerrando el puño.

—Bueno, ya. Puedes irte. Pero antes deja que te quiten el vestido con sumo cuidado.

Al salir de la habitación, iba caminando con paso fuerte y apretando los puños. Iba decidida a encontrar a Thomas y hacer que lo pensara dos veces antes de burlarse de mí frente a Roben y David. Sé que David no le seguiría la corriente, pero Roben era otro caso. De igual forma sabía que no dejaría pasar la oportunidad de molestarme y verme enojada. Solía decir que enojada lo atacaba con más fuerza y así le ayudaba a mejorar sus destrezas. ¡El muy bandido!

Luego de nuestra última apuesta, yo había accedido a quedarme en el castillo como su escudero y compañero de armas. Ese duelo fue personal. No estuvo nadie de la corte presente. Éramos solo nosotros dos. Recuerdo que luego de la cabalgata matutina, llegamos a la campiña donde acostumbrábamos practicar. Atamos los corceles a la rama de uno de los sauces y nos sentamos a descansar un rato.

—Extrañas a tu madre y a tu hermano, ¿verdad? —dijo Roben.

Su pregunta me sorprendió, pero le contesté con sinceridad.

—Sí, me hacen falta.

—¿Quieres regresar junto a tu madre?

—Tenemos un acuerdo, Roben, y voy a cumplirlo.

Acto seguido, Roben sacó su espada y se incorporó. Me observó con una mirada profunda y seria mientras me apuntaba con su espada.

—No quiero sonar egoísta y mucho menos egocéntrico, pero mantendré mi palabra: si ganas, estarás en la libertad de irte.

Me puse de pie y saqué mi espada también.

—No quiero que me dejes ganar solo porque pienses que extraño a mi familia. Lucharé con todas mis fuerzas. No se te hará fácil.

—¿Y quién dijo que te dejaría ganar? —sonrió burlonamente—. Jamás pienses eso de mí, Elizabeth. Este duelo lo lucharé con más ahínco que los otros.

—¿En serio? ¿Tanto deseas que me quede? —dije imitando su sonrisa burlona.

Mi pregunta lo desarmó por un segundo. Luego sonrió de la misma manera.

—Buen intento, pero no lograrás distraerme. ¿Quién pescará para mí? ¿Y quién me ayudará con los corceles? Además, sinceramente no hay otra persona que casi me iguale con la espada. Si no tengo quien me desafíe con verdadera destreza, jamás seré el mejor.

—¿Solo es por eso? —dije un poco desinteresada. En verdad, pensé que diría otra cosa.

—¿Crees que habría otra razón? —dijo con su acostumbrada sonrisa burlona que tanto me hacía enojar. Crucé mi espada con la de él y luego me puse en guardia.

—No, no lo pensé —mentí.

Nuestro duelo se hizo largo. Ciertamente, él tenía buena resistencia y no quería perder el duelo. Francamente, aunque deseaba con mi corazón estar al lado de mi familia, lo cierto era que de un extraño modo David, Amatur, Camila, Thomas y Roben se habían convertido en mi familia también. Me distraje por un segundo, un simple segundo nada más, y Roben que estaba atento a cada uno de mis movimientos aprovechó mi descuido y me derribó la espada. Por poco caigo al suelo. Me le quedé mirando sorprendida. Me dolía la mano y me la sujeté con la otra. Roben guardó su espada y me extendió la mano en un gesto de paz. No le di la mano. En vez, me apoyé sobre una rodilla y bajé la cabeza.

—Su majestad ha demostrado ser digno de su reputación. Ha ganado justa y limpiamente. Mi vida y mi espada están a sus órdenes.

Roben puso los ojos en blanco, me tomó la mano y me haló para ponerme de pie diciendo:

—No seas ridícula, Elizabeth. Estamos solos. No tiene sentido decir eso si no está la corte presente para oírlo.

Luego dio la vuelta, se montó en su caballo y partimos hacia el castillo.

Recordaba cada detalle de esa tarde mientras recorría los pasillos del palacio buscando a Thomas. Al doblar una esquina, sentí que me lanzaron una piedrecita a la cabeza y, al voltear, vi a Thomas que me mostró la lengua burlona y se echó a correr. Salí disparada tras él, pero el chico se sabía cada escondrijo del castillo como la palma de su mano. Al doblar otra esquina,

El Escudero del rey

choqué contra alguien que también cayó al suelo. La persona llevaba unas telas finas y quedó cubierto por ellas al caer. No fue hasta que uno de los sirvientes corrió a socorrerlo que me di cuenta de que había chocado con Darius, príncipe de Taloc.

—¡Príncipe, príncipe! ¿Se encuentra bien? —dijo el sirviente apresurándose a ayudarlo.

Darius se sacó las telas de la cara con una carcajada y se levantó. En estos años Darius había cambiado, como todos lo habíamos hecho. Estaba más fornido y se estaba dejando crecer la barba, pero su carácter risueño y jovial se mantenía intacto. Soltó otra carcajada estridente cuando vio que era yo con quien había tropezado.

—¡Elizabeth de Austin! ¡Qué manera de saludar!

—Lo siento, su majestad —dije disculpándome avergonzada. Comencé a levantarme y él me ayudó—. Siento haberlo golpeado, señor.

Darius se me quedó mirando y puso las manos en la cintura.

—Bueno, hace tiempo que no la veo, milady. ¿Por qué tanta prisa? ¿Se quema algo?

—No, su majestad. Perseguía a Thomas.

—¡Ah, sí! Por poco me tropiezo con él también. ¿Qué hizo para que provocara tu furia? Venías balbuceando improperios cuando me derribaste.

—El chico hacía burla de mí, pero deje que le ponga las manos encima.

Darius soltó otra risotada y puso su mano en mi hombro.

—¿Y de qué se burlaba?

—Mejor no le digo, su majestad —dije algo avergonzada.

—Por favor, Elizabeth, llámame Darius.

—Me es difícil tratar a su alteza de otro modo, señor.

—No lo haces con mi hermana o con Roben —me sonrojé. Era cierto.

—Tiene razón, Darius. Lo siento.

—Así está mejor.

Me volvió a palmear el hombro y me dijo.

—Bueno, qué bueno que los vestidos no se estropearon.
—¿Vestidos?
—Sí. Kaila me los encargó. Son tuyos. Y si me permites decirte, son de un gusto exquisito. Sé que vas a lucir muy bien en ellos.

Volví a ponerme roja de vergüenza. Era el momento de huir.

—Señor, digo, Darius. Si me permite, debo buscar a Thomas. Tiene unas cuentas pendientes conmigo.

—Lo siento, pero no puedo hacer eso —dijo tomándome del brazo y conduciéndome por los pasillos—. No, hasta después de la boda.

—¡Qué! ¿Por qué? —pregunté, aunque ya sabía la respuesta.

—Kaila me encargó que te entregara estos —dijo mostrándome los vestidos—. Además, solicitó que me asegurara de que te los probaras y eligieras uno para la boda.

—¡Darius, no! Es que...

Darius volvió a reírse en voz alta al ver mi rostro de pánico.

—¡Sabía que rehusarías a llevar un vestido! Se lo advertí.

—Entonces no me obligues —le supliqué.

—Lo cierto es que no puedo. Me pidió esto de regalo de bodas y no pude negarme.

—Dile que me escapé y que no me encontraste.

—No puedo mentir, Elizabeth. Soy un príncipe honorable.

—Pero...

—Además, te ves muy bella con los vestidos que te hace usar mi hermana —dijo cerca de mi oído.

Aun con esa confidencia no me convencía. Al ver mi gesto de desaprobación, me suplicó.

—¡Por favor! Es el deseo de Kaila para el día de su boda. La harás muy feliz.

Respire hondo todavía sin estar convencida.

—Por favor —puso cara de niño suplicante—. Por mi hermanita, que es la luz de mis ojos... ¿Sí?

El príncipe Darius se acercó a mi rostro sonriendo de manera suplicante, haciendo resaltar los hoyuelos de sus mejillas. El

El Escudero del rey

sirviente que le acompañaba aclaró su garganta. Habíamos olvidado que no estábamos solos y miramos al sirviente de reojo. Darius volvió a su postura seria de inmediato. Volví a respirar hondo y exhalé con cierto fastidio. Era muy incómodo ver a un miembro de la realeza suplicando a una plebeya. No quería hacerle pasar un mal rato y mucho menos delante de su acompañante.

—Bueno, pero tan pronto se acabe la ceremonia vuelvo a mi uniforme.

—¡Hecho! —dijo el príncipe con una gran sonrisa.

Aplaudió dos veces y un grupo de doncellas de su servicio me llevó hasta mi cuarto, donde me midieron todos los vestidos y me hicieron salir para que Darius diera su opinión. Cuando al fin me le mostré el último vestido, Darius se levantó y dijo.

—Ese es perfecto, el color resalta tus ojos.

Llevaba un vestido color verde azulado con cintas de oro se cruzaban desde el pecho por la cintura y se amarraban en un lazo en la espalda. Las mangas ceñidas se alargaban en forma de campana desde del codo. La falda estaba adornada con pedrería que brillaba al contacto de la luz. Me miré al espejo y comencé a fruncir el entrecejo.

—Bueno, mi misión está cumplida, pero para cerciorarme de que no salgas corriendo, te esperaré afuera de la habitación.

Darius y sus sirvientes salieron por la puerta. Al cabo de unos segundos, tocaron la puerta y pensé que era Darius para cerciorase de que no me hubiese tirado por la ventana, pero la voz que oí fue la de Roben. Me puse nerviosa. Sabía que se burlaría de mí tan pronto me viera con el vestido. Miré la cama y no lo pensé dos veces. Me lancé a ella cubriéndome con las mantas. Roben entró y me miró con asombro cuando me vio con cara de enferma.

—¿Qué te sucede? —preguntó.

– No me siento bien.

—¿El vestido te está asfixiando? —dijo con su sonrisa burlona.

—Darius ya te dijo —dije en un acto de impotencia.

Roben alzó las cejas y apretó los labios confirmando con la cabeza mi aseveración.

—No hace falta que te escondas de mí, Elizabeth. Pensé que me acompañarías con la guardia real para hacer el puente de espadas —dijo alzando la suya—, pero veo que prefieres usar vestidos —concluyó burlándose.

—¡No fue idea mía! —dije desarropándome y plantándome frente a él con un gesto molesto. Roben bajó la espada y se me quedó mirando—. ¡Anda, búrlate! Ya Thomas habrá ido a hacerte el chiste.

—¿Cuál chiste? No he visto a Thomas en todo el día.

Tomé un respiro hondo y traté de hablar más calmada.

—Kaila quiere que use un vestido hoy. Sobornó a Darius. Dijo que quería ese sería mi regalo de boda.

—¿Y cómo sobornó a Darius?

—Le dijo que su regalo de bodas sería que se cerciorara de que yo lo usara hoy.

—¡Ah!

Roben bajó la cabeza y se echó a reír por lo bajo. Me molesté. Eran tan pocas las veces que podía ser serio cuando estábamos solos. Tanto era así que comencé a pensar que me había convertido en su bufón personal.

—¿De qué te ríes? —le reproché.

—De nada —Roben negaba con la cabeza sonriendo.

—¡Dime!

—Darius espera que puedas bailar con él en la fiesta luego de la ceremonia.

Abrí mis ojos tanto que sentí que se me salían de las órbitas.

—¡Ja! Sabía que pondrías esa cara —dijo Roben.

—¡No! No te burles. ¿Cómo escapo de esta? Estoy segura de que con lo que le prometió a su hermana no me perderá de vista.

Roben puso su mano en su barbilla y simuló que pensaba.

—Bueno, no puedes romperle el corazón a Kaila. Y mi hermano estará encantado de verte, sin hablar de Jonathan y Emily...

—¡Ya! ¿Qué se te ocurre?

—La verdad, no estoy seguro de que te guste la idea.

—La acepto, lo que sea con tal que me evites la vergüenza de bailar con él.

—Podrías bailar solo con Jonathan o conmigo.

Me reí instantáneamente como si me hubiese hecho un chiste.

—No me refería a bailar con él, me refería a bailar en público en lo absoluto...

Entonces callé por un instante y caí en cuenta de que él se había incluido en lo del baile. Lo miré fijamente.

—¿Qué...? ¡Oh, no! Solo lo dije para ayudarte. No malinterpretes —dijo simulando aclarar lo que había dicho.

—¡Claro! No lo iba a hacer.

—Lo siento, Elizabeth. Creo que te la vas a tener que arreglar sola en este lío.

—Gracias por nada.

—Si se me ocurre algo, te lo dejaré saber.

—¡Gran consuelo! —dije tirándome de espaldas en la cama nuevamente.

—No te preocupes, mañana todo habrá pasado y te reirás de esto.

—Estoy segura de que serás tú quien más se reirá de todo esto —dije sentándome.

Roben volvió a reírse.

—Aunque veo que ya lo estás haciendo —dije molesta.

—¡Ya! No me rio de ti, sino de la situación —aseguró.

—¡Sí, claro! Me veo ridícula con este vestido. Preferiría alzar mi espada contigo en la fila de entrada.

Roben suspiró y luego afirmó sinceramente.

—Lo sé.

Hubo silencio por un momento.

—Bueno, me voy. Ya pronto comenzará la ceremonia y debo organizar a la guardia real.

Cuando se acercó a la puerta, se detuvo antes de abrirla.

—Y Elizabeth, fuera de bromas, creo que Kaila tiene buen gusto. Te queda bien.

No me permitió refutarle nada pues salió rápidamente de la habitación. Le oí decirle a Darius antes de marcharse: «Es toda tuya». Inmediatamente, Darius entró.

Sentí un halón fuerte en la mano. Abrí los ojos y me di cuenta de que Thomas me llamaba.

—¡Picó uno, Eli, picó uno!

El hilo de mi improvisada caña de pescar me halaba fuertemente. Desperté de mis recuerdos cuando sentí el halón.

—No puedo creer que te hayas quedado dormida —dijo con aire de desaprobación.

—¡Cállate y ayúdame! —reproché.

Ambos halamos la ramita que hacía de caña, pero la madera se quebró. Thomas haló del hilo y yo lo ayudé hasta que sacamos el pez del agua.

—¡Guau! Es enorme.

—Sí. El mejor del día.

—El único del día. Siendo buena la pesca aquí, esto solo nos indica que somos muy malos pescadores –dijo riéndose.

Ambos comenzamos a reír. Me quedé seria por un instante. Thomas suspiró y se reclinó hacia atrás cruzando sus manos tras su cabeza.

—Mañana tienes que regresar al campo de entrenamiento —le dije.

—Sí —dijo con tristeza.

—Me harás falta —admití.

—Debiste aceptar mi oferta el año pasado cuando te dije que te unieras a la guardia conmigo.

—Sí, pero recuerda que tengo mis deberes en el castillo.

—Roben ha estado más tiempo a cargo de las relaciones diplomáticas de Clendor que aquí. Y van seis meses desde la última vez que lo vi. ¿Por qué no lo acompañaste si eres su «compañero de armas»?

El Escudero del rey

—Thomas, sabes que Kaila me necesitaba en el castillo desde su embarazo.

Nuevamente mi mente se transportó a aquel tiempo. Roben y David habían salido a uno de esos asuntos diplomáticos de la alianza de los reinos contra los mólocs en una guerra que ahora me parecía distante. Aspen, Taloc, Clendor eran reinos vinculados por sus familias reales. Káesar, rey de Aspen, era hermano de lady Camila, ahora esposa de Amatur, padre de David, el rey de Clendor y esposo de Kaila, princesa de Taloc. La unión entre nuestros tres reinos era muy sólida, pero el tratado se alargaba hacia tres reinos adicionales. Moiloc, el causante de la guerra anterior, York y Heriam, uno de estos aliados de Moiloc. Continuamente discutían las reglas del tratado a pesar de que ya hacía tres años que se había firmado. La presencia de los reyes en las reuniones o la de sus emisarios, que generalmente eran los príncipes, era indispensable.

Me había convertido más en la dama de compañía y de práctica marcial de la princesa Kaila que del mismo Roben. Por esa razón, no podía ir con él. Una mañana, en una de nuestras prácticas, Kaila se sintió mareada.

—Kaila, ¿te encuentras bien? —le dije preocupada al verla sentarse en el suelo.

—Sí. Bueno, la verdad es que yo...

Una arqueada le vino de golpe y vomitó todo el desayuno. Corrí a las habitaciones de Lady Camila a buscar ayuda. Las sirvientas ayudaron a cargarla y recostarla. Allí se pasó toda la tarde mareada y en cama. Camila no se alarmó y al salir del cuarto me dijo con una sonrisa.

—La reina se encuentra de maravilla —tenía una amplia sonrisa en su rostro.

—¡Pero aún tiene náuseas! —dije sorprendida.

—Y las seguirá teniendo todas las mañanas por un periodo corto de tiempo hasta que comience a crecerle el vientre.

—¿Será posible?

—Sí, Kaila va a ser madre.

Fue un choque para mí. Me sentí feliz y triste a la vez, emocionada y consternada. Me preocupaba el malestar que pudiera causarle a la reina, pero me sentí feliz a la vez porque sabía que el heredero al trono ya estaba en su vientre y eso, a su vez, la hacía feliz. Por otro lado, me sentía triste, ya que por su condición ya no podría practicar como de costumbre.

Tan pronto el rey David llegó de su viaje y fue informado de la noticia corrió a la habitación. Soltó un grito de felicidad que se oyó hasta el jardín del castillo, donde me encontraba con los caballos.

Volví nuevamente al presente cuando Thomas me extendía un pedazo del pescado asado a las llamas de la fogata.

—Feliz cumpleaños, Eli —me dijo riéndose.

—Feliz cumpleaños, Thomas. Felices dieciséis años. Ya no eres el pequeño que tenía que perseguir por los pasillos del castillo hace tres años a causa de tus bromas —dije «brindanado» con mi bocado de pescado antes de echármelo a la boca.

Thomas y yo coincidíamos en la fecha de nuestro cumpleaños, solo que yo era tres años mayor. Ya había sido aceptado para formar parte de la guardia real. De soldado regular ascendió y logró su deseo. Eso lo había hecho madurar. Con él podía practicar, cuando no cuidaba del príncipe Carlos, el hijo de David y Kaila. La reina ya no entrenaba tanto, pues la mayoría del tiempo lo dedicaba a los cuidados del pequeño que estaba por cumplir los dos años.

Roben junto con David continuaba a cargo de los asuntos diplomáticos. Como resultado de mi nuevo rol de acompañante de la reina, casi no nos veíamos, excepto cuando llegaba de sus viajes y reanudábamos nuestras prácticas.

—Hoy se supone que lleguen David y Roben —dijo Thomas.

—Sí, espero poder verlos y saludarlos antes de ir a cuidar al pequeño Carlos —le dije.

—Oye, ¿cómo están Jonathan, Emily y tu madre?

—Bien, gracias a Dios. Mañana en la tarde iré a Austin a visitarlos.

—¡Irás sola!
—¿Y?
—Bueno... me gustaría acompañarte.
—Thomas, no puedes. Mañana tienes entrenamiento.
—Lo sé, pero promete que les llevarás mis saludos a Jonathan, Emily, Sofía y al pequeño Peter.
—Claro que lo haré.

Jonathan y Emily tenían un pequeño de un año y lo llamaron Peter en honor a nuestro difunto hermano.

—Bueno —dijo Thomas levantándose y midiéndose a mi lado—. Ya soy más alto que tú.
—Sí, lo sé, no alardees.
—¿Qué tal una carrera hasta el castillo?
—Desde Clairos hasta el castillo.
—Hecho.

Salimos desde la caída de agua de Clairos, donde nos encontrábamos, hasta el castillo. El sol ya se ponía, así que llegaríamos en la noche. Al llegar, corrimos hacia el gran comedor donde estaba la familia real. Al vernos, a Roben se le dibujó una sonrisa en el rostro. Se acercó y estrechó fuertemente la mano de Thomas.

—¡Thomas, qué mucho has crecido! Me informaron que eres de los mejores entre los cadetes de la guardia —dijo Roben.
—Sí, señor —contestó Thomas poniéndose derecho.
—Me alegra. Algún día podremos practicar.
—Con gusto, su alteza.
—¡Elizabeth! —dijo Roben y me saludó con un gesto más amable que de costumbre cordial.
—Su majestad, me da gusto en verle y tenerle de vuelta en casa —dije formalmente.
—Espero que el trabajo de niñera no haya afectado tus habilidades con la espada.
—En lo absoluto, señor. Hoy mismo practicaba con Thomas.
—¡Bueno! Ahora tengo dos buenos contrincantes para practicar. ¡Estupendo!

David llegó con el pequeño Carlos en los hombros quien, al verme, gritó: «Eli, Eli». El pequeño levantaba los brazos hacia mí moviendo sus pequeños deditos para que lo cargara.

—¡Mira, nada más! Elizabeth es la luz de sus ojos. Tan pronto llega a la habitación sus pupilas no dejan de brillar —dijo el rey pasándome al bebé, que rápido se agarró a mi camisa y me halaba de los cabellos que ya me habían crecido y me pasaban de los hombros.

—Elizabeth cuida muy bien de él. Es su compañera de juegos por así decirlo y se ha convertido en su mejor amiga —dijo Kaila acercándose.

Me sonrojaba por tantos halagos mientras trataba de tranquilizar a Carlitos. Me disculpé y me llevé al pequeño príncipe al salón contiguo. Luego de un largo rato, Kaila llegó para llevarse al niño a dormir.

—Kaila, deseo ir a Austin para ver a mi madre —dije a la reina.

—¡Claro! Debes ir a verla y... debes decirle a Roben.

—Sí, así lo haré.

—Te esperará, pues David les tiene deparada una misión.

—¿Una misión?

—Han surgido algunos problemas con la Unión. Roben te explicará luego. No está muy de acuerdo con llevarte.

—¡Me lo imaginaba!

—No pienses otra cosa, Elizabeth. Se preocupa por ti.

En ese momento llegó Roben, mientras Kaila se retiraba con Carlitos, que ya estaba dormido. Caminé hasta el jardín y me senté en una de las raíces grandes de uno de los sauces llorones. Él se sentó a mi lado poniendo la punta de la espada en el suelo y dándole vueltas por la empuñadura. No apartaba la vista de la espada. Era evidente que algo había ocurrido y sentía que me lo tenía que decir, aunque no quisiera.

—¿Qué sucede? —pregunté.

Su rostro se nublaba con una gran preocupación.

—Hay problemas con la Unión.

—¿No están siendo efectivas las conversaciones diplomáticas?
—No mucho. Sé que es poco el tiempo que ha pasado desde que terminó la guerra, pero pensamos que con la unión de Taloc, Aspen y Clendor sería suficiente poder para detener a los mólocs. Pensé que la diplomacia...
—¿Qué está pasando, Roben?
Roben levantó la cabeza, sin dejar de darle vueltas a la espada. De momento se puso de pie y la enterró en el suelo con fuerza. Me asusté un poco por lo inesperado de su gesto.
—El rey de Moiloc, el que firmó el tratado, fue asesinado.
—¿Qué? —dije sorprendida. Ya sabía lo que esto significaba.
—El príncipe anda desaparecido. El que ha usurpado el poder es peor que el que comenzó la guerra.
—¿Y qué han dicho en los demás reinos?
—Nuestro informante nos indicó que en Moiloc se preparan nuevamente para la guerra junto con el reino de York. Ambos se han retirado de las negociaciones. Heriam busca aliados, pues el heredero desaparecido y el rey asesinado eran miembros de su familia y el usurpador es de la familia real de York.
—¡Cuánto se ha complicado el escenario!
—Sí. El problema está en que Clendor queda en medio de Heriam y Moiloc.
—En medio de la disputa y en medio del posible campo de batalla.
– En Heriam se dice que la única forma de lidiar con la situación es acabar con Moiloc de una vez y por todas. Se quiere exterminar a todos los mólocs, pero en Clendor, Aspen y Taloc, obviamente, no pensamos lo mismo. Exterminar a todo un pueblo es ridículo, una barbarie. La guerra solo ha traído sufrimiento a nuestros reinos.
—¿Cuál es el plan? —pregunté.
—Se ha rumorado que el príncipe heredero huyó a nuestras tierras. Hay que encontrarlo y escoltarlo a Heriam. La guerra es inminente, pero así se podrá intentar evitar el genocidio de un pueblo que no tiene la culpa de estas riñas familiares.

—Tendremos que comenzar por las comarcas cercanas a Moiloc —pensé en voz alta.
—Exacto.
—¿Crees que hayan enviado espías para matarlo?
—No lo dudo —dijo Roben colocando su barbilla en la palma de la mano.
Sin darme cuenta, me había llevado la mano al cuello y acariciaba la estrella de plata de mi collar.
—No temas por tu familia, Elizabeth. Jonathan es un buen soldado y protector.
—Lo sé.
—Si deseas, David hará que los traigan al castillo y así no tendrás que irte.
—¿Qué dices?
—Oí que deseabas ver a tu madre. Si la traemos al castillo junto con Jonathan y Emily, podrías quedarte a salvo con ellos.
—Pretendes que me quede aquí encerrada y no ayude para nada. ¡Habrá otra guerra, Roben! Y yo soy un soldado.
—Eres una doncella, Elizabeth, la dama de compañía de la reina y mi...
—¡Soy tu compañero de armas! —lo interrumpí. Sentí que estaba dejándome fuera de los planes de la defensa del reino.
—¡Aquí estarás a salvo! —expresó como si estuviera dictando una orden.
—¡No! Iré a Austin al amanecer y nos encontraremos en Tersa en tres días. No impedirás que cumpla con mi responsabilidad. Juré servir a la familia real con mi espada. Juré ser tu compañero de armas, servirte y cuidarte las espaldas. Me has mantenido al margen de las negociaciones porque eran asuntos diplomáticos, pero ya sabemos que habrá guerra y sabes bien que, aunque me digas que no vaya, voy a seguirte –dije mirándolo seriamente a los ojos.
No era justo que me excluyera después de todo lo que habíamos pasado juntos desde hacía tres años. Roben me miró

El Escudero del rey

desafiante por unos segundos, vio la determinación en mi rostro, bajó la cabeza y se echó a reír.

—No le veo la gracia, Roben —dije al príncipe tratándolo como a un igual, como lo hacía cuando estábamos a solas.

—Tú no tienes remedio. Eres más obstinada que un burro —dijo poniendo las manos en la cintura y moviendo la cabeza de lado a lado

—Soy tan obstinada como tú —dije cruzando los brazos.

Roben levantó la vista hacia mí. Alzó una ceja y me dijo con su media sonrisa burlona:

—No vas a enojarme, por más que lo intentes. Siempre te gano en eso también, pero no te detendré siempre que te mantengas a mi lado. Tú eres mi responsabilidad desde que mi padre te puso a mi cargo.

—No soy una niña, Roben. Sé cuidarme.

— Eso lo sé bien.

—¿Entonces?

Roben respiró hondo y volvió a mirarme seriamente. Exhaló de golpe, se puso las manos nuevamente en la cintura y movía la cabeza en negativa.

—Espero no arrepentirme de esto —se puso de pie frente a mí asumiendo su postura de príncipe—. Nos veremos en Tersa en tres días, soldado.

Me extendió la mano y se la estreché como si estuviésemos cerrando un trato.

—Sabes que cuentas con la mejor espada del reino. No te arrepentirás.

El extraño extranjero

~

El amanecer hilaba tonos rosados en el telar de las nubes. Ya alistaba mi caballo cuando sentí que alguien entró al establo. Escuché el resoplido de otro caballo y, al voltearme, vi a Thomas sonriente.

—¡Thomas! ¿Qué haces aquí?
—Órdenes de David. Te acompañaré a Austin.
—¡Grandioso! Pero ¿y la guardia?
—Ya te lo dije, órdenes de David.

Mi rostro pasó de la felicidad a la preocupación.

—Irás también a la misión.
—Sí, ya estoy preparado —dijo seriamente.
—Solo tienes quince años.
—No. Tengo dieciséis. Tú los tenías cuando emprendiste contra los mólocs en la primera guerra, sin contar con que eres mujer.
—Bueno, pero no es igual.
—Sí que lo es. Soy un buen soldado. Te protegeré, Eli.
—Veremos quién protege a quien.

Le di una palmada en la espalda, montamos los caballos y le hice una señal a los guardias. Las puertas enormes del castillo se abrieron y salimos galopando hacia Austin.

Mientras recorríamos los bosques y praderas de la comarca nos embargaban sentimientos encontrados. Nos llenaba de felicidad ver la paz que reinaba, los niños jugando, los padres llegando con las presas de caza y, a la vez, nos embargaba la tristeza, pues sabíamos que la paz no duraría mucho. La guerra era inminente y Clendor estaba en medio de un gran campo de batalla. Cuando llegamos a mi casa en Austin, Emily corrió a darnos la bienvenida. Salté del caballo para abrazarla.

—¡Elizabeth!

—¡Emily!
La emoción del encuentro fue tanta que nuestras lágrimas se mezclaron en el abrazo.
—¿Y mi madre?
—Se pondrá contenta al escucharte. Está dentro de la casa con Peter.
Entramos a la casa y nuevamente nos abrazamos, nos contamos todo lo que nos había sucedido desde la última vez que nos habíamos visto. Emily cocinó, yo la ayudé rebanando legumbres. Luego de comer, nos recostamos, tan cómodos, al lado de la chimenea que nos quedamos dormidos y tomamos una pequeña siesta. Cuando despertamos en la tarde, Thomas no dejaba de hacerle gracias al pequeño Peter. Le hacía muecas para que el niño se riera. Thomas parecía un niño nuevamente, lleno de inocencia. Indirectamente había sido testigo de la guerra anterior, pero enfrentarse ahora a la cruda realidad le quitaría la inocencia como lo había hecho conmigo.

La puerta se abrió. Jonathan entró con un venado sobre sus espaldas. Su rostro reflejó una emoción casi paternal al verme. Me abrazó tan fuerte que casi me deja sin aire y luego le dio un apretón y una palmada en la espalda a Thomas.

—¡Vaya, vaya! Así que tú eres el pequeño Thomas.
—Ya no soy tan pequeño, señor —dijo Thomas irguiéndose con la frente en alto.
—Ya veo. Estás más alto que Elizabeth.
Luego de la cena, nos sentamos frente al fuego.
—Así están las cosas —dijo mi hermano con tono serio y preocupado y con los brazos cruzados escuchando atento mi relato sobre conflicto existente entre los reinos de la unión. Después de un momento de silencio, preguntó:
—¿Cuáles son las órdenes?
Thomas y yo nos sorprendimos. ¿En realidad planeaba dejar a Emily y unirse a la misión?
—¿De qué hablas, Jonathan? —dije.

—¿Cuáles son las órdenes? Fui capitán de nuestro ejército contra los mólocs. Una vez más serviré al rey.

—No, no y no. No irás —dije levantándome.

—Soy yo quien debería decirte eso como tu hermano mayor. No lo he hecho porque entiendo la responsabilidad que te ha sido delegada.

Me quedé muda por un instante. Thomas comenzó a hablar. Lo fulminé con la mirada, pero no me hizo caso y le explicó a Jonathan el plan de Roben. Me sorprendió que estuviera más al tanto que yo sobre el asunto.

—En dos días nos encontraremos con Roben y Darius en Tersa. Comenzaremos la búsqueda del príncipe móloc, pues los informantes indican que lo vieron huir hacia nuestras tierras. La misión no será fácil ni del todo segura. Hay hombres que andan tras él para matarlo. Si lo encuentran antes que nosotros, la guerra aún será más sanguinaria. Por lo que nos han dicho, la gente de Moiloc estaba contenta con el rey que había firmado el tratado porque ahora gozaban de paz. Si el heredero regresa, la gente se le unirá.

Impaciente y molesta me levanté y salí de la cabaña. Me acerqué a la ventana para escucharlos.

—¿Y luego de encontrarlo? —preguntó Jonathan con voz pensativa.

—Hay que escoltarlo hasta Heriam, donde su tío político lo aguarda para hacer los arreglos y partir con los soldados.

—¿Cómo lo reconoceremos?

—El príncipe Hero tiene una marca de nacimiento. Es un lunar en forma de luna creciente en su hombro derecho.

—Podrían surgir impostores.

—Es por eso que solo la familia real sabe de otra marca.

—¿Otra marca?

—Al Hero nacer, su padre le hizo otra marca.

—¿Cómo es que estás tan bien informado, Thomas?

—Roben me informó de los pormenores de la misión. Él sabía que querrías unirte.

Hubo un corto silencio. Escuché a Jonathan levantarse, abrir la puerta y salir a encontrarse conmigo.

—Ya es tarde. Debes ir a dormir.

Yo estaba de espaldas a él. Jonathan me tomó de los hombros para voltearme y se sorprendió al ver mis ojos llenos de lágrimas. Acto seguido me sequé la cara con la manga de mi camisa.

—¡Elizabeth!

Su expresión era como cuando el pequeño Peter se caía: la de un padre preocupado. Me abrazó con fuerza mientras me pasaba la mano por la cabeza tratando de consolarme.

—No quiero perderte, Jonathan —dije cuando me abrazó.

—No lo harás, Eli. Ni yo tampoco voy a perderte.

Nos quedamos así un buen rato. Vimos una hermosa luna salir tras los árboles más altos del bosque. Aunque ninguno de los dos lo mencionó, nos pareció que era un buen augurio.

A la mañana siguiente amaneció lloviendo. Jonathan nos dijo que en esos días había llovido mucho y había que tener cuidado con las crecidas de los ríos, que a veces se llevaban a las personas descuidadas y desaparecían. Thomas me pidió que lo acompañara a Martis, su antiguo hogar. Allí había pasado mis días como varón trabajando para su padre, el herrero del reino.

La casa estaba abandonada, cubierta por fuera de matojos y por dentro de telarañas de arriba a abajo. Cuando entramos, estornudamos varias veces de tanto polvo que había en el lugar. Thomas caminó con una expresión extraña en su rostro. Exhaló el aire de golpe envuelto en la nostalgia al contemplar el lugar.

—¡Vaya! Han pasado tres años. Siento como si parte de mi niñez se hubiera quedado en esta choza —dijo.

Recorrimos parte de la casa y luego salimos a ver el establo donde yo me hospedaba. Estaba abierto. Entramos con precaución. Nos miramos pues suponíamos que debía estar cerrado. Sacamos nuestras espadas y las llevamos preparadas. A ambos nos dio la sensación de que estábamos siendo observados. Un ruido a nuestras espaldas nos hizo voltearnos asustados, pero solo había sido una rata. Nos miramos aliviados y, cuando íbamos a reírnos, otro movimiento nos puso en alerta. Un segundo después una plancha de hierro colgada de una soga cruzó el centro del establo y por poco nos derriba. Nos lanzamos al suelo por instinto y la logramos esquivar. Un hombre se lanzó con espada en mano gritando desde el segundo nivel donde se almacenaban los fardos de heno. Sus gritos me desconcentraron, pero de inmediato logré ponerme de rodillas y levantar mi espada para defenderme. Nuestras espadas se cruzaron tan cerca que pude ver los ojos de aquel pobre diablo, obviamente demente. Entre sus cabellos largos y desaliñados, y su rostro sucio, surgía una mirada desquiciada como un rayo a través de unos ojos de color azul celeste. Ignorando aquella mirada lunática y un grito que me pareció más de un animal que de un ser humano arremetimos el uno contra el otro.

Estaba atónita. El loco sabía usar bien la espada y cuando lo empujé para ganar algo de distancia e incorporarme, el sujeto tomó una barra de hierro del suelo y la utilizó como otra arma. Movía ambas manos con impresionante destreza. Fueron tantos los golpes que me lanzó y logré detener que me desconcertó por un momento ¡Defenderse de él era una verdadera hazaña, pero lo estaba logrando! Busqué a Thomas con la vista y, cuando lo divisé, estaba inconsciente sobre el heno. Era más que obvio que no podría utilizar su ayuda. El loco me estaba arrinconando en una esquina del granero. Me tiré al piso y, logrando golpearle las piernas con la espada, lo derribé. Entonces cortó con su espada otra soga que tenía amarrada y un tronco salió de la nada. Traté de detenerlo con las manos, pero bajaba con tanta fuerza que me derribó al suelo justo cuando Thomas se levantaba y se colocaba detrás de mí. El tronco nos derribó a ambos y el loco huyó. Cuando pude levantarme, salí corriendo fuera del establo para alcanzarlo, pero ya había huido por costado del río y se perdía entre la espesura del bosque. Regresé al establo. Thomas aún estaba sacándose el tronco de encima.

—No es lo mismo la teoría que la práctica —dijo mientras le ayudaba a levantarse.

—Te lo dije. ¿Estás herido?

—No, solo un golpe leve en la cabeza y la siestecita que eché gracias a ese loco.

—Huyó por el río rumbo a Tersa. Se adentró en el bosque y ya no lo pude ver más.

—¿Montaña arriba?

—Posiblemente.

—¿Móloc?

—No lo sé.

Regresamos a casa de Jonathan y le contamos lo sucedido. Emily le curó a Thomas el rasguño en la cabeza mientras yo me tomé un té para el dolor de cabeza que me asedió.

—Para armar las defensas que describes, debió haberse ocultado allí bastante tiempo. Quizá sea un viejo soldado enloquecido por la guerra —dijo Jonathan pensativo.

—De que estaba loco, definitivamente lo parecía. Esa mirada desquiciada me puso los pelos de punta —dije.

—Lo más probable es que sea un loco ermitaño que aprovechó el abandono de la casa y la tomó como refugio —dijo Jonathan restándole importancia al asunto.

—Qué bien, fui vencido por un ermitaño loco —Thomas respiró hondo bajando la cabeza desilusionado.

—Esos locos eran los más feroces guerreros en batalla —dijo Jonathan riéndose y dándole una palmada a Thomas en la espalda.

—Sí. ¡Hubieras visto cuán hábil era con la espada! —dije.

La decepción se le borró del rostro a Thomas, y se le dibujó una sonrisa de satisfacción. No es lo mismo decir a uno lo derribó un fiero soldado que un loco ermitaño. Al día siguiente, partimos rumbo a Tersa.

Al llegar a los valles y planicies de aquella hermosa tierra, me invadieron imágenes de mi niñez. Recordé nuestra antigua casa, la cacería, el incidente en el río que me arrebató la inocencia de niña. Tenía frescas las caras de los bandidos que torturaron a mi madre y abusaron de mí. Recordé cómo la guardia real había llegado a tiempo y los había matado. Apreté tensamente los puños y las bridas. Jonathan se dio cuenta de mi expresión. Se acercó a mí extendiendo la mano y apretando la mía. Lo miré, tenía los ojos húmedos.

—¿Aún duele, verdad?

No comenté nada, pero asentí con la cabeza. Jonathan hizo el mismo gesto y me dijo:

—Si no deseas seguir...

—No —confirmé con la cabeza—. Ha pasado mucho tiempo. Es hora de superarlo.

Llegamos a un pequeño poblado y aguardamos a Thomas que se bajó del caballo a buscar direcciones y nos indicó el lugar del encuentro, una taberna en el centro de la aldea. Entramos y todos los presentes se nos quedaron mirando. El cantinero, un hombre de edad avanzada con una espesa barba blanca y una extraña cicatriz en la frente sobre el ojo izquierdo, se acercó sonreído al reconocer a Jonathan. El hombre se abalanzó sobre mi hermano y le dio un efusivo abrazo.

—¡Capitán Jonathan!

—¡Ciro! Qué gusto me da verte —dijo Jonathan luego del caluroso abrazo.

—¡Atención, señores! —dijo aquel hombre dirigiéndose a los presentes—. Estos son los héroes de Clendor.

Todos los presentes alzaron sus tarros y gritaron vítores a manera de brindis. El hombre que nos recibió tenía alrededor de unos sesenta años y le faltaban dos dientes. Entonces, la sonrisa se le borró del rostro y en tono más serio nos dijo:

—El príncipe Roben y el príncipe Darius los esperan.

—Gracias, Ciro —le dijo Jonathan.

—Habrá otro conflicto, ¿cierto? —dijo Ciro por lo bajo—. Se siente la tensión en el ambiente. Además, se escuchan rumores.

Jonathan asintió con la cabeza.

—Todos en mi casa y yo estamos dispuestos a batallar nuevamente. Mis hijos lucharon en la guerra pasada, ya lo sabes, y estarán dispuestos a servir al rey.

—Lo sé, Ciro. Cuento con ustedes.

Ciro nos condujo por varios pasillos hasta llegar a la cava donde estaban sentados frente a una mesa Roben y Darius. Ambos príncipes se pusieron de pie y les estrecharon la mano a Jonathan y a Thomas. Roben estrechó mi mano, pero tan pronto le extendí mi mano a Darius, este la volteó hacia abajo y la besó.

—Aunque se vista de soldado, sigue siendo milady Elizabeth para mí —dijo con una amplia sonrisa.

Thomas se sonrió burlonamente y Roben le dio un codazo para que guardara la compostura.

—Este es el plan —dijo Roben extendiendo un gran mapa sobre la mesa y señalando con su dedo un punto en el centro—. Nos encontramos aquí. Recibimos informes de que una familia de Tersa ha acogido al príncipe y a su sirviente. El lugar de encuentro será aquí —dijo señalando a otro punto cercano al primero—. Luego de encontrarnos con el príncipe Hero, acortaremos camino por las montañas hasta llegar al castillo. De ahí, David nos acompañará. La orden es llevar a Hero a Heriam y organizar el reclamo del reino.

—¿Crees que haya una posibilidad de evitar una guerra? —preguntó Jonathan.

—Si la hay, es muy escasa —dijo Darius.

—Ya se ha dado la orden de reubicar a tu familia, Jonathan. Nos encontraremos con ellos al llegar al castillo —dijo Roben a Jonathan.

—Gracias, su alteza.

—Si cruzamos por la montaña, espero no toparnos con el soldado loco —dijo Thomas.

—¿El soldado loco? —preguntó Darius.

—No es nada. Un ermitaño nos atacó en Martis y salió huyendo hacia las montañas —dije.

—Pero, ¿están bien? —preguntó Darius.

—Estoy seguro de que lo están, Darius. Ambos son excelentes soldados, y saben defenderse —dijo Roben.

Luego de coordinar las tareas de logística, partimos al hogar de la familia Walls, donde nos habían dicho que se encontraba el príncipe y su sirviente. El hijo mayor del cantinero, Albert, nos acompañó. Era un hombre de la edad de Darius, grande y fortachón. Éramos seis en la misión: Darius, Roben y Jonathan estaban al frente, y Thomas, Albert y yo los seguíamos.

—¿Usted es la mujer soldado? —dijo Albert.

—Sí —contesté seriamente.

—Ha sido muy valiente. Tengo una hermanita que es una gran admiradora suya.

Al escucharle decir esto sonreí tímidamente. ¿Acaso ya se rumoraba de mí por los pueblos? En ese momento, Roben llamó a Albert y este se acercó hasta quedar a su lado. Thomas llegó hasta donde mí riéndose:

—«Mi hermanita es admiradora suya...» —dijo con un sonsonete—. Deberías ir a estrecharle la mano. Eres su héroe.

—¡Cállate, Thomas, y deja de burlarte!

Oí a Albert decirle a Roben que habíamos llegado a la casa de los Walls. Era una estructura larga hacia el fondo, con ventanas altas de doble hoja que mantenían cerradas. Albert, Roben y Darius se bajaron de sus caballos y tocaron la puerta. Un anciano nos recibió. Nos miró con cierta preocupación y desconfianza hasta que Albert les presentó a los príncipes. Roben llevaba en su dedo el anillo real de David. Al anciano Walls se le abrieron los ojos y, tratando de inclinarse, decía: «¡Su majestad, su majestad, bienvenido!» Roben y Darius se miraron y tomaron del brazo al viejo que casi no podía hacer la reverencia.

—No se preocupe por el protocolo, buen hombre. Sabe por qué estamos aquí —dijo Roben.

—Sí, su excelencia. Pase, adelante.

Thomas, Albert y yo entramos detrás de los príncipes. La casa era muy humilde, hecha de madera, adobe y paja, y estaba muy oscura. El anciano nos condujo hasta una habitación al final de un largo pasillo. Al lado de una chimenea de piedras había una anciana sentada en una silla de madera y mimbre. Supuse que sería la esposa del señor Walls. Tenía las manos entrelazadas y murmuraba como si estuviera rezando. Sí, eso era, rezaba con tal fervor que sus manos le temblaban. Al llegar al pequeño cuarto, vimos al príncipe. Roben y Darius lo recordaban de algunas de las reuniones. Los príncipes se hicieron las reverencias de rigor. Antes de que Roben y Darius le preguntaran, Hero se levantó la manga de su camisa para mostrar que llevaba en el hombro derecho un lunar en forma de luna creciente que parecía más una cicatriz. El sirviente que le acompañaba se inclinó ante Roben y Darius, y dijo en voz baja.

—Por favor, sus majestades, el príncipe Hero necesita llegar a Heriam a salvo lo antes posible.

—Lo sabemos —dijo Roben—. A eso hemos venido.

Los príncipes intercambiaron comentarios muy rápidamente. El uno de agradecimiento. Los otros de su compromiso con su seguridad y la importancia de, en lo posible, evitar la guerra. Los que estábamos presente sentimos que estábamos presenciando un momento histórico, un acuerdo entre caballeros que, a su vez, era un acuerdo entre naciones.

Cuando salíamos de la casa, Albert me dijo que se adelantaría al mercado a conseguir provisiones para el camino. Yo me ofrecí a acompañarlo y ayudarlo. Le indiqué a Jonathan que Albert y yo nos encargaríamos de los abastos y que pronto los alcanzaríamos. Conocíamos el camino que tomarían, solo serían unas cuantas horas.

—Nos alcanzarán en la montaña, ya saben el camino —dijo Roben antes de partir.

—Sí, su alteza, conozco el camino como la palma de mi mano —dijo Albert.

—Bien, en marcha —dijo Roben.

—Yo iré con ellos, Roben —propuso Darius.

—Como gustes, Darius —respondió Roben. Luego les indicó a los demás que era hora de marcharse.

Mientras cabalgaba hacia el mercado, no podía borrar de mi mente la imagen de la anciana rezando con pavor.

—¿Qué le pasa a su esposa? Se ve angustiada—. Recordaba haberle dicho al anciano antes de salir de la casa.

—El tener en nuestra casa al príncipe de los mólocs no le trae buenos recuerdos —me había contestado el anciano.

Llegamos al mercado y Albert comenzó a hablar con los mercaderes junto con Darius para procurar lo necesario para el viaje. Me alejé de ellos por unos minutos a un lugar solitario. Luego de haberme cerciorado de que nadie me veía, tomé en las manos la daga de oro y la observé. A pesar de que después que Amatur me la había regalado se había utilizado para tenderme una trampa y acusarme de traidora, aún la conservaba. Sacudí la cabeza ante esos recuerdos, tomé la daga con firmeza y, con la otra mano, agarré mi melena trenzada. En unos segundos volví a tener la apariencia de tres años atrás, un mozalbete llamado Eliot de Austin. Al volver con mis compañeros, Darius mostró cara de horror al verme.

—¡¿Qué hiciste con tu bella melena dorada?!

—Era una molestia para la misión —le contesté indiferente. Luego le sonreí—. De toparnos con enemigos, no quiero que tengan por dónde agarrar de más.

Albert llegó en ese momento y se sorprendió un poco al verme, pero sonrió y me dijo.

—¡Le queda bien, señorita soldado!

Albert continuó montando los abastecimientos en los caballos. No había escuchado el comentario de Darius quien, a su vez, se quedó boquiabierto con el comentario de Albert. Me reí instantáneamente, pero seguí ayudando a acomodar los suministros. Habiendo ya alistado las monturas, Albert nos dijo señalando un camino entre pinos y abetos:

—Seguiremos por esta ruta hacia la montaña.

—No, espera, por favor —dije.

—¿Sucede algo, Elizabeth? —preguntó Darius.

—Si no es molestia, quisiera regresar a casa de los Walls —dije.

—¿Por qué? —preguntó Albert.

—Solo para cerciorarnos de que se encuentran bien. Vi a la anciana demasiado nerviosa.

—Ahora que lo mencionas, tienes razón. La señora Walls siempre ha sido nerviosa, pero hoy estaba rara, y su esposo también se comportó de manera extraña. A mí también me preocupó —nos dijo Albert.

—Gracias por entender. Tengo un mal presentimiento con esto —dije en tono serio.

Nos desviamos hasta llegar nuevamente a casa de los Walls. Tocamos la puerta, pero nadie nos abrió. Darius dio una patada a la puerta y la abrió de par en par. Cuando llegamos al último cuarto, encontramos a los ancianos tendidos, muertos en la cama. Darius corrió hasta ellos.

—Están muertos. Al parecer los envenenaron.

—¿Qué significa todo esto? —preguntó Albert confundido.

—Significa que la guerra ya ha comenzado —respondió Darius.

—El criado que acompaña a Hero, a Roben y a mi hermano debe ser un impostor, y aunque no lo sea, corren peligro —dije segura.

—No hay tiempo que perder. Nos llevan varias horas de delantera. Tenemos que alcanzarlos —dijo Darius.

—Conozco un camino más corto por la montaña, pero es peligroso, sobre todo con las lluvias que han caído —propuso Albert.

—No importa. Si los que mataron a estos ancianos los siguen, como sospechamos, no dudo que los ataquen. Los príncipes corren peligro —dijo Darius.

Salimos a galope hacia la montaña. Comenzó a llover mucho y el camino se volvió lodoso y aún más difícil para los caballos. Cuando divisamos la comitiva de Roben, Jonathan y Thomas, me fui adelante para avisarles y escuché el zumbido de las flechas. Varios soldados mólocs nos atacaban. Una de las flechas se enterró en el cuello de mi corcel y caímos en el lodo. El soldado que había herido mi monta se disponía a rematarme con la espada cuando Darius se interpuso y lo ultimó su espada. El ruido de la lluvia torrencial opacaba el sonido de las espadas. Pude levantarme del fango, vi un corno en la cintura del soldado muerto y sin pensarlo dos veces tomé aire y soplé a todo pulmón. El sonido apenas llamó la atención de nuestros amigos. Monté mi corcel cuya herida era leve y comenzamos a galopar hacia donde se encontraban los príncipes con Thomas y el criado. Aspiré fuertemente y soplé el corno con todas mis fuerzas. Esta vez lo logré. El sonido retumbó en la montaña y mis amigos detuvieron sus caballos y se voltearon buscando su procedencia. Volví a soplar. Vi que Thomas me había visto y le hizo señas a los demás. Nuevamente hice sonar el corno.

Desde la distancia vi cómo sus rostros se desfiguraron en un instante. Yo no entendía por qué. Pude oír a Roben y a Jonathan gritar espantados mi nombre a la vez que hacían señas con las manos hacia mi derecha. Cuando miré entendí la razón de su espanto. Un alud de agua, fango y troncos descendía de la montaña rumbo al río, que ya estaba crecido por las lluvias. Yo me encontraba en su camino. A pesar de que ajoté mi montura lo más que pude no me dio tiempo para escapar y la avalancha me arrastró con todo y caballo. Entonces vi a Darius y Albert lanzarse tras de mí para rescatarme, pero la corriente era tan fuerte que nos arrastró sin remedio. Sentía en mi boca el sabor a tierra fangosa y no podía ver en lo absoluto. Todo se volvió oscuro y solo oía los chasquidos del agua chocando con todo lo que encontraba en su camino. A lo lejos, Darius y Albert me gritaban desesperadamente. Perdí el conocimiento.

Cuando comencé a despertar un olor a pan recién horneado y pollo asado me provocó un hambre atroz. A la distancia escuchaba risas de hombres y más cerca, a varias mujeres hablando.

—¿Quién será esa extraña extranjera?

—La espada que le colgaba del cinto es de soldado.

—Y su daga de oro, ¿la viste? Es de la realeza.

Al oírlas mencionar la daga, me incorporé tanteándome la

El Escudero del rey

cintura con las manos. Me senté asustada y me hallé desnuda sobre un lecho. Solo me cubrían unas mantas.

—¡Mira, Esther, se ha despertado! —dijo una joven mujer.

—Avisaré al capitán —dijo la mayor, llamada Esther, y salió de la cabaña.

Traté de sentarme, pero recordé que no tenía ropa y me cubrí el cuerpo lo más que pude con las mantas.

—Me costó al principio ver que eras una mujer por tu porte y cabello, pero cuando atendimos tus heridas, el capitán nos dejó solas para que las curásemos —me dijo la joven que se quedó en la cabaña. Yo solo afirmé con la cabeza, pero no dije nada—. Si eres de los nuestros, te entregaremos tus cosas. Por eso no tienes ropa, para que no escapes —me dijo con una sonrisa inocente.

Entonces, ¿a dónde había ido a parar? Por lo visto, ya no estaba en Clendor. En ese instante me di cuenta de lo que había ocurrido. Recordé a Darius y Albert lanzándose a ayudarme cuando fui presa de la corriente del río.

—¿Y mis amigos? —dije al fin.

—¡Vaya, hablas...! Te encontramos sola a la orilla del río junto a tu caballo... Lo siento, pero la bestia no logró sobrevivir. Al parecer, hizo mucho esfuerzo cargándote hacia la orilla y no lo logró resistir. Malcom lo enterró en la parte de atrás del campamento para no dejar ninguna pista.

—¿Quién es Malcom?

—Es nuestro capitán, pero no debo dar información, especialmente si aún no sabemos si estás con ellos.

—¿Ellos?

En ese momento, llegó Esther con un hombre mayor, alto y fornido. Tenía el cabello largo y canoso y unas cejas gruesas que casi ocultaban sus ojos grises. Su mirada era imponente e infundía temor. Tenía una espada colgada de la espalda. Me miró desafiante. Se acercó, poniéndose las manos en la cintura y comenzó a interrogarme.

—¿Cómo te llamas? —dijo con voz autoritaria, la que me intimidó por un segundo.

—Soy Elizabeth de Austin, señor.
—¿Eres de Clendor?
—Sí.
—¿Por qué tienes en tu posesión una daga real?
—Fue un regalo del rey... —me detuve en mi declaración, pensé que estaba dando mucha información.
—Entonces —dijo enarcando una ceja—, eres alguien de la familia real.
—No. Solo soy un simple soldado que no dirá más.

El cuchicheo entre las mujeres provocó el enojo del capitán quien les gritó que se marcharan. Luego me miró fijamente y, con su frente en alto, se presentó.

—Mi nombre es Malcom. Soy el capitán de los mólocs.

Mi corazón se aceleró pero me le quedé mirando desafiante. Me había librado de la muerte en el río para caer en manos del enemigo. Tragué fuerte cuando me preguntó.

—¿Sirves ahora al rey David?

Guardé silencio.

—Si eres un soldado real, sabes entonces en la situación que se encuentra Moiloc.

Asentí con la cabeza. Malcom desenvainó su espada. Cerré mis ojos fuertemente esperando sentirla en mi cuello. Pasaron unos segundos y el golpe no llegó. Cuando abrí los ojos, vi que Malcom había extendido unas telas sobre su espada.

—Vístete —ordenó.

Agarré la ropa y me le quedé mirando fijamente. Él dio la espalda y salió de la habitación. Me vestí y salí de la cabaña como una doncella más, con un vestido de humilde campesina. Humilde o extravagante, no me hacía gracia llevar un vestido, pero no tenía opción. Malcom me esperaba fuera de la cabaña.

—Ven —me dijo con tono autoritario y sin mirarme.

Malcom me conducía hacia otra cabaña del campamento. No parecía un campamento militar, sino más bien de refugiados. Sí, había hombres practicado con armas, pero algo me decía que no era un campamento militar móloc.

—¿Te parece extraño el campamento? —me dijo el capitán de los mólocs.
—Algo sí... ¿Van a matarme?
—Pensé que no dirías nada más —dijo mirando con el rabillo del ojo, por lo que tragué gordo—. No morirás, si cooperas.
—¡No traicionaré a mi rey! —dije con tanta altanería que Malcolm se volteó para mirarme detenidamente.
—Ni nosotros al nuestro. Hero debe ser coronado.
—¿Hero? —sentí que la mandíbula se me desencajaba.
—Sé que David de Clendor quiere ayudar a Hero.
—Sí, pero Hero...
—¿Ha desaparecido...? Estuvo, pero ha regresado al campamento.
—¿Ustedes son los rebeldes? ¿Los que están en contra del usurpador?
—Sí, aunque yo diría que somos los legítimos. Hero es el verdadero rey de Moiloc. Tuvimos una larga época de paz en mi pueblo cuando reinaba Herbert, el padre de Hero. La guerra anterior fue forzada, impuesta a nuestro pueblo.
—¡Usted fue capitán en la guerra! Recuerdo haberlo visto comandando a algunas de las tropas.
—Entonces es cierto, eres la mujer soldado de Clendor.
—Así es.
—Recuerdo tu fiereza en el campo de batalla. No estaba seguro de que fueras tú, pero mi memoria no me falló —dio tres pasos en silencio y luego giró y me dijo—. Si no hubiera obedecido, hubiesen matado a mi familia. Mi hijo menor fue el precio a pagar cuando me rehusé la primera vez.
—Lamento escuchar eso —dije mirándolo con una expresión de comprensión.
—Mataste a muchos de mis soldados, pero no te guardo rencor, así es la guerra; Hay gente que muere, y hay gente que sobrevive.
Me di cuenta de que lo que siempre pensé sobre los mólocs no necesariamente había sido como lo había visto. Una vez más

sentí pesar por las vidas que arrebaté con mi espada. Malcom se detuvo de golpe y tropecé con él, pues había seguido caminando cabizbaja mientras meditaba. Me observó seriamente arqueando una ceja. Por un momento me sentí pequeña frente al gigantesco guerrero. Entramos en otra cabaña. El capitán se acercó a una mesa en la que estaban mis cosas: la daga, la espada y algo que no era mío. Malcom me lo lanzó. Al verlo en mis manos, me di cuenta de que era una correa de cuero en la cual colgar la vaina de la espada.

—Te quedará grande por la cintura. Te aconsejo que te la cruces por el pecho con la espada en la espalda como la uso yo.

—¿Me devolverá mi espada?

—Eres Elizabeth de Austin, ¿cierto?

—Sí.

—Conozco a Darius de Taloc y me ha hablado mucho de ti. Sé que estarás con nosotros y no nos traicionarás.

—¿Darius está vivo?

—Llegará mañana con Hero y Sálomon. El río lo arrastró hasta el otro campamento.

—Darius está vivo —dije pensando en voz alta. Sentía un gran alivio al saber que mi amigo no había muerto.

—Él reaccionó de la misma manera cuando se le avisó que una mujer vestida de soldado había sido rescatada aquí.

Malcom me entregó mi espada y mi daga, dio la vuelta y salió de la cabaña. De pronto me sentía muy extraña. De pensar que me matarían, ahora compartía con un grupo de soldados que tres años atrás habían sido mis enemigos.

—¿Sabes cocinar? —me preguntó Lydia, la joven que me había atendido junto a Esther en la cabaña a quien no había visto al entrar.

—No —contesté.

Lo cierto era que había aprendido algo de mi madre y Emily, pero luego de la guerra ni me acerqué a una cocina. Era soldado y acompañante de Kaila todo el tiempo. Ya ni recordaba cómo hervir un pollo con viandas.

El Escudero del rey

—¿No sabes cocinar? —dijo Esther sorprendida.
—¿Cuántos años tienes? —me preguntó Lydia.
—Diecinueve —contesté.
—A estas alturas deberías estar casada, mujer –dijo Esther.
—Creo que ella es más bien un espíritu libre –dijo Lydia.
—Un soldado... ¡Bah! Un espíritu libre... La mujer es de la casa —seguió murmurando mientras preparaba la comida.
—No la malinterprete, Elizabeth. Ella es un poco cascarrabias —dijo Lydia en voz baja.
Esther le pegó en la cabeza con una cuchara de madera.
—Oí eso, Lydia. Cállate y despluma la gallina que el agua ya hierve —regañó Esther.
—Sí, tía —dijo Lydia riéndose en voz baja y se fue al otro lado de la cocina. Esther se me quedó mirando seria e incrédula.
—Una mujer debe casarse y traer hijos al mundo.
—Perdone que discrepe, mi señora, pero traer hijos al mundo, especialmente para un mundo de guerra, me parece un poco irresponsable.
—¿Irresponsable? Pero...
—Le ruego que me disculpe si le ha parecido impropia mi aseveración.
—No del todo. Tienes razón en lo de la guerra. Yo perdí a los míos en una.
Esther se mantuvo callada por un rato mientras pelaba una papa. Luego me volvió a mirar extrañada.
—¿En serio no tienes a un hombre para marido todavía?
Me mantuve seria y la miré fijamente. La señora era un poco entrometida.
—No tienes por qué molestarte, mujer, si no lo tienes, no lo tienes. No pasa nada —dijo concentrada mondando unas papas.
—Yo soy un soldado, mi señora. En mi mente solo está cumplir mi misión por la paz de nuestros reinos.
—Tu cara no me dijo eso.
—Puede pensar lo que guste.
—También eres un poco insolente. ¿Te lo habían dicho?

—Soy testaruda, eso lo reconozco, pero de buena manera.

—Me recuerdas a mí misma a tu edad. Bueno, olvidemos el tema, y toma —dijo pasándome una cuchilla—. Ayúdame a pelar papas. Las tropas comen como salvajes y hay que alimentarlos bien o se quedarán sin fuerzas ante el primer grito de batalla.

Comencé a pelar las papas con algo de torpeza, mientras mis pensamientos se trasladaban al castillo. Estaba segura de que Roben, Jonathan y Thomas ya habrían dado la noticia de nuestra muerte, a menos que Darius hubiese enviado un mensajero, pero aun así, la falsa noticia habría llegado primero. ¿Cómo lo habrían tomado mi madre y Emily? ¡Cielo Santo! Kaila estaría destrozada con la pérdida de su hermano, y Roben... ¿Roben me extrañaría? No podía borrar de mi mente su mirada de terror y la de Jonathan cuando el alud de tierra me arrastraba. Él quería lanzarse, pero el falso Hero lo detuvo y Jonathan también. Sé cuan fuerte fue para mi hermano, pero no podía arriesgar la vida del príncipe a cambio de la mía. Hubiese querido que me nacieran alas y volar hasta ellos y decirles: «Mírenme, estoy aquí, estoy bien». Quiero volver a las prácticas con Thomas y Roben, ver la carita de los pequeños Peter y Carlos. Si Emily se hubiese encontrado en el palacio, estoy segura de que serían buenos compañeritos de juego. Madre, madre, no pierdas la fe. Siente que estoy con vida. No he muerto y pronto te veré.

El fuego de la fogata en medio del campamento relumbraba bajo la noche oscura. El cielo parecía desbordarse de estrellas.

—Mira la cacerola grande —decía un niño.

—Y mira la cacerola pequeña —le decía el otro joven.

Miré hacia el cielo y me reí. Los jóvenes señalaban la Osa Mayor y la Osa Menor, constelaciones que Roben me había enseñado. Además de las prácticas de espadas, Roben me daba algunas lecciones de astronomía y de medicina natural. Como me llegó a decir una vez: «Lo que bien se aprende, jamás se olvida».

—¡Elizabeth, venga! —me llamó Lydia a la cabaña—. Dormirá aquí —dijo señalando un lecho junto a la chimenea

El Escudero del rey

cuando entré—. Cuando estaba herida, la puse en mi cama. Pero ya está mejor y le preparé esta. Verá, el sillón de madera no es muy cómodo.

—No te preocupes, Lydia. Muchas gracias.

Me acurruqué en mi lecho y, cuando me estaba quedando dormida, me dijo:

—¿Qué se siente ser soldado?

—¿Qué?

—Las mujeres en mi pueblo se dedican a cocinar, casarse y criar hijos. Usted es la primera mujer soldado que conozco.

—No soy la única.

—¿¡En serio!?

—La reina de Clendor, cuando era princesa de Taloc, fue guerrera y aún conserva sus habilidades con la espada.

—¡Vaya!

—Y en Taloc hay un gran número de mujeres que son soldados.

—¿De verdad? —dijo agarrándose la barbilla con las manos esperando que le contara más.

—Sí.

—¿Me enseñaría a usar la espada?

—¿Qué?

—Por favor, quiero luchar por mi pueblo. Quiero batallar al lado de mi rey. Quiero estar al lado de Hero —dijo ahora tímida y sonrojada.

—Ya veo. Te gusta Hero —dije al interpretar su expresión.

—¡¿Qué?! —reaccionó avergonzada—. Yo... solo... ¿Se me nota tanto?

—La verdad es que sí. Entonces conoces al príncipe Hero.

Su cara mostró desilusión. Bajó la cabeza y suspiró.

—Sí, era servidumbre en el castillo. Sé que no querrá que yo participe ¡Una mujer soldado! Se reirá de mí. ¡Sin ofender!

—Claro, comprendo, Lydia.

—Pero si le demuestro que sé defenderme y que puedo luchar, tal vez me deje ir.

—No te prometo nada, Lydia, pero lo intentaré.
—¡Gracias, señorita Elizabeth!
—Por favor, solo llámame Elizabeth.
—Si, señorita... digo, Elizabeth.
—Ahora, duerme. Necesito descansar.
—Sí, sí, buenas noches.
—Buenas noches —dije y me quedé dormida.

El entrenamiento

~

Tan pronto se despabilaron las aves y anunciaban la pronta salida del sol, me preparé para cumplir el deseo de Lydia. Esther aún roncaba en su cama y me acerqué a Lydia en silencio.

—Lydia, Lydia, despierta —dije en un susurro. Lydia dio un salto asustada.

—¡SHSHSHSH! Soy yo, Elizabeth —dije susurrando. Lydia se estrujó los ojos y me miró sorprendida. Le susurré.

—Apúrate, si quieres la primera lección antes de que Esther se levante.

Lydia sonrió de oreja a oreja. Saltó de su lecho y salimos en silencio de la cabaña. El cielo había comenzado a aclarar, así que no necesitábamos una fogata para poder ver. Le extendí a Lydia una rama a la que le había cortado los retoños y hojas, y que tenía aproximadamente el tamaño de una espada.

—¿Qué es esto? —dijo quejándose en voz baja.

—Necesitas practicar con algo antes de que lo hagas con una espada de verdad —dije mostrándole que yo tenía una rama igual a la de ella—. Primero, tienes que ponerte derecha y escuchar lo que ocurre a tu alrededor. Trata de percibir tu ambiente con tus sentidos, excepto la vista. ¿Qué oyes? ¿Qué sientes?

Lydia cerró los ojos y se concentró.

—Oigo tu voz frente a mí. Oigo las aves ya cantando en el bosque y los caballos en los establos. Siento el viento que viene del este.

—Bien, no abras los ojos. Haré un cambio a ver si lo notas.

Me moví sigilosamente a su alrededor con mi rama apuntando a su costado. Me coloqué detrás de ella y ataqué. Lydia se movió esquivándolo y contestando, aunque pude tocarla.

—¡Muy bien para ser la primera vez! ¿Estás segura de que nunca habías usado una espada?

Lydia comenzó a reírse tímidamente.
—Una espada no, pero ramas sí.
—Debiste decírmelo.
—No quise sonar presumida.
—Bueno, más tarde buscaremos una espada de verdad. Ahora te voy a enseñar los movimientos básicos. Luego debemos regresar antes de que Esther nos descubra despiertas.

Cuando regresamos a la cabaña, Esther nos esperaba con los brazos cruzados y cara malhumorada.
—¿Dónde se habían metido? —gruñó.

Lydia y yo nos miramos. Alzamos las manos con cestos llenos de huevos y frutas. Esther arqueó una ceja y, aún con sus brazos cruzados, dio un resoplido y entró en la cabaña. Lydia y yo nos reímos por lo bajo y la seguimos.

Lydia era una joven de dieciséis años, tierna e inocente, delgaducha y de apariencia delicada. Su piel era pálida y sus ojos y largo cabello color café. Esther era su tía, una corpulenta mujer entrada en años con un carácter fuerte, pero amorosa cuando salía de su rol de madre protectora. Durante los dos días que estuve en el campamento me sentí muy a gusto. Lydia se convirtió en mi buena amiga. Por alguna razón me resultó natural y raro a la vez. Yo no tenía amigas, fuera de Kaila, que también era mi superior en el palacio y Emily que era mi cuñada ¡Quién diría hace tres años que yo sería amiga de una móloc! La vida me estaba brindando una hermosa lección. Muchas veces quienes creemos que son nuestros enemigos, en realidad no lo son. Y, a veces, viceversa.

Cuando estábamos desayunando, le pregunté a Lydia sobre sus habilidades con la «rama».
—Mi hermano era soldado. Cuando se enlistó en el ejército, cuando regresaba a casa, por las noches, me entrenaba para que me pudiera defender, aunque fuera con la rama de un árbol. Para mí, era más bien un juego que otra cosa, pero lo aprendí muy bien.
—¿Y tu hermano está en el campamento?

El rostro de Lydia se entristeció.

—Mi hermano era un buen soldado, pero no le gustaba el trato que el reino anterior le daba al pueblo. Cuando quiso negarse a pelear, encarcelaron a mis padres y se vio obligado a ir a batalla. Murió en una horrible batalla cerca de unas ruinas. Creo que le llaman las ruinas de Arturo.

Al escuchar el nombre del lugar, mi corazón se paralizó por un momento. Esa mañana las tropas de Aspen habían llegado a socorrernos y la mayoría de los mólocs había muerto por nuestras manos. Quizá había sido mi espada, la de Roben o la de David, la que le arrebató la vida a su hermano.

—Lo siento —dije con tristeza.

—Me duele haberlo perdido —dijo enjugando sus lágrimas. Respiró hondo y sonrió sin mucho ánimo—. Malcom dice que su sacrificio no fue en vano, porque gracias a esa derrota de nuestras tropas, se levantó un nuevo rey y al fin hubo paz en Moiloc... hasta ahora.

—¿Y tus padres?

—Murieron de hambre encerrados en el castillo. Cuando intentaron rescatarlos, ya era demasiado tarde. Esther se hizo cargo de mí desde entonces —dijo encogiendo los hombros.

Hubo un silencio incómodo y triste al pensar sobre la mala fortuna de nuestros pueblos. Hacía tanto tiempo que la guerra le había costado la vida a tantas personas inocentes.

—Bueno, no nos pongamos tristes. «El pasado es pasado y no podemos rescatar a nuestros muertos. Nos toca rescatar nuestra tierra de los causantes de su desgracia», eso dice Malcom. Ahora me entrenarás con una espada de verdad.

Corrimos detrás de la cabaña. Lydia llevaba algo envuelto en una manta que alzó con ambas manos al llegar al predio despejado entre los árboles. En ese instante, la hoja de metal brilló con los rayos de sol que se filtraban entre las copas de los árboles. Definitivamente, era una espada bien labrada. La empuñadura estaba formada por un lobo sobre una piedra y debajo de la piedra tenía grabada la palabra *libertad*.

—Era de Erios, mi hermano —dijo Lydia, observando la espada con nostalgia—. Malcom me la entregó después de la batalla.

Al oír sus palabras, se me hizo un nudo en la garganta.

—Es una espada muy hermosa. Créeme, yo forjaba espadas —le dije.

—Sí, es hermosa y muy pesada.

—Bien, comencemos.

Desenfundé la mía y comenzamos a practicar. Intercambiamos golpes un buen rato. El peso de la espada le dificultaba a Lydia moverse libremente. En un momento en que yo estaba en guardia y me preparaba para atacar, corrí hacia ella cuando comenzó a oírse en el campamento un repique de campanas de madera. Lydia perdió la concentración y se salió de posición. Tuve que desviarme para no herirla, pues ya me había abalanzado hacia ella por lo que perdí el balance y caí de boca al suelo.

—¡Llegaron, llegaron! —dijo Lydia dando saltos—. ¡Ven, Elizabeth, Hero ha llegado!

Cuando me levanté y puse la espada en mi espalda, Lydia ya me había sacado ventaja en la carrera de vuelta. Soldados y aldeanos aglomerados en el campamento daban vítores a su futuro rey que llegaba acompañado por dos hombres. Era inútil alzar la cabeza y estirar el cuello para ver. La multitud no me dejaba apreciar la escena con claridad. Solo alcancé divisar unas cabezas con cabello largo hasta los hombros entrando en la cabaña donde Malcom me había conducido el día anterior. La multitud se dispersó.

—¡Qué lástima! Ya han entrado. Me hubiera gustado haber estado entre los primeros en darle la bienvenida —dijo Lydia dejando caer los hombros.

—Más tarde lo podrás ver —le dije para animarla.

—Creo que tú lo verás primero —dijo señalando detrás de mí y caminando de espaldas hacia la parte de atrás de las cabañas. Me volteé para ver lo que miraba.

El Escudero del rey

Me encontré de frente con Malcom que se acercaba.

—Mujer soldado de Austin. ¡Elizabeth, ven!

Lo seguí hasta la cabaña. Lo primero que oí al entrar por la puerta fueron los gritos de alegría de Darius, que me sorprendió al levantarme en un abrazo y darme vueltas mientras gritaba:

—¡Elizabeth! ¡Gracias al Todopoderoso estás viva!

—¡Darius! ¡Darius! Está bien... Me está asfixiando.

Darius me depositó nuevamente en el suelo y pude respirar.

—Lo lamento, Elizabeth. No sabes la alegría que me da volver a verte.

—Siento lo mismo, príncipe —dije en voz baja y mirando el suelo.

—Ven, te presentaré al futuro rey de Moiloc.

Caminé cabizbaja tras de él hasta que mi vista se topó con unas botas enormes y, al lado de ellas, una espada. No alcé la vista, sino que me coloqué sobre una rodilla reverenciando al príncipe.

—Su majestad, esta dama, muy hermosa y muy valiente, es Elizabeth de Austin. Ella es uno de nuestros más valiosos guerreros —dijo Darius al presentarme.

—Ya me has contado mucho de ella, Darius. Espero no desilusionarme.

Escuché aquella voz de carácter convincente y no me pude resistir a levantar la vista. Aquel hombre de cabello largo y negro, con barba negra, tenía algo familiar. Cuando vi sus ojos azules como el cielo, lo reconocí. Me fui a levantar, pero caí asombrada nuevamente sobre mi rodilla.

—¡El loco ermitaño! —me salió casi en un grito.

Darius nos miró sorprendido.

—¿El que los atacó en el establo, en Martis?

Hero se puso de pie y me miró fijamente. Luego alzó sus manos y comenzó a gritar como un demente. Me asusté y agarré mi espada en un reflejo instintivo. Acto seguido, el otro hombre que estaba en la cabaña sacó su espada también, pero Hero comenzó a reír a carcajadas y le hizo una señal con la mano al soldado para que se detuviera. Yo seguía atónita hincada en el suelo casi sin creer lo que estaba viendo.

—Gritar como un loco desquiciado ayuda a desconcentrar a tu atacante y puede salvarte la vida. ¿Sabes?

Hero me extendió su mano. Solté mi espada y le extendí mi diestra. De un tirón me puso de pie y comenzó a reír de nuevo. Respiró profundamente y me miró de arriba abajo.

—Así que tú eres el fiero soldado del establo. Tienes buenos reflejos, muchacha. Darius no ha exagerado.

—¡Qué pequeño es el mundo! —dijo Darius.

—Sí que lo es, mi amigo Darius, sí que lo es —dijo Hero observándome y riendo a carcajadas.

Hero procedió a contar nuestro encuentro en el establo convirtiendo la pesadilla que Thomas y yo habíamos experimentado en una jocosa anécdota. Por momentos me ruborizaba cuando describía cómo me defendí y en otros me reía con toda la concurrencia cuando se imitaba a sí mismo como un loco desquiciado.

Luego pasamos a varias mesas que se habían colocado a manera de comedor en la cabaña de Malcom. A mediodía, Esther y Lydia comenzaron a servir la comida. Esther me llamó para que la ayudara, pero Hero le indicó que yo era uno de nuestros más valientes soldados y que quería que yo estuviese presente mientras discutía estrategias conmigo y con Darius. Lydia nos servía los alimentos y cuando le extendía un plato con un trozo de pavo a Hero bajó la cabeza sonrojada.

—¡Ah, hermosa Lydia! ¿Cómo has estado? —dijo el heredero móloc muy amablemente a la chica.

—Trabajando en los quehaceres del campamento, mi señor... y orando por su bienestar —contestó Lydia con una dulce voz.

—Gracias a Dios, que escucha a sus ángeles. Tus plegarias me han mantenido vivo —le contestó Hero con una sonrisa.

Lydia se retiró sonrojada luego de hacer su acostumbrada reverencia. Observé con detenimiento la escena. Hero trataba a Lydia con ternura, la miraba con cariño y la respetaba. Sus ojos la siguieron a hasta que salió de la cabaña y luego regresó a la conversación con sus lugartenientes. Me di cuenta que Darius, al igual que yo, observaba lo ocurrido. Nuestras miradas se cruzaron. Él sonrió y alzó su muslo de pavo, como si fuese una copa, como brindando. En ese momento me acordé del joven Albert. Casi me ahogo con el bocado de comida ante la inesperada respuesta de mi cuerpo por la vergüenza de haberme olvidado de él.

—¿Estás bien, Elizabeth? —preguntó Darius preocupado.
—Sí... es... es que no sé de Albert.
—¡Ah!, no te preocupes por él. Se está recuperando en el otro campamento —contestó Darius.
—¿Está herido? —pregunté preocupada.
—Su pierna se lastimó, pero dice que estará listo para la próxima batalla —dijo Hero mordiendo su bocado con ferocidad.

«Listo para la próxima batalla» dije para mis adentros.

—Mañana, al amanecer, partiremos a Clendor. Luego, no perderemos tiempo en llegar a Heriam. Mi tío nos espera —añadió el príncipe móloc tras tragar el bocado y bajarlo con un trago de su tarro.

—Pero hay un impostor que acompaña a Roben y a los demás —protesté.

—Sí, es mi primo Telémaco. Tenemos un gran parecido, pero él es avaricioso y un dolor de cabeza.

—Estamos atrasados. Hace días que... —comencé a decir.
—Contamos con algo a nuestro favor —añadió Hero.
—Es cierto —dijo Darius, abonando a mi confusión—. Telémaco y sus hombres creen que Hero está muerto.

—Cuando Telémaco se haga pasar por mí, impedirá que estalle la guerra...

—Que lo impida es bueno, ¿no? —dije como acto reflejo interrumpiendo a Hero. Darius me miró molesto y luego prosiguió con el argumento de Hero.

—Evitará la guerra solo por un tiempo.
—Ahora sí que no entiendo —dije.

—El padre de Telémaco es el usurpador del reino móloc, pero se ha desaparecido. Nadie sabe dónde se encuentra. Cuenta con un peón que mueve a su antojo para ver si intentan matarlo —dijo Hero entre dientes. Lucía molesto y le hizo un gesto a Malcom para que continuara.

—En fin, los usurpadores del trono móloc no están preparados para comenzar otra guerra. Mientras tanto, las disputas por el poder entre los reinos de York y Moiloc continúan –explicó Malcom.

—Entonces... la paz sería un señuelo, una distracción para dar tiempo a fortalecer sus ejércitos —dije comprendiendo todo. Darius y Hero afirmaron con sus cabezas.

—Si reclamo el trono —continuó Hero—, con los reinos de la unión a mi favor, no habrá motivos para otra guerra sangrienta. Mi pueblo está dispuesto a luchar, pues está harto de la guerra, tanto de la interna como de la externa. Ya es tiempo de que Moiloc tenga paz.

—En guerra por la paz —dije con una ironía que nos dejaba mal sabor a todos. Los tres nos miramos preocupados y continuamos nuestra cena.

Luego del almuerzo me encontraba en la cabaña de Esther amolando mi espada y le dije a Lydia que pronto partiríamos.

—¿Te irás mañana? —dijo Lydia con decepción.

—Sí, tenemos que darnos prisa, Lydia.

—Pero apenas has comenzado a entrenarme con una espada de verdad. ¡Llévame contigo! Seré la cocinera. Así, en tus ratos de ocio, podrías entrenarme.

—Lo lamento, Lydia. Te dije que lo intentaría y lo he hecho.

—No es justo. Aquí nadie querrá enseñarme.

—No te pierdes nada, te lo aseguro.

—Quiero ir con Hero a la guerra —dijo en tono serio.

—¿Para qué? ¿Crees que lo podrás defender? Allí hay soldados curtidos por años de experiencia. ¿Qué podrías hacer contra ellos?

—Me interpondría para que la flecha o la espada me atrave-

El Escudero del rey

sara a mí antes que a él —dijo con tal convencimiento que hizo que se me apretara el pecho de emoción.

—¿Y crees que eso lo haría feliz? —subí la voz con autoridad, deseando que no me retase con otra expresión de afecto.

Lydia calló. Me miró enojada con lágrimas en sus ojos. Luego su rostro reveló la desesperación que sentía.

—Sé que no soy una princesa y no tendré lugar en su vida, sino como una sirvienta, pero necesito estar a su lado. Si soy fuerte como un soldado, podría ser. Tal vez me haga su escudero y así estaría a su lado siempre.

Por mi mente cruzó el recuerdo de las palabras de Roben como una saeta encendida: «No te detendré en tu decisión, siempre que te mantengas a mi lado». Y luego, lo que le había dicho antes: «Aunque me digas que no vaya, te seguiré».

—¿Me entiendes, Elizabeth? —dijo mi amiga esperanzada con que la ayudara.

—Te entiendo, Lydia...

Una chispa de ilusión se incendió en su rostro, pero tan pronto afloró se esfumó al oírme terminar la oración.

—... pero aun así, no lo haré. No te llevaremos.

—¿Por qué? —preguntó con la voz entrecortada.

—Hero no desea arriesgarte. No querría que murieras en vano. No te sabrías defender y correrías el peligro que te heriría sin remedio. Tu lugar está aquí con Esther, preparando los alimentos, no entre espadas y muerte.

Tuve que ser dura para que desistiera. Ella no estaba lista para una batalla, la matarían en un abrir y cerrar de ojos y eso no me lo perdonaría. Sé que al decirle esto laceraba nuestra amistad. Lydia se sentía indignada, hasta un poco traicionada. No cesaba de llorar mientras apretaba la quijada intentando contener su coraje. Dio la vuelta y se alejó corriendo. No hice nada por detenerla, pero mi corazón se sintió pesado el resto del día y, por la noche, la escuché sollozar y me dolió no poder consolarla. Si alguien la podía entender era yo...

A la mañana siguiente, alistamos nuestras cosas para partir. No vi a Lydia por ninguna parte.

—¿Te encuentras bien? —me preguntó Darius.

—Sí, debemos partir ya.

Montamos y salimos despidiéndonos de los soldados y aldeanos que nos miraban con una mezcla de temor y esperanza. Éramos cuatro jinetes: Hero, su sirviente y soldado de confianza Sálomon, Darius y yo. Tan pronto salimos de la aldea, nos miramos y galopamos rumbo a Clendor. Lydia no se presentó. Sabía que estaba decepcionada, pero al menos esperaba verla tras un árbol viendo la partida de Hero. Pero me equivoqué.

El camino fue largo y cuando ya anochecía caballos y jinetes nos sentíamos fatigados. El terreno estaba fangoso por toda lluvia que había caído en toda la comarca. Las escorrentías habían causado estragos en parte de Moiloc y el sur de Clendor. La naturaleza nos mostraba sus estragos tan parecidos a los de una guerra. ¿Sería un presagio de lo que se avecinaba? Al próximo día, en la tarde, llegaríamos a Clendor. Teníamos que acampar y Sálomon había cazado un venado que ahora asaba sobre una fogata.

—No soy buena cocinera —dije sin remedio al ver la apariencia del costillar que se doraba sobre las brasas.

—No te preocupes, Elizabeth. Ninguno de nosotros somos cocineros tampoco. Al menos Sálomon intentará complementarlo con algunas legumbres —dijo Hero.

Darius y Sálomon llegaron con más leña para avivar el fuego. Comimos con un hambre atroz sin importarnos cuán caliente estaba la carne. Ya en la noche, Hero se recostó bajo un árbol y se quedó dormido. Sálomon montaba guardia cerca de donde habíamos amarrado los caballos. Darius y yo nos quedamos frente a la fogata.

—Ya mañana llegaremos a Clendor. Tu familia se pondrá contenta al verte —dijo Darius.

—Y Kaila llorará de alegría cuando lo vea —dije.

—Sé que ella presiente que seguimos vivos. Kaila y yo somos

muy unidos, tanto o más que tú y Jonathan. Se podría decir que a veces sentimos lo mismo.

—Kaila ha logrado ver mi interior muchas veces.

—Ese es el don de mi hermana... ¿Elizabeth?

—Sí.

—¿En qué empleas tu tiempo cuando no estás de soldado?

—Me gusta practicar.

—Eso lo sé, pero ¿qué más?

—Bueno... —miré al cielo buscando una buena respuesta—. Me gusta pasar el tiempo que puedo con el pequeño Carlos y mi sobrino. Son tan tiernos y, cuando oigo sus risas, se me despejan todas las preocupaciones. Es como si escuchara reír a los ángeles.

Mientras hablaba, me parecía escucharlos. Peter y Carlitos me sonreían a la distancia. Sonreí sin esfuerzo alguno ante la visión. No oí a Darius comentar nada y, cuando giré la cabeza para verlo, tenía los brazos cruzados sobre las rodillas y apoyaba el mentón en ellas, como los niños cuando se sientan a escuchar un cuento. Darius estaba sonriendo.

—Algún día serás una buena madre.

—¡¿Qué?!

—Aunque seas soldado ahora, los años pasarán. Y eres mujer... bueno, al ser humano le llama el deseo de formar familia, si me entiendes.

—¿Y a usted?

—Elizabeth, ya te he dicho que me llames por mi nombre. Me haces sentir viejo, ¿sabes? —me dijo esto con su manera galante de decir las cosas.

—Solo pretendía ser amable, Darius —dije sonrojada.

—Lo sé. Solo quería ver si te sonrojabas, y lo hiciste —respondió riéndose a carcajadas.

Hero se movió de lado como si hubiera despertado, pero se volteó y siguió roncando. Darius y yo nos sonreímos.

—No me ha contestado —le dije luego.

—Bueno... —dijo observando el firmamento—. Supongo que cuando termine esta guerra llegará el momento de que busque esposa —Darius me observó—. Aunque presiento que cada día estoy un paso más cerca de encontrarla.

Sus ojos se cruzaron con los míos y no pude sostener su mirada que intentaba escudriñarme. Sentí por un breve instante que me faltaba el aire. Cambié la vista hacia el fuego. Darius era muy caballeroso y gentil conmigo. Con frecuencia se esmeraba en hacerme sentir bien, a gusto, y sobre todo, que me sintiera mujer a pesar de mi apariencia de soldado. Pero lo cierto es que, aunque me halagara y me sintiera extrañamente complacida cuando me hablaba, no lo veía más que como un buen amigo, un compañero de armas. Debo admitir que a veces su mirada intentaba desarmarme y otras veces como hoy, lograba intimidarme. «Pero Elizabeth, debes reconocer la realidad. Eres un soldado, no una doncella. Jamás serás una damisela y mucho menos digna del amor», repetía para mis adentros.

—Buenas noches, Elizabeth —dijo en un tono dulce y se recostó dándome la espalda.

—Buenas noches, Darius.

A la mañana siguiente, galopamos a toda velocidad rumbo a Clendor. No nos detuvimos ni para comer. El sol avanzaba rápidamente y, cuando ya atardecía, los cornos del reino de Clendor anunciaban nuestra llegada al castillo. Tan pronto se abrieron las grandes puertas, Kaila corrió emocionada a los brazos de su hermano.

—¡Lo sabía, presentía que estaban vivos!

Darius me miró y me guiñó un ojo mientras abrazaba a su hermana. Él lo sabía. Sabía que Kaila de alguna manera lo percibía. Ella nunca perdió la esperanza. Luego de que se apartó de Darius me dio un fuerte abrazo y un beso en la frente. Al separarnos, vi a Emily de rodillas en el suelo con un gesto que no pude descifrar. Tenía los ojos llenos de lágrimas y no dejaba de gimotear como una niña. Me acerqué y me arrodillé frente a ella. Le tomé las manos y entonces reaccionó. Se lanzó hacia mí en un abrazo que casi me rompe las costillas. No paraba de suspirar y llorar.

—Ya, Emily, soy yo. Estoy aquí, ¿ves? No he muerto.
—¡Eli!, ¡Eli!... yo... yo creí... yo creí... ¡Eli!
—Ya, hermana mía, mírame.
Emily se limpió las lágrimas y suspiró profundamente.
—Pareces sacada de un sueño. De verdad que creí que habías muerto. Lo lamento.
—Casi morimos, pero no pasó. ¿Cómo está mi madre?
Una sombra cubrió su rostro. La felicidad se había esfumado de la cara de mis amigos que nos recibían. Me aturdí. Un pánico repentino me invadió. Mi corazón se detuvo cuando Emily me dijo:
—Elizabeth, la noticia de sus muertes fue muy fuerte para ella...
—¡No...! —grité incrédula. ¿Acaso estaba diciendo que mi madre había... No, no podía siquiera pensar en la posibilidad...
—Tu madre sufrió una impresión muy fuerte y su corazón...
—No, Emily...
—Está en su habitación... no pienses que ha muerto... —el alma me volvió al cuerpo al escucharla decir que mi madre seguía viva–, pero debo advertirte, Elizabeth, que está muy débil.
Kaila se acercó a mí, me tomó del brazo y Darius me tomó del otro. Las fuerzas casi me habían abandonado con la noticia. Me ayudaron a llegar hasta su habitación. Mi madre se encontraba en la cama y una doncella de la servidumbre de Camila la acompañaba. Me acerqué y me arrodillé a su lado. Tomé su mano. Cuando mi madre sintió mi tacto, volteó el rostro hacia mí y me apretó con fuerza.
—Elizabeth, eres tú, ¿verdad?
—Sí, madre.
Levantó sus manos para buscar mi rostro. Lo acarició para reconocer mis facciones.
—Madre...
Comenzamos a llorar. Traté de tranquilizarla. No quería que se emocionara demasiado. Su corazón aún seguía frágil.
—Madre, ya estoy aquí, a tu lado.

—Yo... sabía... tenía esperanza...

—Mamá, descansa. No me iré. Me quedaré a tu lado.

Me recosté junto a ella y la abracé. Dormí como un bebé en sus brazos toda la tarde. Desperté cuando Camila se acercó y me llamó para que cenara. Mi madre me dio un tierno beso en la mejilla y me ordenó.

—Anda, mi niña, ve y aliméntate, que ya puedo palparte los huesos de lo delgada que estás.

—No estoy delgada, madre. Estoy en muy buena condición.

Mi madre sonrió y me hizo un gesto con la mano para que me fuera. Una de las doncellas de Camila le traía la comida. Cuando salí de la habitación, Camila pasó su brazo por mi hombro.

—Se recuperará.

—Gracias... ¿Y Amatur?

—Se encuentra en Heriam en espera de David y Roben. Tu hermano anda con ellos y con el falso Hero.

—Lo sé. ¿Dónde está Darius?... Creo que voy a quedarme...

—Elizabeth, tu madre está en buenas manos. Tú tienes tu lugar como soldado.

Me sorprendieron sus palabras. Pensé que le agradaría la idea de que me quedara en el castillo.

—No quiero dejarla... ella...

—Ella ya está mucho mejor. Yo sé que en el fondo de tu corazón deseas ir...

—Sí, es cierto.

—Además, Jonathan, David y Roben desean verte, saber que estás con vida.

—Lady Camila... cuénteme qué pasó cuando ellos llegaron.

Camila comenzó a narrarme lo que había ocurrido cuando Roben y Jonathan llegaron. Me dijo que, al abrir las puertas y ver sus caras de tristeza y amargura, sabía que algo andaba mal. Jonathan no salió de su cuarto hasta el otro día, pero se podían oír los sollozos de mi hermano y su esposa a través de la puerta. Kaila se había apesadumbrado ante la noticia. Cuando no vio a su hermano con los recién llegados, lo único que salió de los

El Escudero del rey

labios de Roben fue: «La lluvia fue muy fuerte en las montañas. Hubo un derrumbe... lo siento». Luego se la pasó en el jardín practicando, solo.

—Mi niña, él necesita verte, saber que estás con vida. No sonríe. No hay felicidad en su rostro.

—Es difícil perder a los amigos.

—Ha sido más difícil haberte perdido. Roben es muy testarudo en lo que se refiere a sus sentimientos, pero yo lo conozco. Él te quiere mucho.

Las palabras de lady Camila se repetían en mi mente. ¿En realidad significaba tanto para él? Bueno, sé que no lo demostraba. Muchas veces pensé que era el objeto de su burla, su bufón personal, además de su «contrincante de la espada». Era tan... odioso a veces que... bueno, otras, muy pocas debo decir, era todo un caballero y un buen amigo.

Tomé un baño y me puse un vestido que Kaila me ofreció. Ya no me oponía a utilizarlos. Llevaba uno sencillo desde que Lydia me prestó al llegar a Moiloc, pues mis ropas se habían estropeado con el derrumbe. Subí a las torres y me recosté de uno de los pilares desde donde velaban las gárgolas a meditar sobre todo lo sucedido. Cerré los ojos para sentir la brisa fresca, que me reconfortaba. Escuché una voz de varón que se acercaba.

—¿Cómo está tu madre? —preguntó Darius.

—Ya está mucho mejor, gracias.

—¿Te quedarás? —dijo al llegar a mi lado.

—No.

—Bueno... has llorado mucho. Lo veo en tus ojos.

—Pensar que había perdido a mi madre me dolió mucho, me quedé dormida y pues...

—Sí, la hinchazón tarda en bajar —dijo con una sonrisa.

Darius alzó la mirada al cielo, que estaba desbordado de estrellas. La luna llena alumbraba todo a nuestro alrededor, así que era más fácil ver sus facciones sin necesidad de antorchas. El príncipe se encontraba preocupado.

—¿En qué piensa? —pregunté.

—En la guerra que está por comenzar. De nada valdría pedirte que te quedaras con tu madre, ¿cierto?

—Suena tentador porque no quiero dejarla, pero no. Sé cuál es mi lugar. Mi deber es luchar junto a ustedes.

—Imaginé que dirías eso. Te he llegado a conocer mejor estos días y no me sorprende tu respuesta en lo absoluto. Eres como Kaila. Si no fuera por el niño, se estaría ajustando la espada al cinto en estos momentos —dijo riéndose.

En un movimiento inesperado, Darius tomó mi mano. Di un paso atrás, sobresaltada.

—Por favor, no te sientas incómoda —dijo en voz suplicante.

No era una petición fácil de cumplir, en especial ante su gesto. Traté de relajarme, porque sí, me resultaba algo incómodo que sujetara mi mano. Darius continuó hablando en un tono suave y calmado.

—Te he admirado desde la primera vez que te vi en Taloc...

No sabía qué decir, qué hacer. Quería salir corriendo, pero los pies no me respondían. Me había quedado paralizada. Darius se colocó frente a mí y sujetó mis manos entre las suyas. Yo no subía la cabeza, solo miraba nuestros pies, uno frente al otro. No tenía escapatoria, aunque intentara saltar de la torre, no me dejaría huir.

—... Yo no pretendo que cambies tu forma de ser, aunque te ves hermosa usando vestidos, ya te lo he dicho. No me opondría a tus deseos, aunque fuesen peligrosos. Yo iría a tu lado —levantó una mano y la puso bajo mi barbilla para mirarme a los ojos. ¿Por qué rayos no decía nada? ¿Por qué sentía que mi corazón quería salírseme del pecho? ¿Por qué me quedaba allí tan paralizada? ¡Corre, Elizabeth, Darius se enamoró de ti! ¿No te has dado cuenta? Corre antes de que te bese. Mi mente me gritaba, pero en verdad el pánico era tal que no tenía control de ninguno de mis movimientos—. Sé mi esposa, Elizabeth de Austin. Juro que me has llegado al corazón y no pienso en nadie más que en ti.

Mis ojos se abrieron como dos cazuelas ante su declaración. Darius sonrió y alzó mi mano para besarla mientras me miraba a los ojos. Aquellos ojos azules como zafiros trataban de escudriñarme nuevamente. Esbozó una media sonrisa.

—Solo piénsalo. Yo esperaré tu respuesta.

Besó mi mano, dio la vuelta y se retiró. No sé cuánto tiempo tardé en reaccionar, pero me temblaban las rodillas de tanto estar en la misma posición. ¿En qué lío me había metido? Yo no sentía algo más que... ¿respeto y amistad por Darius? Su declaración me tomó por sorpresa y ahora no podía borrarlo de mi mente. El príncipe de Taloc ¿enamorado de una simple soldado? ¿Se había vuelto loco? Creí que el agua que tragó cuando nos llevó la corriente le había afectado, o quizá un tronco le había golpeado en la cabeza. Me pellizqué una mejilla pensando que era un mal sueño, pero me dolió. No estaba dormida. El recuerdo de su declaración y sus ojos se repetía en mi mente una y otra vez. Entonces, el recuerdo de lo sucedido en Tersa apareció fugazmente en mi memoria. «No Elizabeth, ni te sorprendas, ni dudes de tu destino. Eres un soldado, dar la vida por defender es tu destino. Eres escudero de Roben, tu deber es estar a su lado, como escudero, no tienes derecho a nada más». Comencé a sentir un extraño dolor agudo en el corazón. Llevé mi mano inconscientemente a mi pecho y, justo en ese momento, escuché el sonido de espadas. Me asomé por el borde del muro de la torre. Hero practicaba con Sálomon en el jardín. ¡Gracias al cielo! pensé, una distracción. Bajé de inmediato a mi habitación y me cambié el vestido por mi acostumbrado atuendo de escudero. Llegué al jardín y observé, muy callada, el estilo de lucha del príncipe móloc. La forma en que Hero utilizaba la vaina de la espada mejor que un escudo me dejó asombrada. Hero y Sálomon se dieron cuenta de mi presencia y se detuvieron.

—Buenas noches, caballeros. Majestad —dije con reverencia.

—Buenas noches —dijo Hero. Sálomon se limitó a saludar con un gesto cordial—. ¿Qué la trae por aquí, Elizabeth?

—Los he observado practicando y quería preguntarle...

—Adelante.

—Me gustaría que me enseñara a utilizar la vaina como lo hace. ¿Podría?
—Será un honor.
Sonreí como un niño a quien se le ha ofrecido una tarta de moras. Hero indicó a Sálomon que me diera la vaina de su espada y él me la lanzó.
—El truco es utilizar dos formas de ataque y defensa. Un escudo es muy grande y te quita visibilidad. Con la vaina de la espada tienes la capacidad de defensa y ataque en uno solo.
Hero y Sálomon me entrenaron con gusto. Estuvimos un largo rato practicando hasta que quedé extenuada.
—Bueno, lo has hecho muy bien, pero es hora que descanse, soldado, o mañana, durante el viaje, se caerá dormida del caballo.
—Sí, señor —dije tras un bostezo.
Al acostarme no pude evitar recordar la declaración de Darius y, nuevamente, el corazón se me quiso salir del pecho. Esto no podía estar sucediendo. Apreté los ojos para no pensar y, afortunadamente, me quedé dormida.
A la mañana siguiente, cuando me despedí de mi madre, no hallaba la manera de decirle lo que nos aguardaba. No quería preocuparla con conflictos de guerra. Su corazón seguía débil. Para mi fortuna, nunca tenía que utilizar muchas palabras con ella. Mi madre no podía ver con los ojos, pero sí con el corazón.
—Elizabeth, dile a Jonathan que estoy bien.
—Sí, madre.
—No quiero que te quedes conmigo por lo que pasó. Sé que tienes que cumplir con tu deber.
—Madre, yo te he abandonado...
—No. Gracias a ti tenemos un hogar. Cuando más te necesité, allí estuviste y, cuando creí que moría, llegaste y me has devuelto el aliento para vivir. Solo te pido que te cuides.
—Sí, madre.
—Otra cosa, pequeña.
—¿Sí?
—Sé feliz. No te ofusques con la guerra. Recuerda que tienes

una vida por delante. Las espadas y el servicio militar no lo son todo.

—Lo sé, madre.

—Sigue tu corazón. Él es sabio. Escúchalo y te guiará correctamente.

—Lo haré.

Cuando regresé al patio del castillo ya todos estaban listos para salir. Me sentía algo cansada por lo agotadora que fue la práctica la noche anterior. Darius se acercó en su caballo y se detuvo a mi lado. Me observó y sonrió amablemente como de costumbre.

—Buenos días, Elizabeth. ¿No pudiste dormir? —me preguntó.

—Me acosté muy tarde —dije tras un bostezo.

—¿Mucho en que pensar? —dijo riendo.

Me quedé tonta por un instante. Las puertas se abrieron y Darius me dijo muy sonriente...

—Yo dormí anoche como un bebé —soltó una carcajada y azotó su caballo que salió galopando.

—¡Vaya! Darius está de muy buen humor esta mañana — dijo Hero, que ahora lucía vestimentas reales y se había recortado la barba.

El príncipe móloc lucía muy apuesto y su apariencia era igual a la del impostor que estaba con Roben y mi hermano. Me quedé asombrada cuando lo vi y le oí decir aquello. Nuevamente, recordé los sucesos de la noche anterior. Darius me había pedido que fuera su esposa. La cara se me puso roja de la vergüenza, pero, para mi fortuna, los demás se habían adelantado. Reaccioné y salí tras ellos a todo galope.

El viaje fue largo. Mi cabeza no dejaba de repasar las palabras de Camila, Darius y mi madre. Se repetían una y otra vez. Las pocas veces que nos detuvimos, aprovechaba para practicar con Sálomon, que muy generosamente accedía a mi pedido. No me permití ni una oportunidad para estar a solas con Darius. No quería volver a verme en una situación tan embarazosa, al menos hasta que acabara la guerra y pudiera organizar mis sentimientos. Cruzamos valles como desiertos y montañas áridas y ventosas. Hacía ya más de diez días que no había visto a mi hermano, a Thomas y a Roben. Hacía ya más de diez días que me habían visto arrastrada por el alud de lodo y arrebatada por el río crecido. Hacía más de diez días que me creían muerta. ¿Cuál sería su reacción al verme? Solo vi llorar a Roben una vez, cuando su primo Carlo había intentado de matar a Amatur por influencia de aquel mago móloc que hizo una trampa para culparme del complot. Dudaba que fuese a llorar. Roben es demasiado orgulloso. No lloraría ni demostraría una pizca de sentimiento hacia mí, que solo era su compañero de armas, su bufón personal. Sin embargo, seguía siendo mi amigo y no dejaba de pensar y preguntarme si me extrañaba. Si de verdad se sentía responsable por mi seguridad, como decía, mi muerte le habría causado dolor y un arrepentimiento profundo por no haber estado allí para salvarme. Ahora no sabría cómo enfrentarme a él, como mirarlo a los ojos. Mi corazón se aceleraba cada vez que pensaba en el encuentro, cada vez que imaginaba su cara cuando al fin lo tuviera de frente. ¿Qué le diría? ¿Qué me diría?

La verdad

~

Me sorprendí cuando Sálomon dio el aviso de que habíamos llegado a Heriam. La ciudad era una pequeña metrópoli. Cuando las puertas se abrieron ante nosotros, la ciudad se expandía a casi una legua de distancia. El impresionante castillo de color tierra desértica se levantaba majestuoso al fondo de la desparramada urbe. Sus banderas mostraban un escudo dividido en cuatro partes con dos imágenes entrecruzadas. Dos águilas con una espada en sus patas y tres flechas amaradas con las puntas hacia arriba. Uno de los soldados de las puertas de entrada a la ciudad reconoció a Sálomon que un tiempo atrás había pertenecido a la guardia del rey de Heriam.

—¡Sálomon, te creímos muerto! Pero... pero... balbuceó el soldado confuso al ver que el caballero que nos acompañaba tenía un gran parecido con el Hero que se encontraba en el castillo.

—Cristán, este es el verdadero heredero de Moiloc, Hero, el príncipe de los mólocs.

El caballero bajó la cabeza en reverencia y nos condujo a galope hasta el castillo. Nos desmontamos y entramos. Con urgencia llegamos hasta el salón real donde se encontraba Álister, rey de Heriam; Amatur y David, rey de Clendor; Roben, príncipe de Clendor, junto a Jonathan y Thomas. El soldado Cristán abrió las puertas sin ningún aviso. Entramos tras él con Hero y Sálomon encabezando el grupo. Darius y yo caminábamos a ambos costados del grupo. Lucíamos como las bandadas de aves en formación migratoria con Hero a la cabeza del grupo. Al llegar al centro del salón Hero gritó:

—¡Telémaco!

El falso Hero volteó.

—¿Qué rayos es esto? ¿Quién ha osado interrumpir una reunión?

El rey Álister se levantó furioso, pero se quedó atónito al ver a nuestro Hero. Miraba a Hero y a Telémaco una y otra vez.

—Su majestad, soy Sálomon, antiguo capitán de su guardia personal –dijo haciendo una reverencia.

—Ya lo sé, Sálomon, te creí muerto.

—He traído al verdadero Hero.

Hero dio dos pasos al frente, mostrando su marca de nacimiento, dijo:

—Su majestad, soy Hero, príncipe de Moiloc.

—Eso no demuestra nada desafió Telémaco mostrando su cicatriz.

—¿Acaso te has olvidado de la otra marca, tío? —dijo Hero sacando una cuchilla y rapándose parte de la cabellera detrás de la oreja.

—Acércate —ordenó Álister.

La tensión en el salón real se podía cortar con el filo de una espada. Disimuladamente observé las tensas expresiones de mis amigos. Daba la impresión de que estaban viendo a un fantasma. Álister vio la marca y miró asombrado a Telémaco quien, al encontrarse acorralado, sacó su espada para defenderse, anticipando un ataque. El sirviente y dos hombres más que lo acompañaban sacaron sus espadas y lo flanquearon. David, Darius, Roben, Thomas, Sálomon, Cristán y yo sacamos nuestras espadas. Telémaco silbó y otros cuatro hombres irrumpieron en el salón real. Una feroz reyerta comenzó pues los príncipes y soldados que les acompañábamos probablemente éramos los mejores de ambos reinos. Los seis hombres que defendían a Telémaco lograban mantenernos a raya para que no pudiéramos llegar a él. Telémaco y su sirviente, aprovechando un descuido nuestro llegaron hasta la ventana y se lanzaron fuera, logrando escapar.

—¡Guardias, guardias! —gritó Álister buscando su espada e

intentando enfrascarse en la batalla desde su trono, lejos de la lucha.

Yo me encontraba más cerca de la puerta de salida y salí corriendo para tratar de detener a Telémaco. Tan pronto Jonathan derribó al soldado con quien luchaba, se lanzó por la ventana tras el usurpador. Cuando salimos del castillo, el mercado del pueblo estaba abarrotado de gente. Telémaco y su sirviente se separaron y se escabulleron entre la multitud. Los guardias del rey se desplegaron también, pero ya Telémaco había sobornado a varios aldeanos para que lo ayudaran en su fuga. Era el atardecer, cuando abandonamos la búsqueda. Volví a la entrada del castillo donde vi a Jonathan con una expresión de incredulidad y la mirada perdida. Me acerqué y me detuve frente a él. Atónito, comenzó a tocarme los hombros, el pelo, la cara.

—¡No es una ilusión! —decía asombrado.

—Jonathan...

No pude terminar la frase, pues sus enormes brazos me arroparon y no me dejó hablar. Lo escuché llorar compungido. En susurros y sollozos daba gracias a Dios por tenerme con vida. Cuando me soltó para observarme nuevamente, tenía los ojos rojos. Sonrió y juntó su frente con la mía, mientras riendo y llorando decía:

—Thomas querrá descuartizarte por el susto que nos hiciste pasar.

—Lo lamento.

Cuando regresamos al salón real, los guardias traidores habían sido arrestados y encarcelados. En el salón se encontraban Hero, Álister, Amatur, Darius y David. Jonathan y yo entramos.

—Se nos escabulló —dijo mi hermano aún fatigado por la carrera.

—Bienvenida, Elizabeth de Austin —dijo David extendiendo sus brazos hacia mí.

Nos dimos un abrazo efusivo. Amatur se nos acercó y me dio dos palmadas fuertes en la espalda.

—¡Eres increíble! Sobreviviste a un ataque, un alud mortífero y, aun así, continúas desafiando el peligro.

—Ese es mi deber, señor —dije bajando la cabeza.

—Señores, tenemos que planear el regreso de mi sobrino como legítimo rey —sentenció Álister.

Jonathan y yo nos retiramos. Los reyes y sus príncipes comenzaron a dialogar. Cuando salí, recostado contra una columna estaba Thomas, con los brazos cruzados sobre el pecho.

—Me debes un año de servidumbre por el susto que me hiciste pasar —dijo Thomas caminando hacia mí.

—Sabes que no fue mi culpa, hermanito.

Thomas, que ya me había pasado en estatura, me abrazó fuertemente y me besó en la frente.

—No nos vuelvas a hacer esto, por favor —me dijo en tono suplicante.

—No puedo prometer nada. Soy un soldado al servicio del rey. Voy donde me requieren.

—No sé por qué me molesto en pedírtelo.

Cuando me separé de Thomas, vi a Roben de espaldas en uno de los jardines. Mi corazón comenzó a latir aceleradamente. Thomas y Jonathan se miraron y me hicieron un gesto con sus cabezas indicándome que fuera con él, alejándose para que pudiéramos hablar.

—Hola —dije tímidamente cuando me llegué hasta donde estaba.

Roben se volteó. Su expresión me resultó inescrutable. Lucía tenso. Sonrió forzadamente como si estuviese conteniendo alguna emoción muy fuerte. Bajó la cabeza con sus brazos cruzados sobre el pecho, respiró hondo y levantando la vista me dijo.

—Lamento no haber estado a tu lado para rescatarte.

—No fue tu culpa, Roben.

—Aun así, yo... Eres mi responsabilidad.

—Lo sé.

Roben exhaló fuertemente, cambió su expresión y retornó su antiguo gesto burlón.

—He observado que has mejorado en tus tácticas de combate.

—Hero y Sálomon me han estado entrenando.

—¡Bien! Otro reto para practicar y otro duelo en el cual vencerte —dijo sonreído de oreja a oreja.

¿Eso fue lo que se le ocurrió decir? ¡Solo eso! ¡Otro reto! ¡Otro duelo! ¿Eso era para él, otro reto? Ni siquiera un mero «te extrañé» o, mejor aún, un «no vuelvas a separarte de mí». Otro reto. Qué desilusión.

—¿Qué sucede? —dijo al verme tensar los labios.

—Nada. ¿Quieres ver lo que aprendí? —dije sacando mi espada.

—Por supuesto, eso estaba esperando.

Roben sacó su espada y con su media sonrisa burlona dijo:

—Aquí no, los jardines son muy bonitos y se estropearán cuando caigas sobre las flores. Tras el castillo hay una pequeña colina.

Caminamos sin hablar hasta el lugar que había sugerido y comenzamos a intercambiar golpes de espada. Iniciamos lentamente. La verdad es que no tenía ánimos de practicar. Entonces, Roben comenzó a quejarse.

—¿Qué pasa, Elizabeth? Estás muy lenta.

—¿Lenta, eh? —dije atacándolo con la vaina de mi espada y la espada de seguido, obligándolo a evadir dos golpes.

—Si entrenaste tanto como dices, deberías dominarme fácilmente demuéstralo... ya sé lo que pasa.

—¿Qué? —respondí desafiante.

—Darius te tiene distraída.

La verdad es que me sobresalté cuando lo dijo. ¿Cómo podría saber Roben de la proposición de Darius?

—¿De qué hablas, Roben?

—Permíteme felicitarte. ¡La futura reina de Taloc! —dijo riéndose—. Darius me lo dijo. Quiso pedirme permiso, pero le dije que eso era asunto tuyo —dijo encogiéndose de hombros.

—¡Qué! —imagino que mis ojos se deben haber abierto como escudos.

——No te imagino con un vestido de bodas. Bueno... sí, te imagino dando tropezones de camino al altar. ¡Pobre Darius! En el lío que se ha metido —dijo con su risa burlona.

—¡Oye, yo no he dicho nada! ¡No voy a casarme!

—Pues, qué lástima. Va a ser todo un evento porque me perdí la vez que te hicieron medir el traje de Kaila.

—Si me quieres hacer enojar, lo estás logrando, Roben.

—Mejor. Enojada eres mejor contrincante.

Nuestra lucha se intensificó. En verdad, me había irritado ya bastante. Roben había logrado nuevamente sacarme de mis casillas para que descargara mi enojo en la práctica. Yo utilizaba mis nuevos movimientos y Roben los imitaba diestramente. Así estuvimos un largo rato. El sol comenzaba a ponerse en el horizonte y el cielo se llenó de nubes de tono anaranjado. Nos sentamos en la grama.

—Has mejorado mucho —me dijo.

—Tú también. Pensé que te derrotaría y no ha sido nada fácil.

—Yo también he estado practicando.

—Cuando regresemos al campo de batalla, estaré más preparada.

—No —dijo tensando los labios y con semblante serio. De pronto se puso de pie.

—¿Perdón? —le confronté incorporándome.

—Cuando regresemos a Clendor, te quedarás allí.

Ya volvía con su obstinación. Me enojé y me le enfrenté.

—No comience con lo mismo, su majestad —dije tensando la mandíbula.

—No seas terca, Elizabeth. Esta vez no te funcionará.

—No estoy siendo terca. Estoy hablando de lo que es justo —grité.

—Y dime ¿qué es justo? Tu madre casi muere del corazón —dijo alzando la voz.

—No metas a mi madre en esto, Roben.

—Te quedarás en palacio —dijo como si acabara la discusión, encarándome.

—Ella sabe muy bien cuál es mi responsabilidad.

—¡Y la mía, qué! No voy a permitir que sigas con esa locura de que vas a la guerra porque no lo harás. Es una orden —dijo con autoridad.

—¿A eso le llamas locura? —lo desafié enfrentándomele.

Casi perdiendo el control me agarró por los hombros casi sacudiéndome.

—¡Elizabeth, te creí muerta!

—¡Pero no fue así, mírame, estoy aquí!

—Y me aseguraré de que siga siendo así.

—¿A qué te refieres?

—Ya te lo dije. Es una orden.

Volteé el rostro enojada. Acto seguido lo miré a los ojos. Estaba determinada a que me tomara en serio esta vez.

—No voy a obedecer tu orden. Iré de todos modos —dije.

Me soltó los hombros, furioso. Dio dos pasos atrás y se paseó varias veces de lado a lado apretando con fuerza los puños como si quisiera golpear algo.

—Aunque tenga que dar la orden para que te encierren en el calabozo, lo haré. No vas a arriesgar tu vida otra vez —dijo de forma autoritaria.

—¡Pero qué idiotez dices!

—¡Elizabeth! —volvió a tomarme de los hombros molesto, mirándome directo a los ojos—. ¿No entiendes lo importante que eres para mí? —esta vez su tono de voz cambió.

No me inmuté. Ya volvía con que su padre me puso bajo su cuidado y protección, ya estaba al borde de la cólera en su obstinación y le grité:

—¡Pues no... ! O espera, tal vez sí —comencé a decir con sarcasmo—. Tal vez porque soy un sirviente leal que te hace los mandados, o quizá porque soy la única persona que reta tus habilidades con la espada, o espera, esta es mejor, tal vez porque soy divertida, te burlas y te hago reír. ¡Soy tu bufón personal! —

dije quitándole las manos de mis hombros con sendos manotazos.

—¡Maldita sea, Eli, te amo! ¿No lo entiendes? —gritó sacudiéndome por los hombros—. Te amo. No puedo perderte así otra vez. No puedo —su voz se quebró. Sus palabras estaban cargadas de dolor.

Me quedé sin habla, estupefacta, como una tonta. Roben me soltó los hombros, me dio la espalda y se alejó. Esta vez habló calmada y sutilmente.

—Sé que Darius te pidió que fueras su esposa. No me opongo. Yo no puedo darte eso: ser reina. Solo soy el hermano de un rey. Pero quiero, necesito, que estés a salvo... y que seas feliz. Si Darius te hace feliz, no puedo pedir más. Entenderé.

El viento soplaba en la colina y repetía sus palabras en mi oído. No era capaz de emitir una sola palabra. Sentía el corazón en la garganta y me había quedado sin habla. Ante mi silencio Roben dio la vuelta y comenzó a retirarse. Uno, dos, tres pasos... se alejaba de mí y yo no quería que se alejara. Sentí que si lo dejaba irse lo perdería, ya no podría encararlo. Se crearía una distancia entre los dos de la cual no podríamos regresar. Ya no sería su escudero, ya no estaría a su lado. El pensar en separarme de él me provocó un fuerte dolor en el pecho. No podía alejarme. No quería alejarme. Hallé fuerzas y pude mover las piernas. No podía dejar que se fuera después de haber escuchado sus palabras. Roben dio dos pasos más y corrí para detenerlo. Lo agarré por el brazo, tomé su mano entre las mías y las palabras salieron sin necesidad de forzarlas.

—Roben, soy feliz luchando a tu lado, contigo. No imagino otra forma de serlo.

Roben volteó para observarme y me miró fijamente a los ojos. Seguía sujetándole la mano. Su rostro se iluminó y sus ojos se humedecieron. Con su mano libre me acarició la mejilla, cubierta de lágrimas. Su rostro decía más que las mismas palabras. Me preguntaba: «¿Es cierto? ¿Tú también me amas?» Mi cabeza le contestó con un gesto afirmativo. Vi su sonrisa suspendida en su rostro y un segundo después sentí sus labios posándose sobre los míos. Ya no podía negarlo más, lo amaba, lo amaba con todo mi corazón. Liberé su mano para abrazarlo y él me abrazó también. Mis manos se aferraron a él por su espalda encadenándome a sus hombros y sentí que me envolvió en sus brazos. El tiempo se detuvo. Era una prisión de la cual no quería liberarme. Fue un instante de pura felicidad en el cual no había amenaza de guerra, soldados ni espadas, solo nosotros dos inmersos en un espacio infinito del color de la esperanza. Dulcemente nos separamos para respirar. Sus ojos no dejaban de mirar los míos. Volvió a besarme con dulzura. Sus manos tomaron mi rostro y me acariciaron insertando sus dedos por entre mis cortos cabellos. Me miró tiernamente. Tenía una expresión que no había visto en él desde nuestro primer abrazo en Taloc, cuando me entregó la estrella de plata o cuando me prometió ser mi amigo siempre que necesitara salir de la caverna oscura de mi soledad.

—Me gustas más con tu cabello largo —dijo sonriendo.

—Cuando acabe la guerra, me lo dejaré crecer —dije sonriente.

—¿Cuando acabe la guerra? Tú sí que no tienes remedio —rió y besó mi frente.

Nos envolvimos en un fuerte abrazo en el cual me hubiese quedado prisionera para siempre. Pero entonces la consciencia me arrancó de aquel estado de ensueño y me recordó mi destino. Mi felicidad se estropeó en un instante. Solo soy un soldado, no puedo pretender nada más. Me separé súbitamente de sus brazos. Roben me miró alarmado.

—¿Elizabeth? —dijo convirtiendo mi nombre en una pregunta mientras yo me alejaba de sus brazos para colocarme sobre una rodilla en el suelo.

—Lo siento su majestad, me he dejado llevar por un impulso del cual no soy digna. Solo soy un simple soldado a su servicio.

—¿De qué estás hablando?

—Usted es un príncipe y yo... un plebeyo.

—¿Y crees que eso me importa?
—La familia real...
—Elizabeth, ya te había contado que mi madre no fue de la realeza hasta que se casó con mi padre. Sabiendo eso, ¿crees que me importaría el linaje de tu sangre?
—No es... tan solo por mi linaje...
No pude contener las lágrimas. No me sentiría digna de su amor, sabiendo que no soy... pura.
—¿Recuerdas cuando mi madre y yo fuimos atacadas por unos... —comencé a decirle cuando sentí a Roben arrodillarse frente a mí. Me sorprendí. Nunca lo había visto de rodillas. Me tomó por los hombros. Levantó mi rostro con una mano para que lo mirara y dulcemente me dijo:
—Deja atrás el pasado que te atormenta. Permíteme ayudarte a sanar.
—Tus plantas medicinales no pueden curar mi herida —dije en un susurro.
—Pero mi corazón sí.

Nuestros miradas se fundieron en una sola. Roben me estaba abriendo su corazón y su alma. Volví a llorar. Sentí que con el tiempo y con todo lo que me había sucedido cada vez más me estaba volviendo débil de carácter. Lloré en sus brazos, sintiéndome aliviada, como si un gran peso alzara vuelo de mi cuerpo y le liberara. Sentí la mano de Roben sobre mi cabeza, acariciándola a manera de consuelo. Su corazón palpitaba potentemente, al unísono con el mío llenándome de energías. Su amor y comprensión comenzaban a sanar mi corazón herido por el pasado.

Regresamos al castillo tomados de la mano y mirándonos con ternura hasta llegar cerca de las murallas. Allí nos soltamos y adoptamos la actitud de caballero con su escudero.

Luego de la cena, frente al fuego de una gran chimenea, les conté a Jonathan, Roben y Thomas sobre mi travesía. Obviamente, les relaté todo, excepto la declaración de Darius. No revelaría lo sucedido cuando ya mi corazón había decidido a quién me entregaría por completo y con quién deseaba pasar el resto de mi vida. Roben y yo nos reservamos lo ocurrido en la colina. No era el momento de hablar sobre nuestros sentimientos en público. Se acercaba una batalla. Si se regaba la voz de que estábamos juntos como pareja los peligros se multiplicarían.

Al día siguiente, nos reunimos en el salón real de Heriam. Los reyes y los príncipes en representación de los reinos de la unión, dialogaban sobre el conflicto. Jonathan, Thomas, Cristán y yo permanecíamos en espera de las órdenes mientras estábamos de espectadores.

—Hay que aprovechar ahora que el usurpador de Moiloc tiene sus fuerzas divididas —dijo Amatur.

—Estoy seguro de que Telémaco no se detendrá hasta llegar donde su padre y darle la noticia —dijo Hero.

—Será solo cuestión de días antes de que York y Moiloc resuelvan sus diferencias. Con un enemigo en común se unirán para acabar con nuestras tropas —dijo Sálomon.

—Yo soy su enemigo en común —expresó Hero.

—Ya se han enviado mensajeros fieles para alertar los ejércitos de nuestros reinos. La unión de nuestras tropas asegurará la victoria —dijo Álister.

—Taloc está listo —dijo Darius—. El ejército solo aguarda por mi orden. Partiré mañana al amanecer.

—Sálomon te acompañará —dijo Hero mientras Sálomon asentía con la cabeza.

—Las huestes de Káesar de Aspen llegarán mañana y partiremos juntos a Clendor —dijo Amatur.

—Clendor les espera para proveerles todo lo que necesiten —dijo David.

Álister dio una palmada fuerte sobre la mesa redonda y levantándose dijo:

—¡De acuerdo! Clendor, Aspen y Heriam, saldremos primero. Taloc será nuestro refuerzo.

—No olviden que hay tropas que nos apoyan en Moiloc —dijo Hero.

—¿Telémaco sabe de las tropas? —preguntó Amatur.
—Sospecha, pero no sabe dónde están ubicadas.
Roben se levantó cruzando los brazos, arrugó el entrecejo y tocando su barbilla dijo:
—Hay algo que me preocupa.
Todos prestaron atención al joven príncipe.
—Si Moiloc aumentara sus fuerzas, los rebeldes correrían peligro.
Todos se miraron. Era cierto. Había una posibilidad de que Telémaco y su padre rastrearan las tropas rebeldes y las atacaran.
—Yo volveré a Moiloc y reorganizaré las tropas rebeldes —dijo Hero.
—¡No!, es muy peligroso —dijo Amatur.
Álister miró a Darius y a Sálomon. Estos asintieron con la cabeza.
—Cambio de planes —dijo Álister.
—Yo iré con Darius —dijo Amatur.
—Sálomon debe volver a Moiloc y reorganizar a los rebeldes, llevarlos a Clendor y desde allí prepararse para salir —dijo Álister.
—Sí, su majestad —dijo Sálomon agarrando el mango de su espada.
—Yo iré con él —dijo Roben—. Mis soldados y yo te acompañaremos —dijo ahora mirando a Sálomon.
Jonathan, Thomas y yo nos pusimos de pie.
—Debemos partir esta tarde si queremos ahorrar tiempo —dijo Sálomon.
Roben asintió y salió del salón. Jonathan, Thomas y yo salimos tras de él para prepararnos para el viaje. Una vez fuera del salón, Jonathan nos dijo a Thomas y a mí que preparáramos los caballos y que él se encargaría de las provisiones.
Cuando Thomas y yo nos encontrábamos en los establos ensillando los corceles, me detuve a observarlo. Se había convertido en mi hermano menor. Más de tres años habían transcurrido desde que lo había conocido y pensar que podría resultar

El Escudero del rey

lastimado me preocupaba. Respiré hondo y me acerqué a su lado.

—¿Cómo te sientes? —le pregunté.

—Eufórico —dijo sonriendo.

—No te entusiasmes con todo esto, Thomas —dije preocupada—. La guerra no es como las fábulas, que la hacen ver llena de gloria y honor.

—Lo sé, Eli. Solo soy positivo. Si voy de manera pesimista, no duraré mucho.

El simple hecho de que solo pensara que podía morir me erizaba la piel. La silla que sostenía en las manos se me cayó.

—¿Qué te pasa? —Thomas me miró extrañado.

—Thomas, tienes que estar alerta en todo momento. Y no quiero que pienses que vas a morir. ¡Eso nunca! Tú eres mi hermano ahora y no quiero perderte.

Thomas me miró y sonrió. Se acercó a mí y me abrazó. Me sorprendí, pero sentía lo que quería expresar con ese abrazo. Suspiró y me dijo en voz baja.

—Yo tampoco, ¿de acuerdo? Y... —subió el tono de su voz ahora de una manera jocosa—. Estoy seguro de que tu media naranja tampoco.

—¿Media naranja?

—¡Vamos, Eli! Ayer no podían ser más obvios —dijo entornando los ojos mientras se inclinaba atrás. No entendía a lo que se refería.

—¿De qué hablas, Thomas?

—Ayer, en la fogata, Roben no paraba de mirarte y, cuando lo mirabas, desviabas la mirada tímidamente y te ponías como ahora.

¡¿Qué?! ¿Qué cara ponía? ¡Por Dios! ¿Tan obvio era que lo amaba? Sentí las mejillas ardiendo. Sentí que estaba sudando. Thomas continuó:

—Sí, con esa cara, pareces un tomate maduro —dijo comenzando a reír.

—¡Cállate, Thomas!

—Espero que no se pongan melosos en el camino. No quiero echar a perder mi desayuno.

Thomas continuó burlándose. Había arruinado por completo aquel momento en que sentí que entre ambos había una conexión de hermanos. Me enojé al ver sus arqueadas y gestos de desagrado. Me miró, torció los ojos y sacó la lengua mofándose nuevamente. Quería darle un coscorrón y lo perseguí. Cuando lo alcancé, no paraba de reír a carcajadas mientras le frotaba mis nudillos en la cabeza. Parecíamos en verdad dos hermanos juguetones. Paramos de reír cuando nos dimos cuenta de la presencia de Darius, que había entrado al establo. Nos enderezamos de inmediato y Thomas lo saludó con su mano en el pecho con el saludo militar de nuestros pueblos. Luego nos miró seriamente y se retiró del lugar dejándonos a Darius y a mí a solas. Recogí la silla que se me había caído y continué alistando los caballos. Se hizo un silencio incómodo.

—Éxito en la misión, Darius —le dije.

—Lo mismo te deseo —dijo él pasándome las bridas.

Me detuve por un momento. Era hora de decirle, de aclarar de una vez que no tuviera falsas esperanzas conmigo. Me volteé hacia él y le dije:

—Darius, tenemos que hablar.

—Eso estaba esperando —dijo cauteloso.

—Me halaga su ofrecimiento. En serio, es muy amable y caballeroso, el sueño de cualquier doncella...

—... pero no el tuyo —dijo con resignación.

—No —respondí bajando la cabeza.

Darius alzó la vista y se quedó mirando el techo de madera y paja del establo. Respiró profundamente y habló en un tono de voz tan bajo que me tuve que esforzar para poder oírlo.

—Ayer te estaba buscando cuando te vi en la colina con Roben.

Me puse nerviosa y no sabía qué hacer o qué decirle. Si nos vio en la colina, presumo que lo que vio le causó pesar. Darius continuó.

—En el fondo, sabía lo que ocurría, pero me negaba a aceptarlo. Tenía que intentarlo. Al menos te expresé lo que sentía. No te sientas mal, Elizabeth. Nunca me diste falsas esperanzas. Lo temí desde un principio. Pero lo más importante es que somos buenos amigos y eso me basta. Aunque quizá te parezca extraño, me siento feliz por ti y por Roben. Él sabrá cuidar de ti y te dará la felicidad que mereces. Es un gran hombre. Solo espero que me inviten a la boda.

Todo lo que dijo lo expresó de una manera pausada, demostrando una gran madurez. Sonrió para no hacerme sentir culpable.

—Lamento no poder corresponderte, Darius.

—Si lo lamentas, entonces tengo oportunidad —dijo mirándome de reojo.

—No, no es eso lo que...

—Es solo una broma, amiga. No te lamentes por lo que sientes. El amor es así. Querer no es lo mismo que amar. Cuando amas a alguien, simplemente lo amas y eso es inevitable. Tú amas a Roben y es obvio que él te ama. No podría desear más para ti. Eres feliz.

Darius me miró con dulzura. Todo romanticismo se había esfumado de su mirada. Extendió su mano para que la estrechara. Tomé su mano en símbolo de amistad y le di un fuerte apretón. Darius hizo un gesto de dolor.

—¿Está lastimado? —dije cuando vi que apretó su mano con la otra.

—No te preocupes, me lastimé practicando —dijo sonriendo y tirándome una guiñada.

Comenzó a retirarse luego de despedirse inclinando la cabeza.

—Hasta luego, querida amiga.

—Darius, gracias por entenderme.

—Siempre.

Se marchó sin decir palabra. Terminé de alistar los caballos sola porque Thomas no volvió a aparecer. Cuando me disponía a salir de los establos, Roben me esperaba en la entrada. No pude evitar sonreírle y él también correspondió a mi sonrisa. Cuando se acercó, vi que tenía una cortadura en el borde de sus labios.

—¿Qué te sucedió? —pregunté.

—No es nada, me lastimé practicando y caí —intenté tocar su herida, pero se echó hacia atrás tomando mi mano—. No es nada, en serio. Vine a ayudarte, pero veo que he llegado tarde.

—Si quieres, vuelvo a comenzar —le dije sonriendo.

—Buena excusa para estar juntos, pero tenemos que marcharnos —dijo mientras tomaba las riendas de su caballo y me daba un beso en la frente que le dolió.

—¿Seguro que estás bien?

—Sí. Ya te dije, solo es un rasguño.

—¿Sabes que Thomas ya se dio cuenta? —le dije.

—¿Sí?

—Me pidió que, por favor, no nos pusiéramos melosos durante el camino porque necesitaba retener el desayuno en el estómago para la batalla.

Roben comenzó a reírse y puso su brazo sobre mi hombro.

—Bueno, será difícil, pero hay que intentarlo. Si se enferma no nos será de mucha ayuda.

Reí imaginándome a Thomas pálido de los retortijones como si hubiese tomado eléboro tratando de alzar su espada. Salimos del establo con dos caballos cada uno.

Afuera nos esperaba Jonathan. Roben le entregó un caballo a Sálomon y yo el otro a Jonathan. Thomas me preguntó:

—¿Y mi corcel?

—Está en el establo —le dije—. Luego te las cobraré por haberme dejado sola.

—No fue mi intención. El jefe me dijo que él iría a ayudarte.

Miré a Roben incrédula. Él fijó la mirada en el cielo y comenzó a silbar, pero el dolor de su labio le impidió hacerlo. Pude divisar una risa contenida en el rostro de mi hermano mayor.

—Te esperaremos a la salida. Thomas, date prisa —dijo Roben y ajotó su caballo para comenzar la marcha.

Sálomon, Roben, Jonathan, Thomas y yo atravesamos las puertas del palacio y comenzamos la travesía.

—Será un viaje largo y extenuante. Solo nos detendremos cuando la madre naturaleza haga su llamado. Tomaremos el camino más corto que conozco —dijo Roben.

—¿Cuánto tardaremos en llegar a Moiloc? —preguntó Thomas.

—Sin hacer paradas innecesarias, unos seis días. Si galopamos, podría acortarse —dijo Sálomon.

—¿Se encuentra bien su majestad? Su labio... —dijo Jonathan.

—Me lastimé practicando... —dijo Roben entre dientes—. ¡En marcha, caballeros! —gritó.

Partimos a galope rumbo a Moiloc. Nuestra primera parada fue muy entrada la noche. No había necesidad de forzar los caballos o nos quedaríamos a pie a mitad de camino. Nos turnamos para hacer guardia. Primero le tocaría a Sálomon. Roben me lanzó una manta. Lo miré un poco decepcionada porque no quería que me tratara diferente que a los demás.

—No me mires así. Fue tu hermano el de las provisiones —me dijo.

Miré a Jonathan, quien afirmó con su cabeza.

—Esta noche hará frío. No tienes que usarla si no quieres —dijo mi hermano, sonriéndole a Roben.

Doblé la manta y la usé para apoyar la cabeza. Mis pensamientos viajaron a Moiloc, al campamento rebelde donde estaban Lydia, Esther y Malcom, mis nuevos amigos. Recordaba la expresión de frustración y decepción en el rostro de Lydia cuando no pude cumplir mi promesa de entrenarla, cuando no quise que nos acompañara. En ese momento comenzaron las pesadillas. Vi el campamento rebelde siendo atacado y a Lydia tomar la espada para defender a Esther. Me pareció ver a un soldado atacarlas y a Lydia caer herida en el suelo.

Desperté sudorosa y ansiosa. La fogata aún seguía encendida y todos dormían. Miré a la derecha. Roben se encontraba en su turno de guardia. Me levanté y me senté a su lado.

—¿No puedes dormir? —me dijo mirándome con extrañeza.

—Estoy un poco preocupada por el campamento rebelde...

—Y por Lydia, tu amiga —completó mi oración.

—Sí.

—No te preocupes, Eli. Llegaremos a tiempo. Todo saldrá bien —dijo tomando mi mano.

Roben volteó la vista hacia sus espaldas donde estaba la fogata. Me volteé para ver qué observaba y solo veía al resto del grupo roncando. Sentí su mano en mi mejilla y lo miré.

—¡Sí que es difícil! —dijo en un suspiro.

—¿Qué?

—Tenerte tan cerca y no poder abrazarte frente a ellos.

—Ahora están dormidos.

Roben sonrió y acercó su cabeza para darme un tierno beso en la frente.

—Necesitas descansar. Ve a dormir.

Volví a mi lugar y me dormí de inmediato. Al día siguiente reanudamos la cabalgata. Avanzamos gran parte del camino. Solo nos detuvimos para comer y dormir. Aunque nos tomó varios días, llegamos a las montañas de Tersa en Clendor. Mi corazón se aceleró cuando llegamos al río que nos había arrastrado a Darius y a mí.

—Tan pronto lo crucemos llegaremos a los campamentos —gritó Sálomon, ya que el ruido de la corriente del río sofocaba su voz.

Vi las miradas de preocupación de Jonathan, Roben y Thomas. Mi hermano se amarró el extremo de una soga a su cintura y lanzó el resto de la cuerda a Roben, quien se acercó a mí y comenzó a atarme.

—¿Qué haces? —dije sorprendida.

—Tus hermanos y yo estaremos pendientes de ti. Si te arrastra la corriente, te sujetaremos o nos iremos contigo —dijo terminando el nudo y comenzando a amarrarse él también—. Ya te lo dije, no voy a perderte otra vez. Te mantendré a mi lado —dijo con voz firme.

Alzó la vista hacia mi rostro esperando mi respuesta. Solo afirmé en silencio. Todos estábamos unidos por la soga.

—Viendo el río como está de crecido, es buena idea para asegurarnos que cruzamos todos juntos y llegar a nuestro destino —dijo Sálomon.

Sálomon tomó su ballesta y lanzó una flecha amarrada a la soga hasta un árbol de la otra orilla. Comenzó a cruzar el río.

—¡Sujeten bien las cuerdas! Podremos pasar. La corriente no es tan fuerte, pero si resbalan, nos podría arrastrar.

Al cruzar, amarró fuertemente la soga al árbol. Cruzamos el río sin percances y continuamos cabalgando corriente abajo hasta llegar al campamento. La escena que presenciamos cuando llegamos paralizó mi corazón. La mayoría de las cabañas habían sido quemadas y el campamento lucía vacío. En un movimiento involuntario, me lancé del caballo y corrí hacia la cabaña donde me había alojado con Lydia y Esther. Thomas corrió detrás de mí gritando.

—¡Eli, no entres, todo se puede venir abajo!

Thomas logró detenerme justo cuando llegué a la entrada de la cabaña. Lo miré suplicante.

—Por favor, solo quiero cerciorarme de que no haya nadie, por favor.

Sálomon nos permitió entrar.

—No toquen nada, podría desplomarse y quedarían atrapados —advirtió.

Thomas y yo entramos con sumo cuidado. Todo estaba chamuscado por el fuego. Revisamos todas las habitaciones detenidamente y sentí un alivio inmenso al confirmar que la cabaña estaba vacía. Salimos. Al llegar hasta donde estaban los demás, me percaté que mis amigos tenían una mirada tensa. Roben hizo una señal para que guardáramos silencio. En ese momento, se escuchó un movimiento entre los árboles al otro lado del campamento incendiado. No estábamos solos. Instintivamente, sacamos nuestras espadas. En el silencio de pronto se oyó un canto de lechuza y Sálomon cambió el semblante haciéndonos la señal con la mano de que bajáramos las armas. Volteó el rostro hacia el bosque y repitió el sonido. Tres hombres salieron de entre los árboles. Al acercarse, saludaron a Sálomon de manera militar, con el puño en el pecho. Él les contestó de la misma manera.

—¿Qué sucedió? —les preguntó.

—Los soldados del usurpador nos atacaron —contestó uno.

—La gran mayoría fue movilizada al otro campamento —dijo otro de los hombres.

—¿Y las mujeres? —preguntó Sálomon.

—Algunas de ellas fueron capturadas y llevadas al castillo.

—Llévanos al otro campamento —ordenó Sálomon

Apreté con fuerza la empuñadura de mi espada cuando escuché a aquel hombre informar del rapto de las mujeres. Jonathan lo notó y me puso la mano en mi hombro para calmarme. Mientras cabalgábamos al otro campamento, no dejaba de pensar en Lydia y Esther. Recordé la pesadilla de varias noches atrás. ¿Habría Lydia intentado pelear durante el ataque? ¿Estaría herida? ¿La habrían hecho prisionera?... o quizá... ¡No! No podía pensar que... ni siquiera quería permitirme imaginármelo.

Llegamos al segundo campamento. Perdí la noción del tiempo y distancia entre un campamento y otro. Estaba absorta en mis pensamientos. Salí de mi estupor cuando Thomas me llamó dos veces. Me hizo un gesto para que mirara a mi alrededor. Había una gran cantidad de jovencitos entrenando.

—¿Por qué tantos jóvenes entrenando? —preguntó Jonathan.

—¡Mucho más jóvenes que yo! —dijo Thomas sorprendido.

—Son voluntarios. La mayoría perdieron a sus padres a manos del usurpador —dijo uno de los hombres.

Malcom salió de una cabaña y nos recibió.

—¡Bienvenidos! —saludó con el puño sobre el pecho y correspondimos de la misma manera.

—Me alegra ver que estés bien —dijo Sálomon a Malcom.

—Me alegra decir lo mismo de ustedes —dijo Malcom.

—Lamento lo del campamento —dijo Roben.

—Sabíamos que ocurriría tarde o temprano. Lucen agotados. Vengan, necesitan descansar y comer algo.

Pasamos a las cabañas. Antes de entrar, miré hacia atrás para observar nuevamente a los jóvenes que entrenaban. Por un instante me pareció haber visto un rostro conocido. En ese momento Roben me llamó y cuando volteé la cara, ya no estaba.

Tan pronto entramos a la cabaña, no me pude resistir y rápidamente le pregunté a Malcom por Lydia y Esther.

—Esther fue llevada como prisionera al castillo —dijo Malcom.

—¿Y Lydia? —dije asustada de mi propia pregunta.

—Escapó. No la hemos visto desde entonces.

Bajé entristecida la cabeza. Confiaba con todo mi corazón que Lydia hubiese podido escapar de las manos del enemigo. Esa noche cenamos en la cabaña de Malcom y luego nos reunimos para trazar los planes a seguir.

—El ejército de Telémaco se fortalece —advirtió Malcom.

—Debemos refugiarnos en Clendor cuando tengamos todas las tropas unidas, entonces atacamos —propuso Sálomon.

—Para muchos soldados, ir a Clendor es motivo de malos recuerdos —dijo Malcom.

—Lo sabemos, pero es eso o esperar la muerte aquí. Como has dicho, las tropas del enemigo se fortalecen —respondió Roben.

—Hablaré con los soldados. Tendremos que partir en dos días. El camino más seguro es por el puente de Moiloc. Llevar las tropas por las montañas en época de lluvias sería arriesgar nuestros hombres con lo peligroso del terreno —dijo Malcom.

—¿Ese es el puente que se construyó hace dos años? —reguntó Jonathan.

—Sí, el que se construyó cuando nuestros pueblos estaban en paz, pero el usurpador tiene soldados apostados allí. No dudo que haya planeado destruir el puente. Tendremos que estar alerta. Nos espera una gran batalla cuando lleguemos —dijo Malcom.

—Entonces debemos prepararnos —dijo Sálomon.

Esa noche paseaba por el campamento con Roben y Jonathan. Veía a las mujeres recoger a los niños que jugaban a los soldados con ramitas. Eso me trajo recuerdos de Lydia. ¿Estaría viva? ¿Seguiría desaparecida en el bosque o tal vez escondida?

—Iré a ver a los corceles —dijo Jonathan.

—Ya lo hice, Jonathan. Están bien —le dije a mi hermano.

—Bueno, entonces me retiro.

Roben y yo nos quedamos mirándolo algo tontos. Actuaba de forma extraña y comenzó a reírse.

—Han estado rogando por estar a solas desde que partimos de Heriam. No seré quien les arruine el momento.

Roben y yo nos pusimos rojos de la vergüenza. Definitivamente, éramos bastante obvios, aunque intentáramos ocultarlo. Jonathan se acercó a nosotros y puso sus brazos sobre nuestros hombros apretándonos afectuosamente.

—No se preocupen. Thomas fue el soplón. Los notaba algo extraños, pero no me había dado cuenta. Estoy feliz por ustedes.

Jonathan se marchó. Roben y yo nos quedamos solos. Ya todos estaban recogidos en sus cabañas. Los guardias eran los únicos despiertos.

—Thomas me la pagará, sí señor —dijo Roben entre dientes visiblemente molesto.

Me sorprendió su reacción y comencé a reírme.

—¿De qué te ríes? —me miró sorprendido.

—Thomas y tú siempre han sido cómplices. ¿Ahora quieres cobrárselas?

—Bueno, sí. Yo quería ser el que se lo dijera a tu hermano.

—Yo se lo pude haber dicho también...

—Sí, pero...

Observé a Roben algo nervioso. Nunca lo había visto con esa expresión de vergüenza y nerviosismo a la vez.

—¿Qué te pasa? —le pregunté.

—Bueno... Jonathan es tu hermano mayor. Es el jefe de tu familia, como tu padre no está...

—¿Y?

—Esperaba el momento oportuno para pedir tu mano.

Casi me caigo al suelo por la sorpresa. ¿Acaso estaba diciendo que quería pedir mi mano en matrimonio? ¿En pleno tiempo de guerra? Roben me agarró por los hombros y, viendo mi expresión perpleja, me dijo con su acostumbrada manera burlona.

—Se te fue el color de la cara. ¿Estás bien?

—Es que no creo haber oído bien.

—¡Vamos, Elizabeth! Me oíste muy claro. Es que... ¿no deseas ser mi esposa?

—¡No!... digo... —Roben cambió el semblante, debía rectificarme—. No me malinterpretes. No es que no lo quiera. No me imagino una vida sin ti, pero hablar de esto ahora a punto de entrar en batalla...

—Entonces, ¿sí deseas ser mi esposa?

—Sí, Roben, lo que quiero decir es que...

Cortó mis palabras. Sus labios cubrieron los míos con fervor. Trataba de explicarle, pero su boca no me dejaba articular palabra alguna. Cuando separó sus labios de los míos, me miró dulcemente a los ojos. Resplandecían.

—¿Qué me ibas a decir? —me dijo con su media sonrisa y alzando una ceja.

Había olvidado el hilo de lo que quería expresar. Me quedé perdida en sus ojos, mirándolo por un largo rato sin decir nada.

—¿Elizabeth?

Reaccioné. Regresé de mi letargo.

—¿Ah?

Roben rió.

—¿Qué ibas a decir?

Sacudí la cabeza. Ahora me encontraba entre sus brazos que se aferraban a mi cintura.

—Yo... Bueno, no creo que sea el momento adecuado de

hablar sobre el tema teniendo presente la situación de la guerra. Tenemos que enfocarnos en eso.
—¿Quieres retirarte?
—¡No!
—Entonces...
—No me entiendes.
—Creo que este es el momento perfecto para hablar de eso. Solos, tú y yo, aquí, ahora.
—Me refería a decirle a Jonathan.
—La boda sería luego de la guerra.
—Me harás usar vestido, ¿verdad?
—No querrás casarte con uniforme militar, ¿verdad? Ese es *mi* atuendo.
—Dame algo de tiempo Roben... por favor —dije luego de un suspiro.
—¿Qué sucede?
—Digo, estamos en guerra y...
—Es algo más... —Roben respiró profundo. Me miró con un gesto de preocupación—. Entiendo.
—Poco a poco el árbol que ha sido quemado puede reverdecer —dije dulcemente. No quería que se sintiera incómodo—. Aun cuando en sus anillas lleva la marca del fuego, con cuidado las envuelve con corteza nueva. El tiempo ayuda a sanar.
—Pero si el herborista cuida del árbol, con cuidado y esmero, este sanará más rápido.

Nos miramos a los ojos por un buen rato. Sentí que comenzamos a hablarnos sin palabras. El temor y mis dudas sobre mí misma comenzaban a desvanecerse y sentía que empezaba a formar parte de sus latidos, de su vida. Tomó mi mano y nos dirigimos a un pequeño claro donde observamos el firmamento colmado de estrellas. Ver el cielo así de brillante y sereno me creaba una sensación de paz, la que anhelaba para nuestros pueblos. Quería poder legar a mis hijos esa paz por la que estamos luchando con todo nuestro honor, alma y corazón.

Un rostro conocido

Desperté al oír la voz de mi hermano llamándome. Solo recordaba estar mirando las estrellas al lado de Roben. ¡Cielo Santo! ¿Me había quedado dormida en el claro? ¡Oh, Dios! Abrí los ojos y me senté de golpe y choqué la cabeza con la de Jonathan. Ambos gemimos de dolor y nos frotábamos la frente.

—¿Dónde estoy? —pregunté.
—En la cabaña, conmigo. ¡Que cabeza dura tienes!
—Lo siento... es que pensé...
—Te quedaste dormida anoche y Roben te cargó hasta aquí.
—¿Él me trajo?
—Sí, en brazos, no quiso despertarte.

¡Vaya soldado! Me sentía avergonzada, pero a la vez conmovida por su gesto.

—Debes haber estado tan extenuada por el viaje que caíste en un sueño muy profundo. La campana del desayuno ya sonó, por eso te llamaba —dijo mi hermano.

—Gracias —dije levantándome.

—Espera, Elizabeth —dijo sujetándome por el brazo—. Quiero hablar contigo antes de que vayamos a desayunar. Por favor, concédeme solo un momento. No tendremos otra oportunidad para hablar a solas.

Su expresión hizo que se me acelerara el corazón. Sospeché que lo me quería decir tenía que ver con Roben y conmigo, lo cual me comenzó a incomodar.

—No es nada que tengas que temer. Siéntate. Son pocas las veces que podemos conversar a solas como hermanos y con la batalla que nos espera no creo que podamos hacerlo por buen tiempo.

—Entiendo —dije sentándome nuevamente.

—No sabes cuánto me alegra tenerte a mi lado, hermana, luego de pensar...

—Que había muerto.

—Sí —hizo una pausa y suspiró—. Quiero que te cuides, por favor. No tomes riesgos innecesarios.

—Jonathan, la guerra conlleva riesgos, pero me protegeré y cuidaré lo mejor que pueda. Para eso he entrenado. No quiero que enfrentes el enemigo con preocupaciones en tu mente. No te concentrarías y podrías resultar herido.

—Lo mismo te pido.

—Lo prometo.

—Cuando llegue el momento concéntrate en la batalla sin pensar en quién pueda resultar, herido, sea yo, Thomas o...

—Roben. Lo entiendo.

Hubo un silencio que duró poco. Me impacienté.

—¿Es todo? —dije levantándome.

—No —con su mano hizo un gesto para que me sentara nuevamente.

¡Rayos! Pensé que me libraría de hablar acerca de mis sentimientos hacia Roben, pero al parecer Roben ya lo había hecho.

—Cuando Roben te trajo ayer, salimos de la cabaña y dialogamos un rato.

—¿Sí? —pregunté nerviosa.

—Me solicitó tu mano en matrimonio una vez termine la guerra.

Me quedé callada. Por más que le había insistido a Roben que no era el momento de hablar de eso, ya se lo había dicho a mi hermano.

—¿Qué le dijiste? —le pregunté sin mirarlo.

—¿No quieres saber qué fue lo que me dijo?

Me encogí de hombros y mi hermano sonrió.

—De todos modos, te lo diré. Pero empezaré por contarte lo que sucedió luego de ese día en las montañas, cuando te vimos que te arrastraba la corriente.

Me enderecé y lo miré a los ojos. Tenía curiosidad de saber lo que había sentido mi familia. Mi hermano continuó.

—Quería lanzarme a salvarte y Roben también, pero Telémaco, quien creíamos que era Hero, nos detuvo. «No tiene sentido que mueran ustedes también», nos dijo. Tuve que detener a Roben que luchó conmigo para lanzarse. Utilicé todas mis fuerzas para hacerlo. No podía dejar que el príncipe de Clendor expusiera su vida a una muerte segura. Espero que lo entiendas.

Afirmé con mi cabeza y luego de una pausa continuó.

—Thomas se quedó inmóvil, sin ninguna expresión en el rostro. Parecía un muerto. La impresión de ver a su mejor amiga, su hermana, en esa situación, lo dejó perplejo. Cuando montamos campamento para comer y dormir, no encontraba a Roben por ningún lado y temí. Pensé que había vuelto para buscarte y eso retrasaría nuestra misión. Me encontré con Thomas. Estaba sentado bajo un árbol con los brazos aferrados a sus rodillas. Se balanceaba hacia atrás y hacia el frente como si estuviese trastornado. Me senté a su lado y oí que susurraba: «No es cierto. No está muerta. No es cierto. No está muerta». No dejaba de repetirlo. Puse mi mano en su hombro y entonces no pudo contenerse más. Comenzó a llorar como un niño pequeño y se lanzó sobre mí. Lo abracé como un padre haría con su hijo para consolarlo, pero mi corazón también estaba destrozado. Cuando por fin se calmó, dijo: «Debería ser más fuerte. Ella se burlaría de mí si me viera ahora». Me indicó que Roben se había dirigido a una cueva que quedaba cerca de donde nos encontrábamos...

Por un momento se me quedó mirando tratando de descifrar si lo estaba escuchando.

—¿Elizabeth?

—Sí, te escucho.

—No seas dura con Thomas. Él te ama al igual que yo. No tiene hermanos y tú te convertiste en la hermana que siempre hubiese querido tener cuando te conoció.

—Entiendo.

—Bueno... Cuando encontré a Roben, estaba practicando con su espada en la entrada de la cueva. Golpeaba los árboles cercanos desenfrenadamente con su espada. Noté el perfil de su rostro, su cara estaba enrojecida y cubierta de lágrimas. Se estaba desahogando a solas. Iba a acercarme cuando comenzó a gritar. Gritaba improperios a su persona por no haberse lanzado a salvarte, por haber dejado que te unieras a la misión. Exigía al cielo por qué te había alejado de él. Emprendió a espadazos contra un árbol que parecía haberse convertido en el objeto de toda su frustración. Decidí dejarlo a solas. Cuando regresó al campamento, ya su cara no lucía enrojecida, ni estaba cubierta de lágrimas, pero reflejaba amargura, coraje consigo mismo y sentimos que el rostro del Roben que conocíamos había cambiado, tal vez para siempre. No volvió a ser el mismo hasta que nos vimos en Heriam. Te cuento esto porque sé que Roben no te lo ha dicho, ni creo que te lo vaya a decir. A veces es muy orgulloso. Pero quería que supieras que él te ama de verdad y eso me hace sentir feliz, feliz y tranquilo porque sé que velará por ti, aunque yo no esté. Después de lo que pasó... —dijo enjugando una lágrima—. Bueno, sabes a lo que me refiero. Pensé que no tendrías paz a pesar de que has superado muchas cosas... Sé cuán fuerte eres y cuánto lo dejas ver, pero también sé que en tu fuero interno nunca te habías perdonado. Por lo tanto, temía que no te dieras la oportunidad de ser feliz. Sé que nadie te cuidará y protegerá como Roben. También sé que le dijiste que no hablara del tema ahora que estamos por entrar en la guerra, pero necesitaba escucharlo, y creo que tú también. En medio de todo este caos son muy buenas noticias. Por eso no me negué en darles mi bendición. Sé que nuestro padre hubiera hecho lo mismo.

—Gracias, Jonathan —dije intentando no llorar. Me hacía falta escuchar a mi hermano abrirme su corazón y brindarme su apoyo. Ahora comprendía que no tan solo yo había sido herida por el pasado, sino que mi familia también había sufrido por mí y que ahora formaba parte de mi presente, de mi sanación, y de mi futuro.

—Vamos a comer o nos van a dejar sin desayuno —dijo levantándose, despeinándome amorosamente y extendiéndome la mano para ayudarme a levantar.

Salimos de la cabaña y corrimos como dos chiquillos a desayunar. Al salir del salón donde habíamos comido vimos un grupo de soldados practicando. Entre la muchedumbre me pareció ver un rostro conocido. Había un muchachito pálido y delgado. Me parecía haberlo visto en algún lugar.

—¡Soldados de Austin! —nos gritó Malcom—. ¡Vamos, tenemos mucho que hacer!

Entramos a la cabaña de Malcom. Sálomon y Roben ya estaban adentro. Thomas, que se nos había unido cuando llegábamos, entró después de mí. Sálomon comenzó a describir la estrategia.

—Creo que debemos atacar a los guardias del puente y capturarlos. Tenemos suficientes hombres para establecer un frente allí. Estoy seguro que el pueblo nos ayudará —dijo Malcom.

—¿Cuántos soldados hay en el poblado? —preguntó Sálomon.

—Unos cien, pero la mayoría están comprometidos. He enviado espías y me han informado que cuando comience la batalla, se nos unirán —añadió Malcom.

—Si ya se han enterado de que vamos a atacar... —dijo Sálomon preocupado.

—¡Mis hombres son leales! —reprochó Malcom.

—No dudo de tus hombres, Malcom. Lo que digo es que luego del ataque, ellos estarán preparados.

—Somos más de doscientos soldados y me tomé la libertad de reclutar hombres en Clendor —dijo sonriendo—. Sé que su majestad lo entenderá. Su mayoría eran de Astorgeon que se habían alojado en Clendor, así que conocen...

Roben se puso de pie tan pronto escuchó esto.

—¿Reclutaste soldados en Clendor? —dijo intrigado.

—Uno de sus soldados se ofreció —dijo Malcom al príncipe.

Sálomon interrumpió molesto.

—¡Malcom! ¿Cómo te atreviste a hacer eso? ¡No puedes reclutar ciudadanos de Clendor sin el consentimiento de la familia real! Eso podría resultar en graves conflictos diplomáticos.

Malcom cambió su expresión y se inclinó ante Roben.

—No quería causar conflictos, ni menos retar la autoridad de su majestad. Pensé que entendería dadas las circunstancias. La decisión fue tomada luego del ataque del campamento.

—No importa, Malcom —dijo Roben seriamente—. Imagino que enviaste a Albert.

—Sí, así fue.

—Bien... yo hubiera hecho lo mismo.

Malcom levantó la vista asombrado y agradecido por la comprensión del príncipe de Clendor.

—En el futuro, agradeceré que se me consulte antes que se pretenda tomar alguna decisión relacionada con mi reino —dijo el príncipe calmadamente, pero con autoridad.

—De eso no tenga la menor duda, señor —dijo Malcom.

—¿Cuántos hombres reclutaron en Clendor? —preguntó Roben.

—Esperamos la llegada de Albert que supongo será hoy. Lo acompaña uno de nuestros hombres. Las tropas esperarán en las ruinas de Arturo por la orden.

—Entiendo... y en parte te concedo la razón —dijo Roben mirando a Malcom y a Jonathan.

—Si las tropas se encuentran en las ruinas de Arturo, los soldados de este campamento no tendríamos que llegar allá. La batalla se lidiaría aquí, en Moiloc, dejando los poblados de Clendor fuera de peligro —dijo Jonathan.

—También pensamos en eso. Viajar a Clendor sería cederles nuestra tierra al usurpador y a su gente —dijo Malcom.

—Bueno, entonces todos estamos de acuerdo —dijo Sálomon levantándose—. Tan pronto llegue Albert, sabremos con cuántos soldados contamos en las ruinas de Arturo para defendernos mientras llegan los ejércitos de Heriam y Aspen. Debemos estar

El Escudero del rey

listos para tomar el puente y defenderlo, pues es la entrada más segura a Moiloc. Preparen a los soldados. Esperaremos dos días por Albert al cabo de los cuales, llegue o no, atacaremos las tropas del usurpador y tomaremos el puente de Moiloc.

La puerta se abrió en ese momento. Albert entró con otros dos hombres.

—¡Albert! —exclamó Jonathan.

—¡Capitán! —dijo saludando con el puño en el pecho.

Albert lucía alterado, como si le urgiera decirnos algo. Tan pronto vio a Roben, se inclinó sobre una rodilla frente a él.

—¡Su majestad! Traigo noticias y no son muy alentadoras.

—¿Qué sucede? —preguntó Roben.

—Venía con dos hombres para informar que nuestra misión había sido un éxito. Hay tropas en las ruinas de Arturo esperando la llegada de David y Hero.

—¿Cuáles son las malas noticias? —inquirió Malcom. Albert se puso de pie y nos miró a todos. Respiró hondo.

—Han llegado más soldados del usurpador a proteger la entrada a Moiloc. Alrededor de cien soldados se han apoderado del poblado.

—Ya sabíamos que había soldados en el poblado —dijo Roben.

—Sí, pero me refiero a otra compañía —dijo Albert.

—Con esto entonces suman doscientos —se me escapó en voz alta.

—Nos igualan en número —dijo Thomas.

—Tenemos aldeanos y soldados que se nos unirán. Si atacamos de inmediato, tendremos ventaja —dijo Malcom.

—En eso tienes razón. No podemos esperar más. Si esperamos a que lleguen más soldados, no podremos salir del campamento. Quedaremos atrapados —dijo Sálomon.

—¡Su majestad!, ¿cuáles son sus órdenes? —Malcom miró a Roben.

Roben se quedó pensativo. Él era el único miembro de una familia real presente, un príncipe de los reinos en conflicto.

213

—Usted es el único de sangre real aquí. La decisión que tome será final y firme. La acataremos —dijo Sálomon.

Roben afirmó seria y serenamente con un gesto de la cabeza. Había madurado mucho desde la primera guerra. Conocía muy bien las relaciones diplomáticas de los reinos. A pesar de que Malcom y Sálomon tenían más experiencia, decidieron acatar y confiar en que las decisiones del príncipe serían las adecuadas. Roben los miró con la seguridad digna de un líder.

—Todo lo que han planteado es razonable. Lo más prudente para obtener y asegurar el triunfo de Hero en Moiloc es atacar de inmediato y capturar el puente.

Todos los capitanes estuvieron de acuerdo.

—¿Mañana al amanecer? —dijo Sálomon.

—¿Cuán entrenados están los jóvenes del campamento? —preguntó el príncipe.

—Están listos para la batalla, aunque para muchos de ellos esta será su primera vez. Sus destrezas son aceptables, se crecerán ante el enemigo —dijo Malcom.

—Entonces, entrenaremos más rigurosamente en lo que queda del día y partiremos antes del amanecer —dijo Roben.

—Así se hará —dijeron Sálomon y Malcom, al unísono.

—¡Jonathan! —llamó Roben.

Jonathan se inclinó sobre una rodilla frente a Roben con su mano en el pecho, listo para recibir la orden.

—Albert y tú partirán hacia las ruinas de Arturo lo antes posible. Tan pronto lleguen las tropas de Aspen, Clendor y Heriam, juntaremos nuestros ejércitos y derrocaremos a Telémaco. Hero reclamará su posición como verdadero rey de Moiloc.

—Sí, señor —respondieron Albert y mi hermano.

Acto seguido, se levantaron y Albert salió por la puerta. Jonathan se detuvo frente a mí, puso su mano en mi hombro y me susurró:

—Por favor, cuídate.

—Lo haré —le prometí.

Jonathan salió tras Albert. Ambos montaron sus corceles y

emprendieron el viaje. Malcom y Sálomon fueron a avisar a las tropas. Thomas estaba al lado de la puerta y siguió a Malcom luego de poner su puño sobre el pecho saludando a Roben. El príncipe y yo quedamos solos en la cabaña.

—Espero haber tomado la decisión correcta —dijo con aire de preocupación.

—Lo has hecho —dije acercándome para tomar su mano—. Si quedásemos atrapados aquí, todos moriríamos a manos de Telémaco y los hombres de York.

—Lo sé.

Hubo una pequeña pausa y luego, apretando mi mano, dijo:

—Te mantendrás a mi lado. ¿Entendido?

—No quiero que te distraigas por mi culpa, Roben. Sabes en tu corazón que estoy preparada para luchar.

Roben bajó la cabeza y frunció el entrecejo como si sintiera un profundo dolor.

—Perdona, lo sé. Sé que eres muy ágil y diestra, un soldado excepcional. Solo... solo que...

Con mi mano libre tomé su barbilla e hice que me mirara. Lo miré a los ojos y le dije en voz baja.

—No vas a perderme. Te amo y me casaré contigo cuando todo esto haya terminado. Lo juro.

Roben me miró sorprendido, como si hubiera ocurrido algo de lo cual no se había enterado.

—¿Me perdí de algo desde anoche?

—Ya pediste mi mano. Así que cuando llegue el momento, quiero algo sencillo. No me hagas ponerme algo extravagante. Si lo prometes, dejaré que decidas lo demás.

—¡Elizabeth!... —sacudió su cabeza porque no creía lo que oía. Sonrió y respiró profundamente suspirando de golpe—. Bien, trato hecho. Un hermoso vestido blanco sin nada de extravagancias. Se lo diré a mi tía tan pronto regresemos al castillo.

¡Ay, no! ¡Camila! Ya me la imaginaba toda ansiosa corriendo de lado a lado. Roben notó mi preocupación.

—¿Qué sucede?

—¿No me imaginas haciendo un espectáculo dando tropezones camino al altar? —dije recordando sus burlas en la colina de Heriam.

—Ahora que soy yo quien te estará esperando, no. Será el desfile más hermoso en la historia del reino.

—¡Eres imposible, Roben!

—Aun así me amas.

—Sí, y tú me amas, aunque sea testaruda.

—Terca como una mula.

—Bueno, esta mula puede darte una buena patada si la molestas mucho.

—¿Ah sí? Pues ahora no tengo deseos de molestarte —dijo agarrándome por la cintura.

Al mirarlo a los ojos, supe sus intenciones y automáticamente cerré los míos esperando sentirlo. Sentí su respiración cerca de mí y mi corazón acelerarse. Luego percibí que se reía en silencio y abrí un ojo. Roben me besó la frente y me dijo al oído: «Tenemos compañía». Thomas entró en ese momento aclarando la garganta.

—¡Lo siento! Lamento interrumpir, pero como es el de mayor rango, necesitan su presencia ante las tropas. Ya están en formación —dijo Thomas a Roben.

Roben asintió y respiró profundamente una vez más intentando asumir el peso de su carga como líder. Acarició mi mejilla, sonrió y se marchó. Sonreí, aunque también temía por lo que se avecinaba, tenía que ser valiente por los dos. Thomas se me quedó mirando.

—¿Qué? No interrumpiste nada —le dije.

—Perdona.

—No importa, Thomas, ya no estoy enojada contigo.

—¿Ni por haberle dicho a Jonathan?

—No.

—¿Qué te traes entre manos? ¿Cuál es la trampa?

Comencé a reír ante su ocurrencia.

—No hay ninguna, Thomas. No me enojaré contigo. Ahora

eres mi hermano menor y lo que importa es que estemos juntos y salgamos con vida de esta.

Thomas sonrió y agarró el mango de su espada.

—¿Entrenamos?

—¡Por supuesto!

Nos echamos el brazo y salimos juntos para ver las tropas que habían estado entrenando.

Roben estaba reunido con las tropas. Todos prestaban atención. Su discurso fue breve, pero habló con la autoridad de todo un líder y las tropas le aplaudieron.

—¡Soldados de Moiloc! Su pueblo ha sufrido demasiado. Cuando habían conseguido la paz, el usurpador se las arrebató nuevamente. Pero ustedes no están solos. Clendor, Aspen, Heriam y Taloc estamos con ustedes en la lucha por su libertad para que puedan lograr la paz tan anhelada. Lucharemos contra Telémaco y sus hombres para que Hero reclame el trono. Antes del amanecer, partiremos hacia el puente de Moiloc. Allí libraremos la primera batalla. Una de muchas, pero si luchamos unidos, venceremos. Lo haremos por Hero y por la paz de Moiloc.

Roben terminó su discurso y saludó con su puño en el pecho. La multitud le respondió el saludo con el mismo gesto, seguido de vítores y ovaciones enardecidas. Sálomon sacó su espada y dijo:

—¡Por Hero, rey de Moiloc!

—¡Por la paz de Moiloc! —exclamó Malcom con fuerza.

—¡Por Moiloc! —gritó Roben sacando su espada.

—¡Por Moiloc! —respondió la multitud.

Luego de una corta pausa, mientras se disipaba la algarabía, Sálomon ordenó a las tropas que se retiraran y continuaran entrenando. Se habían dividido en varios grupos. Unos entrenaban, otros discutían las estrategias a seguir y otros se despedían de sus familias. Los líderes junto con Roben daban rondas, revisaban armas y monturas de las tropas y les ayudaban a prepararse. Thomas y yo nos apartamos a revisar las sillas y aperos de nuestros caballos. Al terminar le propuse nos acercáramos a algunos grupos por si podíamos ayudar en algo. Al rato divisé el grupo donde estaba el muchachito paliducho que se me hacía familiar.

—Allí, vamos —le dije a Thomas.

Nos acercamos al soldado a cargo del entrenamiento.

—¡Caballeros! —saludé con cortesía.

—¡Saludos! —dijo el líder del grupo.

—¿Podemos serle de alguna ayuda en la preparación? -- preguntó Thomas.

—¡Claro! —dijo el líder extendiéndome la mano—. Soy Caleb.

- Hola, Caleb. Soy Elizabeth de Austin y este es Thomas de Martis.

—Es la princesa.

Su afirmación me sorprendió y miré a Thomas como si lo culpara de regar un chisme. Thomas abrió los ojos y negó con la cabeza. Volví la vista hacia Caleb y le contesté de manera calmada y con una sonrisa en los labios.

—Soy un soldado más, como cualquiera de ustedes.

Caleb sonrió y pegó el puño en al pecho mientras decía:

—No quería hacerla sentir mal, soldado, pero nuestros guardias dicen que es la prometida del príncipe Roben.

¡Rayos! Por lo visto aquí no se puede estar a solas en ninguna parte. Estaba molesta y algo avergonzada, aunque mantuve un semblante serio. Le llamé con el dedo para decirle algo en voz baja. Caleb se acercó.

—¿Qué soldado o guardia ha esparcido tal rumor?

Caleb se asustó. Se me quedó mirando con preocupación.

—Yo...

—No te preocupes, Caleb. Solo es curiosidad.

—Hace unos minutos, nuestros superiores Sálomon y Malcom y el mismo príncipe lo confirmaron —dijo Caleb luego de haber tragado gordo—. Sálomon regañaba a varios soldados que hablaban de usted y se enfadó. Nos ordenó respetarla, milady.

Thomas se acercó y me dijo:
—Te dije que no había sido yo.
Suspiré y bajé la cabeza, pero me repuse de inmediato y la volví a levantar erguida.
—Bueno, en ese caso tienes razón, Caleb. Soy la prometida del príncipe, pero no deseo ser tratada de manera diferente. Aquí y ahora soy un soldado como todos los demás.
—Sí, señor... señora... milady...
—Solo Elizabeth.
Caleb sonrió y me estrechó la mano nuevamente.
—Bueno, Caleb, me gustaría entrenar con ustedes —dije.
—Caleb sacó su espada y se colocó en posición. Sonreí y saqué la mía.
—¡A entrenar, soldados! —ordenó Caleb a los demás.

Comenzamos a realizar movimientos de ataque y defensa más para que quienes nos imitaban los asimilaran. Así podrían realizarlos sin pensar cuando llegar el momento. Eran buenos soldados. Algunos algo inexpertos, pero aprendían rápidamente. El grupo contaba con treinta y cinco soldados, todos eran jóvenes. Algunos más jóvenes que Thomas. Uno de ellos llamó mi atención. Se movía tímidamente, como si tratara de ocultarse de mi mirada. Cuando Caleb dio la orden de descansar, el joven paliducho se retiró y ya no le vi.

—¿Quién es ese joven soldado? —pregunté a Caleb.

—Se llama Leo. Fue rescatado en el último ataque de los hombres de Telémaco. Mataron a sus padres al tratar de defenderles. Logró escapar pero antes mató dos soldados. Malcom lo encontró escondido dentro de las raíces huecas de un viejo árbol.

Esa noche busqué al joven soldado. Por alguna razón no podía sacarlo de mi mente. Un presentimiento me invadía. Se parecía tanto a la joven que cuidó de mí en el campamento que ahora estaba abandonado entre las cenizas. Tenía que encontrarlo y ver por mí misma si tenía razón y aquel joven paliducho no era Leo, sino Lydia.

Di con el joven cuando me retiraba a mi cabaña. El jovencito me observaba desde lejos, me seguía. Me escabullí de su mirada para acercarme por detrás de la estructura. Tan pronto se dio cuenta, corrió. Le seguí.

—¡Espera! ¡Alto ahí!

El joven paró. Estaba de espaldas y no decía nada.

—¿Cuál es tu nombre? —pregunté.

—Leo —dijo con voz ronca.

—¡Leo, voltéate! —dije autoritariamente.

El joven hundió los hombros y se volteó. Su rostro denotaba tristeza y vergüenza. Al acercarme, observé sus facciones: tez pálida, cabello y ojos color café y un semblante delgaducho y delicado.

—¡¿Lydia?!

—Hola, Elizabeth —dijo entre dientes con decepción.

Tenía razón, aquel joven era mi amiga Lydia. Su expresión revelaba que anticipaba un regaño de mi parte, pero la alegría de verla con vida fue más fuerte que cualquier decepción por haberse unido a la guerra. Corrí hasta ella y le abracé fuertemente. Lydia estaba sorprendida y comenzó a llorar. Sentí que abrazaba a una hermana menor.

—¡Lydia, mi amiga! ¡Estás con vida! —dije con sumo alivio.

—¡Oh, Elizabeth! No sabes todo lo que me ha pasado.

—No sabes cuánto lamento no haberte llevado con nosotros. ¡Lo siento tanto!

Me percaté de que tenía el cabello corto como el mío.

—¡Qué modelo he venido a ser para ti! —dije decepcionada.

—Elizabeth, tuve que hacerlo. El ejército me perseguía por la muerte de dos de sus capitanes.

—Cuéntame, por favor.

Nos sentamos bajo un árbol y Lydia comenzó a narrarme lo que había pasado en esos días luego de mi partida.

—Puede pasar mucho en pocos días. Te puede cambiar la vida —dijo con su mirada perdida.

—Lo sé —dije bajando la cabeza.

—El día que te marchaste, no pude decir adiós. La verdad es

que estaba molesta. Me fui al bosque enojada porque no había logrado convencerte. Luego me arrepentí y, cuando regresé, ya se habían ido. Esther me regañó varias veces porque no ponía atención a lo que cocinaba. Lo cierto es que en mi mente entrenaba y entrenaba para la batalla que sabía, que intuía que iba a enfrentar. El día del ataque al campamento, Malcom se había reunido aquí con Albert, así que aproveché que dejó de vigilarme y me escapé esa noche a practicar. Llegué tan cansada que no me ocupé de guardar la espada. La dejé envuelta con una manta al lado de mi cama. Lo próximo que recuerdo es a Esther llamándome aterrada pero sin hacer ruido. Antes de que pudiera reaccionar escuché sus alaridos. «¡Corre, Lydia, vete, corre!», me gritó entregándome la espada. «¿Qué pasa, tía?», le pregunté. «¡Atacan el campamento! ¡Corre, niña, debes escapar!», decía empujándome a una salida oculta en la cabaña. Varios hombres entraron y comenzaron a prenderle fuego a todo. Vi a mi tía Esther atacarlos con lo que encontraba. Quise regresar a socorrerla, tenía la espada, pero cuando se dieron cuenta de mi presencia, Esther volvió a gritar: «¡Corre, Lydia, huye!». Salí por la puerta secreta hacia el bosque. Un soldado y un capitán me siguieron. Corrí entre la arboleda sin saber con seguridad hacia a dónde me dirigía. Me escondí bajo un tronco hueco por varias horas. Cuando creí que se habían marchado, salí, pero había más hombres. Saqué mi espada y comenzaron a reírse. Me enojé, perdí la razón y comencé a atacar. En ese momento llegó Malcom y se me unió. Sentí que perdí la mente. Los había visto matar a un niño, quemar el campamento y llevarse a las mujeres. Los odiaba con todas las fibras de mi ser. No sé a cuántos alcancé a herir, solo sé que recobré los sentidos cuando Malcom me sujetó y me quitó la espada. Temblaba, nunca había visto ni sentido algo semejante antes de aquel día. Hacía solo tres años desde que había visto a los soldados marchar y a mi hermano irse con ellos ocultándome lo que le habían hecho a mis padres. Pero al ver cómo mataron a aquel niño... Elizabeth, eso fue... —su rostro se compungió del dolor—. Le atravesaron con una lanza. Son inhumanos. Tan pronto Malcom me quitó la espada, me sujetó hasta que pude recobrar mis sentidos. Estuve un largo rato como en un letargo, sin entender del todo lo que había sucedido. Me contó lo que me había sucedido. Le creí pero como quien escucha la historia de otro, de alguien que describen pero que no eres tú misma. Antes de regresar al campamento, arrastró a uno de los soldados muertos y lo desvistió. Me lanzó sus ropas y me ordenó que me cambiara. Cortó mi cabello y tan pronto se convenció de que lucía como un varón, me trajo al campamento. Al otro día me asignó un tutor, un soldado de su confianza, para entrenarme. Me llamó Leo, un joven cuya madre había sido asesinada. Todavía siento el peso de la vestimenta ensangrentada del soldado que maté. Aunque me bañara mil veces, ese olor y ese peso nunca se irá.

—Malcom me dijo que no te había visto —dije cuando terminó su relato.

—Le hice jurar que no te dijera nada sobre mí. Estaba segura de que te decepcionarías.

—Todo lo contrario, Lydia. Me ha sorprendido lo mucho que has progresado.

—Malcom me ha entrenado. Dijo que tenía que defenderme, aunque hubiese matado a dos hombres.

—Te defendiste.

—Ya estaban heridos en el suelo, no se iban a levantar; sin embargo, seguí arremetiendo con furia. Soy una asesina, Elizabeth —dijo con los ojos aguados y una mirada que suplicaba que la perdonara, que no pensara mal de ella.

—¡No! No lo eres. Te defendiste —le repetí colocando mi mano sobre su hombro y apretándolo en señal de apoyo.

—Eso dice Malcom, pero el cielo no se puede cubrir con la palma de la mano. La verdad es la verdad —dijo cabizbaja.

—Lydia, así es la guerra. Nos defendemos y, al hacerlo, a veces acabamos con la vida de alguien. Pero siempre se trata de supervivencia, de defender tu vida, de impedir que te quiten lo más preciado que tenemos. Lo que viviste no fue fácil, solo...

El Escudero del rey

—Quiero venganza. Quiero matar a Telémaco por lo que le hizo a mi familia, al campamento, a Esther.

—¿Qué sucedió con ella?

—Supe que se la llevaron al castillo y la colgaron de una soga, la ahorcaron por traición. Posiblemente todavía esté colgando allí, como advertencia al pueblo.

—Lo lamento, Lydia.

—Ya no me queda familia. Solo quiero que Telémaco y su padre sean derrotados. Y si puedo, yo misma les arrancaré la vida.

Se podía palpar el odio y el rencor en todo lo que decía. La dulce e inocente Lydia que conocí había desaparecido. Me recordó mis días de oscuridad, cuando sentí que me encontraba en la caverna sin salida.

—¿Qué hay de Hero? —dije con la esperanza de que al mencionar su nombre volviera el brillo a su rostro.

—¿Qué hay con él? —dijo indiferente.

—Tú lo amas.

—Él se casará con una princesa. Yo no soy más que una sirvienta. Oí a Malcom hablar con Sálomon anoche. Quieren unir a Hero con Sarah, hija de Álister.

—Eso no servirá de nada si no la ama.

Lydia comenzó a reír con un tono algo desquiciado.

—¡Qué importa! La diplomacia es la prioridad de los reyes. La unión de los reinos es lo que más importa ahora.

—Lydia...

—Tú ya tienes a tu príncipe. Pronto te convertirás en una noble. ¿De qué tienes que preocuparte? Lo tienes todo.

—Me preocupo por ti, Lydia.

—Pues no lo hagas. Yo estaré bien —dijo con amargura apretando los dientes.

—Eso no es lo que veo en tu rostro.

—Bueno, Elizabeth, la vida cambia. Las personas cambian. El dolor me hizo fuerte y la venganza me hará feliz.

—La venganza no lleva a ninguna parte, sino al arrepentimiento y a la soledad.

—Tú qué sabes. No has vivido lo mismo que yo —dijo con amargura en sus palabras.

Lydia se iba a levantar para marcharse, pero la detuve e hice que se sentara nuevamente. Me hizo resistencia para que la soltara, pero le sujeté el brazo con más fuerza. Sabía que estaba molesta, así que no la miré a los ojos. Mantuve mi mirada perdida en el bosque mientras le contaba mi historia: lo sucedido en Tersa, la muerte de mi hermano, mi transformación, la misma sed de venganza que ella sentía, el odio hacia el mundo, hacia mí misma... Le conté todo. Quería que se identificara conmigo. Le confesé que, al igual que ella me sumí en ese lado oscuro del odio y del rencor, en el deseo de no querer vivir, y en el horror de experimentar la guerra desde adentro. Deseaba que ella, al igual que yo, pudiese ver ese faro de luz en medio de la oscuridad, pudiese rescatar el amor de su familia, honrar su recuerdo, hacerse de otra familia con los amigos.

—La guerra nos cambia a todos, pero no podemos renunciar a nuestra humanidad por ella —dije al final.

—Los humanos tenemos un lado oscuro —dijo en un susurro.

—Pero también llevamos una luz por dentro. No te rijas por la venganza, ciega y no te permite ver con claridad —le dije con preocupación y a su vez con ternura.

—Elizabeth, lamento mucho por lo que has pasado. Jamás pensé que hubieras sufrido tanto, pero lo que siento es muy difícil de controlar.

—Lo sé. Sé exactamente lo que sientes. Puedes vencerlo.

—Espero contar contigo, pero aún quiero pelear en la guerra.

—Lo entiendo y esta vez estaré a tu lado.

Lydia sonrió. Se levantó y me dio el saludo militar, con el puño en el pecho. Le respondí de la misma manera y la vi dar la vuelta y regresar al campamento. Veía en Lydia a la Elizabeth de tanto tiempo atrás, cuando la sed de venganza me consumía y me mantenía encerrada en aquella caverna oscura. «Espero ser una Kaila para ella» —pensé. En ese momento juré que la protegería y haría que la Lydia que se había convertido en mi amiga volviera a asomarse en su rostro y no se fuera nunca más.

A la mañana siguiente, antes de que el sol se asomara por el horizonte, ya las tropas estaban listas. Sálomon, Malcom y el príncipe Roben se hallaban frente a ellas. Detrás, en el primer grupo de caballería, nos encontrábamos Thomas, Lydia y yo. De los ciento cincuenta soldados, solo cuarenta y cinco íbamos a caballo. Nos dividimos en dos grupos. Otro grupo de veinticinco soldados a caballo cubría la retaguardia de las tropas lideradas por Caleb. Llevábamos las banderas del reino de Moiloc y las del escudo de armas de Hero. Cuando nos acercábamos al puente, los aldeanos y las familias que vivían en el camino nos saludaban con júbilo y algunos de los jóvenes se nos unieron. Luego de pasar por un pequeño bosque llegamos a un claro que conducía al puente. Nos detuvimos al acercarnos al prado.

—Están allí, en el bosque, esperando a que lleguemos al claro para atacar por sorpresa —dijo Malcom a Sálomon y a Roben.

Roben volteó su caballo en nuestra dirección y llamó a los arqueros. Una larga fila de soldados con grandes escudos se detuvo frente a las tropas y, tras ellos, los arqueros.

—Tenemos que lograr que salgan de allí o estaremos en desventaja si no los vemos —dijo Malcom.

Sálomon sonrió. Miró a Roben que le tiró una guiñada. Malcom los miró y sonrió también. Sus miradas de complicidad me intrigaban. Sálomon dio una orden con la mano y los arqueros sacaron unas bolsitas que tenían en sus cinturones y las amarraron a las flechas. Recordé entonces que Darius me había contado que le había enseñado algunas tácticas a Sálomon. Comprendí a lo que se refería cuando les prendieron fuego a las flechas.

A otra señal de Sálomon, los arqueros se posicionaron con sus flechas encendidas.

—¿Planean incendiar el bosque? —preguntó algo alarmada Lydia.

—No, planean que las tropas salgan de su escondite.

—¿Cómo?
—Ya verás, Leo.
Cuando las flechas surcaban el cielo, las llamas se apagaron y comenzaron a soltar una humareda que comenzó a inundar el bosque.
—¡Tropas, preparadas! —gritó Sálomon.
El plan había funcionado. El humo comenzó a asfixiarlos y los enemigos rompieron filas y salieron a atacarnos en el acto. La primera batalla había comenzado. Lydia alzó su espada con nerviosismo. La miré y me miró. Asentimos con la cabeza y emprendimos la carrera hacia las tropas que salían del bosque.
Las espadas al chocar chispeaban fuego. Vi a varios de los jovencitos que con la euforia se concentraron y venciendo sus temores pudieron luchar. Otros se paralizaban al ver tanta sangre para luego despertar ante los gritos y continuar luchando. Algunos no pudieron contra enemigos más experimentados y otros cayeron presa del pánico perdiendo la vida. A pesar de que peleaba con furor, desde mi montura, podía ver la batalla. Sálomon y Malcom eran unos guerreros extraordinarios. Podían pelear contra tres hombres a la vez sin perder el balance. Roben utilizaba su arco y flecha con una agilidad asombrosa. Perdí de vista a Lydia por un momento. Cuando la logré divisar, peleaba con destreza, cuando vi a un soldado acercársele por la espalda. Temí que la hiriera y galopé a defenderla. Justo antes de llegar, la vi maniobrar con la baqueta de su espada. Mientras le enterraba la espada a su opositor frente a ella, con el codo izquierdo empujó su baqueta hacia atrás golpeándole pecho al soldado que se le acercaba por la espalda. La movida le permitió sacarle la espada al soldado que acababa de vencer, voltearse y arremeter contra el otro. Me quedé boquiabierta, Malcom le había enseñado bien y Lydia había aprendido mucho en poco tiempo.
—Muy bien para ser principiante —le dije sonriendo cuando me acerqué.
—Mataron a mi caballo y lo vengué —dijo con un tono exaltado y furia en sus ojos, lo cual me asustó.

—No pierdas la concentración, Lydia —le advertí levantando mi espada.

—¿Quién es Lydia? Yo soy Leo. Y... no pierdas tú la concentración —dijo mientras seguíamos enfrentando soldados enemigos.

Según Malcom había anticipado, parte de las tropas que estaban con el enemigo se nos unieron en mitad de la batalla. Aun así, perdimos muchos soldados. Los heridos fueron atendidos en el poblado a la vera del río. Los aldeanos estaban verdaderamente agradecidos de nuestra llegada. Cuando todo se calmó, busqué a mis amigos. Pude divisar a Roben inclinado sobre Thomas, quien tenía torcida la cara de dolor. Corrí hacia el lugar.

—¡Thomas! ¿Estás herido? —pregunté asustada.

—¡Eh! Estoy bien, Eli. Solo fue un rasguño —dijo Thomas entre una risa fingida y un gesto de dolor por la presión que Roben le aplicaba.

—Solo fue el roce de una flecha, nada serio —dijo Roben.

—Pues su rostro reflejaba algo más grave —dije.

—La herida de la flecha no fue lo que me dolió, sino la caída del caballo. Pero mira, ya estoy bien —dijo Thomas poniéndose de pie y golpeándose el pecho.

—¡Bien! Porque nos espera mucho trabajo —dijo Roben dándole una palmada en la espalda, lo que le provocó otra mueca de dolor.

Al ver el gesto de Thomas, Roben sonrió, me miró y guiñó un ojo antes de marcharse a ver a los demás soldados que estaban heridos. Thomas me miró y me sacó la lengua. Suspiré de alivio al ver que estaba bien. El resto de la tarde fue muy extenuante. Un grupo se hallaba enterrando a los soldados muertos, de ambos bandos.

—Los aldeanos hicieron fosas comunes, ya que cada semana había más personas que enterrar —dijo Caleb.

—¿Por qué? —pregunté.

—Todo el que desobedecía, pagaba con la vida. Había riñas, peleas entre ellos. Sabíamos que algo así ocurriría.

A pesar de que era triste la escena por tantos muertos, padres, hijos, esposos, la esperanza de un cambio real comenzaba a percibirse en el rostro de los aldeanos. En cuestión de dos días, nuestras tropas ya estarían bien organizadas, protegiendo el puente y el poblado. Pronto llegaría el momento en que se nos uniera el ejército de la unión de Reinos para marchar al centro de Moiloc.

Esa noche los príncipes y capitanes se reunieron para planificar las acciones de los próximos días. Una vez más Roben nos invitó a Thomas y a mí, y nos sentamos en sendas sillas alejadas de la mesa que ocupaban los líderes.

—Estoy casi seguro de que Telémaco ya ha enviado hombres para atacarnos —dijo Sálomon dejando entrever su preocupación.

—Mañana llegarán las tropas de Clendor y los demás reinos. En dos días, nos organizaremos y podremos partir —planteó Malcom.

—Solo soy un simple soldado, pero si me lo permiten, caballeros, quisiera sugerir algo —dijo Thomas uniéndose a la conversación—. Sería prudente enviar un grupo de soldados a recorrer el terreno, auscultar qué tipos de defensas pueden haber construido y cuántas tropas podría haber resguardadas en las montañas, para saber a qué nos vamos a enfrentar.

—No es mala idea, Thomas. De hecho, ya habíamos hablado ayer de esa posibilidad, ya que no hemos recibido noticias del sur. El panorama pudo haber cambiado —dijo Roben.

—En lo que discrepamos es en el número —intervino Sálomon.

—Yo digo que no deben ser más de diez —dijo Malcom—. No deben llamar la atención.

—Pero tampoco menos de cinco —añadió Roben.

—De acuerdo. Reclutemos a los más delgados y comunes de los soldados. No deben parecer soldados experimentados si quieren pasar desapercibidos —propuso Malcom.

—Escogeré entre los que se ofrezcan —dijo Sálomon.

Esa tarde me encontraba sacando agua del pozo y en un momento en que tomé el balde en las manos y miré el agua, pude ver mi reflejo. Aquel rostro se parecía al de Eliot, el escudero del rey Amatur, pero más maduro. Recordaba todo lo que había sucedido en los pasados tres años. Me preguntaba si Lydia también buscaría en su reflejo la inocente jovencita que vivió en el campamento junto a su tía Esther. Sentí que alguien se acercaba a mis espaldas e instintivamente solté el balde, alcé mi brazo derecho y agarré la empuñadura de mi espada que llevaba cruzada a la espalda. Al voltearme vi a Roben, quien levantó ambas manos y sonriente se acercó.

—Calma, soldado, soy yo.

Respiré hondo y bajé la mano colocándola en mi cintura.

—¿En qué piensas? ¿Estás bien? Te veo tensa.

—Sí... —contesté. Roben enarcó una ceja con expresión de incredulidad. Suspiré y fui sincera—. No, no estoy bien.

—Ven, hablemos —dijo poniendo su mano en mi espalda y conduciéndome hacia un claro detrás de las cabañas para poder hablar en privado.

—¿Qué te sucede, Eli? —dijo preocupado.

—Veo tantos chicos, jóvenes, algunos menores que Thomas... y veo en ellos la ira, el pánico, la sed de venganza... y...

—Te asusta —concluyó mi oración. Esto se estaba volviendo común entre nosotros: ya sabíamos lo que el otro iba a decir.

—Sí. Me recuerdan a mí misma hace años.

—Lograste vencer el odio y la sed de venganza, Eli. Ellos también lo harán.

—Pero yo te tenía a ti, a Kaila...

—Ellos nos tienen a nosotros. Antes de que el grupo salga, hablaré con ellos. Quizá algo que diga se les quede grabado en las mentes.

—Si van con una idea equivocada a la batalla, terminarán muertos.

—Lo sé. No te preocupes. Les daré el discurso del soldado enfocado —dijo con su acostumbrada media sonrisa.

Roben se puso una mano en el pecho y la otra levantada como si estuviese haciendo un juramento. Solté una pequeña risa ante su gesto, pero luego recobré a mi actitud de seriedad.

—No lo tomes en broma, Roben —le pedí.

—No lo hago, Eli. Solo quería ver tu sonrisa, aunque fuera por un momento. En estos días te he visto tan preocupada... y no había tenido tiempo de hablar contigo, eso es todo.

—Estoy bien. No debes preocuparte por mí. Sé concentrarme.

—Lo sé, pero pedir que no me preocupe por ti es algo imposible. Ya estás dentro de mí. Tu felicidad es la mía. Tu preocupación es mi preocupación y si algo te duele...

—Lo sientes tú también.

—Exacto.

Miré al cielo tratando de pensar en algo que despejara mi mente. Respiré hondo y mirando el firmamento, le dije a Roben:

—¿Quién lo diría? Hace más de tres años no querías que te acompañara, que luchara a tu lado. Yo te irritaba y tú me resultabas un odioso engreído.

—Y tú un mocoso terco y entrometido —rió recordando.

—Hace tres años me mandaste a pescar para ti y me lanzaste al agua.

—¡Oye! Te rescaté.

—Sí, pero antes me lanzaste y te burlaste de mis gritos.

—¡Sonabas muy graciosa! Hasta que ya no te vi salir y me lancé a salvarte. Al rescatarte y tratar de que expulsaras el agua que habías tragado y de que recobraras el aire fue que noté que eras mujer.

—Nunca te pregunté, pero aún tengo curiosidad. ¿Qué pensante en ese entonces?

—La verdad es que me resultaba increíble. ¡Me asusté desde luego! Pero mi incredulidad se convirtió en admiración.

—La admiración en amistad...

—Y la amistad en amor.

—Y ahora soy tu prometida.

—Más que eso, Eli. Eres mi mejor amiga, mi alma, la razón de

El Escudero del rey

seguir luchando para vivir, porque deseo una vida larga a tu lado y envejecer contigo.

—Y yo no imagino una vida en la cual no estemos juntos.

Roben aspiró y exhaló con fuerza.

—Te amo y no deseo verte triste. Hablaré con las tropas. Haré lo que esté a mi alcance para que los jóvenes se mantengan alertas.

—Gracias.

—Vamos, ya Sálomon debe haber elegido a los soldados para la misión —dijo dándome una palmada en la espalda mientras caminábamos de vuelta al centro del poblado donde estaban los soldados.

La misión

~

Sálomon ya había elegido cinco soldados que irían al frente del camino para explorar el terreno e informar sobre los movimientos de las tropas enemigas. Los cinco jóvenes se reunieron con él y Malcom en una tienda de campaña. Cuando Roben y yo entramos, no pude ocultar mi asombro y enojo al ver que entre el grupo estaba Lydia. Ella desviaba la vista para no toparse con la mía. Mantenía la cabeza erguida y la mirada al frente como todo un soldado.

—¿Pueden ir más de cinco, Sálomon? —pregunté en un tono serio.

—Creo que uno o dos más. Planeaba mandar a dos de los capitanes con ellos.

—Yo me ofrezco —dije decidida.

Roben me fulminó con la mirada. Estaba sorprendido y molesto por haberme ofrecido sin habérselo dicho antes.

—¿¡Qué!? —reaccionó Sálomon sorprendido.

—Tengo experiencia y puedo ayudar a que el grupo pase desapercibido —expliqué.

—¿Cómo?

—Recuerda que soy mujer. Nadie sospechará si hay dos mujeres en el grupo.

—¿Dos? —volvió a reaccionar sorprendido.

Entonces Lydia cambió su mirada para encontrarse con la mía. Tenía coraje y estaba decepcionada. Yo me mantenía seria sin ningún indicio de sentimiento en mi rostro. Malcom bajó la cabeza y suspiró. Luego nos dijo:

—Sí, es cierto. Lydia, mi sobrina, es parte de los cinco soldados.

Lydia dio un paso al frente mientras los otros soldados no salían de su asombro, pues no podían creer que aquel muchacho paliducho era una mujer y no su compañero de armas, al cual conocieron como Leo.

—Bien —dijo Sálomon—, Elizabeth tiene razón. Dos mujeres pasarán desapercibidas y no pensarán que son soldados.

Lydia alzó la mirada y habló.

—Me persiguen por la muerte de dos capitanes del enemigo. Uno de ellos fue el líder del ataque al campamento. ¿Cómo pasaré desapercibida si ya algunos me conocen como mujer?

—De eso me encargaré yo —aseguré.

Lydia, aún seria, no desvió la mirada. Sálomon sonrió y dijo:

—¡De acuerdo! Lydia, seguirás las órdenes de Elizabeth de Austin.

—Sígueme —ordené a Lydia saliendo de la tienda de campaña.

Lydia daba pasos muy fuertes como si quisiera que notara que estaba molesta, furiosa conmigo, por haberla descubierto. Entramos a mi cabaña.

—Buscaré ropas y algo adicional —decía cuando me interrumpió casi gritando.

—Qué hiciste, Elizabeth! Yo confié en ti y me has delatado ante ellos.

—Lo hice por el bien de la misión.

—¡No! Lo hiciste con la esperanza de que yo no fuera.

—Si hubiese sido eso, no hubiera sugerido lo que dije.

Lydia abrió la boca para contestar, pero se quedó muda pensando en lo que le comenté. Luego su rostro se tornó tenso y me dijo:

—¡Lo hiciste para vigilarme! ¿Cierto?

—Correcto.

—¿Por qué? No necesito tu protección.

—Eres un buen soldado, Lydia, pero aún tienes mucha ira en tu interior. La ira nos descontrola. Si surgiera alguna situación, podrías poner la misión en peligro... al igual que tu vida.

—Mi vida ya no vale nada.

—Si pensaras así de verdad, no hubieras huido.

—Solo quiero vengarme.
—Y lo harás, pero debes confiar en mí.

Lydia suspiró hondo, encogió los hombros y los dejó caer cediéndome la victoria de nuestra discusión.

—¿Qué debo hacer, capitana?

Comencé a reír por su pregunta en tono de rendición y la halé por el brazo para explicarle en voz baja mi plan.

Ese mismo día, en la tarde, los soldados que partirían con nosotras a la misión esperaban en sus monturas frente a la cabaña. Salimos acompañadas de dos aldeanas. Malcom y Sálomon estaban sorprendidos. Lydia y yo nos veíamos como unas aldeanas comunes. Sin embargo, ahora llevábamos cabellos largos: Lydia, una melena larga color dorada, y yo, una cabellera negra que pasaba de mis hombros. Todos se nos quedaron observando sorprendidos. Las dos aldeanas que nos acompañaron llevaban sus cabellos cortos: una rubia y la otra morena. Sálomon volvió a mirarnos.

—¡Asombroso! ¡Increíble! Eres un genio Elizabeth de Austin.

—¿Cómo han hecho esto? —preguntó asombrado Malcom.

—Estas mujeres —dije refiriéndome a las aldeanas—, son muy útiles en el arte de tejer. Las vi hace poco trenzando cuerdas a la cabellera de un soldado como broma. Quisimos intentarlo con cabello verdadero y ha funcionado, más o menos, pero tendremos que llevar nuestras cabezas cubiertas con pañoletas para ocultar la trampa.

—Bueno, valió la pena, jóvenes–dijo Sálomon.

Roben se acercó vestido de aldeano. Me quedé sorprendida al verlo y Malcom me dijo:

—El príncipe Roben se les unirá en la misión.

—Seremos una pequeña familia tratando de huir de los conflictos. Nuestros padres fueron asesinados y nos unimos en busca de refugio —dijo Roben explicando nuestra coartada.

—Lydia, Esteban y Marleos serán hermanos. Roben será su hermano mayor —dijo Malcom a Lydia, Esteban y Marleos.

El Escudero del rey

—Elizabeth, Robert y Josephet serán hermanos que se han unido a esta otra familia buscando lo mismo —dijo Sálomon. —Recuerden que van en calidad de observadores. Si se desata un conflicto, no intervengan. Lleven sus espadas ocultas, pero no las usen a menos que su vida dependa de ello. ¿Han entendido? —dijo Roben.

—Sí, señor —contestamos casi al unísono.

—El príncipe Roben es el líder de esta misión. Cualquier desobediencia se interpretará como una traición —dijo Sálomon.

Ensayamos nuestra coartada antes de partir. Lydia y yo estábamos en la carreta, que era conducida por Esteban, un chico de quince años alto y fornido. Marleos, un chico paliducho como Lydia de cabellos castaños iba al frente en la carreta junto con Esteban. Robert, Roben y Josephet iban a caballo. Robert era un chico de mediana estatura, delgado, de cabellos largos hasta los hombros, recogidos en una coleta de caballo. Tenía unos catorce años. Josephet era el mayor de los nuevos soldados. Tenía diecisiete años de edad, aunque su apariencia era de catorce.

Thomas se había quedado triste y molesto conmigo en el campamento. Quiso unirse a la misión cuando supo que Roben y yo participaríamos.

—¡Bien! Ustedes van a una misión y vuelven a dejarme atrás —dijo desilusionado, recordando nuestra empresa de hace tres años cuando de camino al campamento fuimos atacados por lobos salvajes.

—Thomas, necesito que te quedes aquí representándome hasta que David llegue —dijo Roben entregándole su anillo real.

—Dime algo más convincente. Jamás podré ser la representación de un príncipe.

—En esta misión no puedo llevarlo. Te lo confío. Es el anillo de David. Sabes lo que significa. Protégelo con tu vida. No lo muestres a nadie —Thomas afirmó con su cabeza.

—Descuida, si es necesario me lo tragaré —dijo Thomas provocando una sonrisa en el príncipe de Clendor.

—Cuídate —terminó diciendo Roben cuando le colocaba su

mano en el hombro de Thomas y le brindaba una mirada de confianza.

Yo me acerqué ahora con mi aspecto de campesina. Thomas no podía ocultar su decepción por pensar que se estaba perdiendo otra aventura. Puse mi mano en su hombro. Thomas me miró de reojo aún cabizbajo. Negaba con su cabeza y luego la levantó.

—¡Disfraces! ¡Vaya!

—Cuídate, Thomas. Quiero alzar mi espada a tu lado, hermano mío.

—No creas que estoy sentimental, Eli, pero esto no me gusta. Siento que te alejas cada vez más y no puedo alcanzarte.

—Lo dices porque aún recuerdas lo de Tersa.

—Sí, tal vez —dijo encogiendo los hombros—. Al menos esta vez Roben irá contigo y eso me tranquiliza un poco.

—Ya te lo dije, no vas a perderme. Además, tienes unas cuantas cuentas pendientes conmigo que cobraré cuando finalice esta estúpida guerra —dije tomando su rostro entre mis manos. Choqué su frente con la mía—. ¿Entendido?

—Sí —dijo luego de respirar hondo y darme una mirada de niño tímido.

Thomas hizo una mueca y luego sonrió. Liberé su rostro y nos dimos un fuerte abrazo. Aunque en ese momento viera a Thomas como un soldado, era más que un compañero de armas. Era mi amigo y mi hermano menor. Subí a la carreta y emprendimos el viaje. Intentaríamos llegar lo más lejos que pudiéramos hasta averiguar sobre los planes de Telémaco y sus hombres en esta misión de reconocimiento.

El primer día de camino fue muy corto. Al anochecer, Roben y los chicos conversaban frente al fuego.

—Llegaremos a la comarca de Messa mañana, cuando el sol esté en mitad del cielo —dijo Josephet.

—Hay varias familias allí que favorecen a Telémaco. Tenemos que ser cautelosos —dijo Marleos.

Robert y Esteban afirmaron con sus cabezas.

—Sabemos que esas familias tienen información valiosa. Intentaremos averiguar qué traman y luego partiremos al amanecer —dijo Roben en tono grave.

Al otro día, cuando el sol lucía imponente en lo más alto del cielo, llegamos a Messa. Había dos guardias en un puesto de vigilancia que revisaron la carreta e interrogaron a Roben.

—Somos una pequeña familia huyendo de la guerra —dijo Robert al soldado que nos miró incrédulo.

—Nuestros padres fueron asesinados en las batallas del norte... los rebeldes.

Las palabras dichas por Roben hicieron que el soldado esbozara una sonrisa.

—Muy bien, bienvenidos —dijo el guardia abriéndonos paso.

El poblado estaba custodiado por una pequeña tropa. Buscamos albergue con uno de los aldeanos que nos cedió su establo para refugiarnos por esa noche. Una tormenta se avecinaba. Roben, Robert, Marleos y Esteban acudieron a la cantina del lugar para obtener información. Lydia, Josephet y yo acudimos al río a lavar unas ropas. Yo no sabía muy bien lo que hacía y Lydia se burlaba de mí.

—¡Vaya! No hacías esto a menudo, ¿verdad?

—La verdad es que no. Nunca fui buena en estas cosas —dije algo avergonzada.

—Damas, apresúrense, se avecina una tormenta y no es bueno estar cerca de los ríos —nos dijo Josephet.

Cuando regresábamos al campamento, comencé a observar la vegetación del lugar. Reconocí cierto hongo y me agaché a recogerlo.

—¿Qué haces, Elizabeth? —preguntó Lydia.

—¡No pensé que estos hongos crecieran tan al sur! —dije sorprendida.

—No son tan comunes, excepto en esta época del año. Comenzaron a verse hace dos años. Dicen que un curandero los introdujo en estas tierras, pero no se sabe su uso, pues el ejército mató al hombre —dijo Josephet, que había vivido en esta área hacía cuatro años luego de aventurarse al norte huyendo del conflicto. Irónicamente ahora se encontraba de vuelta en él.

—Estos hongos son idénticos a unos que me enseñó la princesa Kaila. Podrían sernos de utilidad. Intentaré hacer algo con ellos.

Esa tarde recogí todos los hongos que encontré y comencé a preparar el polvo mágico que tanto nos había ayudado tres años atrás en la batalla de las ruinas de Arturo. Kaila me había enseñado a prepararlos hacía un par de años y quería intentar utilizarlos. Nos podría ser de utilidad más adelante. Salí del establo donde nos refugiábamos y busqué un lugar cerca del río. Llegué a un paraje solitario donde podría concentrarme en la confección del polvo. Los vapores me hacían arder los ojos y lagrimeaban. Sentí el sonido de ramas quebrándose bajo unas pisadas. Me volteé y me encontré a Lydia detrás de mí. Su mirada estaba perdida.

—Lydia, ¿qué ha pasado?

—Ellos lo mataron. Quiero venganza —Lydia había empuñado su espada—. Jamás debí confiar en un soldado de Clendor —dijo casi lunática.

Saqué la daga de mi cintura y me preparé para defenderme.

—No sé de qué hablas —dije.

—¡Tú! Tú mataste a mi hermano. Asesina.

Comenzamos a luchar. Estaba en desventaja al solo llevar mi daga y ella la espada, pero yo era más fuerte y diestra. No entendía la locura que la había poseído. Sé que el hermano de Lydia había muerto en la batalla de las ruinas de Arturo y sí, lo más probable era que alguno de nosotros le hubiésemos dado muerte, pero era la guerra, ella lo entendía. La derribé y, cuando le coloqué mi daga en el cuello, ya no agredía a Lydia, sino a mí misma.

—¡Anda, Elizabeth, hazlo! Eso es lo que eres, una asesina. Mataste a muchos y mira, Lydia sigue tus pasos ahora, y acabará muerta.

Me puse de pie y retrocedí aterrada ante la horrible visión

que estaba ocurriendo frente a mí. La Elizabeth de hace tres años, la que no controlaba su ira y deseaba la sangre de sus enemigos, se levantaba frente a mí. Se me acercaba deseosa de aniquilarme con su mirada. Sentí entonces que alguien me agarró por la espalda aprisionando mis brazos y al verlo casi perdí la cordura. ¡Melquiades! ¿Cómo era posible? Él estaba muerto... yo vi... hace tres años que...

Veía a la Elizabeth demente acercarse a mí y luché para liberarme. Di un cabezazo hacia atrás y, al liberarme, rodé por el suelo hasta agarrar la espada que le había derribado a Lydia. La sostuve con furia, con aparente demencia, entonces sentí que me lanzaron agua y se abalanzaron sobre mí. Grité pidiendo ayuda. Me taparon la boca. Ya no podía moverme ni hablar. Abrí los ojos aterrada y vi tan cerca los rostros de mis amigos que me sorprendí.

—Shshshshs ¡Cállate, Elizabeth, o nos descubrirán! —dijo Lydia.

Jadeaba más por el susto que por la lucha.

—Ya, Eli, soy yo, Roben —dijo mi prometido en tono calmado.

—¿Le echo más agua? —preguntó Lydia.

—No, creo que ya entró en razón. ¿Apagaste el fuego? —preguntó Roben.

—Sí —contestó mi amiga.

Me calmé y miré en todas direcciones. La Elizabeth demente y Melquiades habían desaparecido. En el lugar solo estaban Lydia, Roben y Josephet, que estaba sentado en el suelo tapándose la nariz. Lydia y Roben me miraban asustados. Roben volteó la vista donde estaba Josephet en el suelo.

—¿Cómo está tu nariz, Josephet? —preguntó Roben.

—No creo que esté rota. Estaré bien, pero ¡esta mujer tiene la cabeza muy dura! —contestó sentado en el suelo.

Seguía atontada y mirando a todos lados hasta que vi el fogón improvisado ya apagado. ¡Los polvos de los hongos! Aquello que se había presentado ante mis ojos no era más que una alucinación causada por los polvos.

—¡Vaya! Creo que los preparé muy bien —pude articular tan pronto Roben retiró su mano de mi boca.

Roben sonrió y me ayudó a levantar.

—Menuda hechicera quieres ser. Resultaste atrapada por tu propia magia —dijo con su acostumbrada sonrisa burlona.

—Si hubieses visto lo mismo que yo, no te reirías tanto —dije con una mueca al terminar de levantarme.

Luego que me recobré de mi delirio, nos dirigimos al establo donde nos refugiábamos. La tormenta ya se comenzaba a sentir.

—Damas, en el segundo nivel y caballeros, en el primero —dijo Roben.

Subí la escalera con algo de dificultad. En el forcejeo durante la lucha me había lastimado el hombro. Ya un poco acomodada sobre la paja, le expliqué a Lydia lo de los polvos.

—¿En serio creíste que te estaba atacando? —me preguntó.

—Sí.

—¡Vaya! La magia de esos hongos es fuerte. La verdad es que nos diste un buen susto.

Lydia me dio un pequeño puñetazo en el hombro lastimado. No pude evitar quejarme del dolor.

—¿Qué sucede? —preguntó mi amiga algo preocupada.

—Al parecer, me lastimé con el forcejeo —en ese momento se me ocurrió una idea—. ¡Lydia!, sostén mi mano fuertemente.

—¿Qué piensas hacer?

—Tal vez tenga el hombro fuera de lugar.

—¡Te vas a lastimar!

—¡Confía en mí, sé lo que hago!

—Es en mí en quien no confío, podría lastimarte. Mejor llamemos a Roben.

Negué con mi cabeza a lo que Lydia, sin mucha confianza, sostuvo mi brazo firmemente. Cerré mis ojos con fuerza y di un jalón que hizo sonar mis huesos. El dolor fue tan inmenso que se

El Escudero del rey

me escapó un fuerte quejido. Lydia, asustada, soltó mi brazo. Sudorosa le sonreí y le dije que ya estaba mejor.

—Elizabeth, ¿estás bien? —La voz de Roben se escuchó desde el primer piso.

Lydia asomó su cabeza y le hizo una señal a Roben que no vi, pues ella estaba dándome la espalda. Antes que pudiera parpadear, Roben ya estaba arriba.

—Creo que se lastimó el hombro —dijo Lydia a Roben.

—¡Lydia! No es nada, Roben. Ya me siento mucho mejor. Solo tuve que poner el brazo en su sitio con un pequeño halón —le dije.

—Gracias, Lydia. Ahora yo me encargo —Roben se volteó y me miró seriamente—. Revisaré eso.

Lydia bajó la escalera. El lugar era incómodo para tres personas.

—No te preocupes, Roben, estoy bien.

—Eso lo decidiré luego de revisarte.

Roben se acercó a mí y se colocó a mi espalda, dándome una pequeña palmada. «Derecha soldado», dijo ya como mi superior. Le obedecí. Mi corazón comenzó a acelerarse y sentía calor en mis mejillas cuando me dijo: «Muéstrame el hombro lastimado, lo revisaré».

—Roben, creo que no es una buena idea.

—¿Por qué?

—En la situación en la que estamos...

—¿Qué situación?

—Bueno es que tú y yo...

Oí un cambio en el tono de su voz cuando dijo «entiendo». Ahora se escuchaba nervioso. Hubo un corto silencio y sentí su mano en mi hombro. «Debo revisarte el hombro, Eli». Respiré hondo y obedecí. Roben comenzó a palpar mi hombro lastimado.

—Sí, aún está fuera de su sitio. Esto te dolerá un poco. Cierra fuertemente los ojos y tensa los dientes.

Roben tomó mi brazo con una mano y la otra la colocó en mi hombro. Comenzó a moverlo en círculos pequeños y luego lo haló fuertemente. Se oyó otro chasquido y el dolor cesó inmediatamente. Me toqué casi incrédula y moví mi brazo. El dolor punzante ya no estaba.

—¡Grandioso! Gracias, Roben —dije aliviada.

Roben no respondió a mi agradecimiento. Sentí sus dedos en mi hombro nuevamente. Se me congeló la piel cuando sentí su voz cerca de mi oído.

—Aún tienes las marcas de nuestra primera misión. ¿Aún duelen?

—No —dije en un susurro.

Un recuerdo fugaz cruzó por mi mente. En ese mismo hombro fui atacada por uno de los lobos en Blaidd. En aquella ocasión, nos habíamos salvado la vida el uno al otro. Los colmillos del animal habían dejado una cicatriz que me recordaba vívidamente la experiencia en aquella misión. Roben tenía sus dedos justamente sobre la marca. Su mano subió a mi cuello. Me quedé fría y mi corazón parecía que galopaba. Sentí su respiración en mi nuca y su voz como un suspiro tibio en mi oído.

—¿Elizabeth?

—¡Umhum!

Solo pude emitir ese sonido. Lo oí reír silenciosamente. Volví a sentir su respiración en mi oreja y cerré mis ojos como si clausurara las puertas de mi casa anticipando la llegada de una tormenta. Roben me dio una suave palmada en la espalda y me dijo: «Ya está bien. Tu hombro está en su sitio». Y luego, como si nada, se retiró y bajó por la escalera sin mirar atrás. Me quedé atónita, con una expresión tonta. Roben se detuvo a mitad de escalera y asomando la cara dijo:

—¿Y esa cara? ¿Pensaste que haría algo más? —dijo con su media sonrisa burlona.

—¡No! —dije volteando el rostro algo avergonzada y enojada por la broma. En realidad, esa era una de las actitudes que me irritaban de él y a la vez una de las que más me atraían.

Esa noche, escuchamos la tempestad azotar el techo, las paredes, las ventanas que parecían ceder a los vientos.

El Escudero del rey

—¿Dónde está Marleos? —preguntó Esteban.

En ese momento, la puerta del establo se abrió dejando entrar un aire húmedo y frío. Eran Robert y Marleos que llegaron empapados por la lluvia.

—Las tropas de York acamparon en el palacio de Moiloc. En dos días marcharán en nuestra dirección —dijo Robert.

—Debemos volver —dijo Marleos.

—Oímos a sus capitanes hablando. Son más de doce mil soldados y se les unirán más tropas —continuó Robert.

—Bien, nos iremos mañana tan pronto haya pasado la tormenta —dijo Roben decidido—, si nos quedamos aquí más tiempo, seremos blanco fácil.

Aunque nuestras mentes seguían pensando en la batalla que se avecinaba, tuvimos que hacer un esfuerzo para conciliar el sueño. La cabeza me molestaba a causa de mi falsa cabellera. Las trenzadas se comenzaban a soltar y picaban. Creo que a la mitad del camino de regreso me las soltaría, ya no resistía más.

Al amanecer, la tormenta había pasado. El sol resplandecía y comenzamos a ensillar los caballos para marcharnos. Robert y Josephet iban en la carreta con Lydia y conmigo, Esteban, Marleos y Roben, a caballo. Cuando nos disponíamos a salir del poblado, la tropa de mólocs que habíamos visto al llegar nos detuvo.

—¿Se marchan?

—Sí, gracias por su hospitalidad —dijo Roben.

—Lamento no haber podido darles mejor lugar para pasar la noche, príncipe —dijo el soldado.

El rostro de Roben se ensombreció e igualmente el de todos nosotros. Aquel hombre esbozó una sonrisa maliciosa. En un momento ya varios soldados nos rodeaban. Su capitán llegó a caballo acompañado de uno de ellos, quien hizo una señal. Este le lanzó una bolsa de monedas a Esteban. «Gracias por la información», dijo el capitán. No podíamos creerlo. Esteban nos había traicionado.

Esteban miró la bolsa en sus manos, la lanzó nuevamente al soldado y gritó.

—Solo quiero que liberen a mi madre y hermanas. Hicimos un trato.

Josephet, furioso se quiso abalanzar sobre el traidor. Roben se interpuso con su caballo. Esteban se movió al lado de los soldados, quienes apuntaron sus lanzas y espadas hacia Roben. Lydia y yo nos miramos pensando en saltar de la carreta y atacar a los soldados, pero el capitán levantó su espada a corta distancia del cuello de Roben amenazando con matar a mi prometido.

—Por favor, deje ir a las mujeres. Yo soy a quien desea —dijo Roben con un tono rayando en súplica.

Esteban le dijo algo al oído al capitán y este nos miró molesto.

—¿Crees que somos tontos para dejar ir a unas guerreras, en especial a una futura princesa? ¡Ustedes! —gritó el capitán a Josephet y a Marleos—, lleven esta noticia a sus tropas: «Ríndanse o el príncipe y su prometida morirán».

Josephet y Marleos nos miraron con una mezcla de ira y tristeza. Ambos ajotaron sus monturas y galoparon a toda prisa. El capitán se volteó hacia uno de los soldados que estaba al lado de Esteban y le dijo: «Dale lo que se merece». El otro soldado le clavó su espada a Esteban en la espalda y este cayó muerto del caballo con una expresión de angustia que nunca olvidaré.

—Nadie se atreve a exigirme demandas. Yo soy quien dicta las reglas —dijo el capitán escupiendo el cuerpo inerte de Esteban.

Me dolió la muerte de ese chico, solo tenía quince años. Se me parecía a Thomas. Su ignorancia sobre la crueldad de la guerra lo había convencido que si nos traicionaba podría salvar la vida de su familia. No me podía imaginar cuántos jóvenes se encontraban en su misma situación, y esto me hacía enojar aún más.

Alrededor de diez soldados que pertenecían a la tropa de Messa, nos quitaron las espadas y nos metieron a todos en la carreta para trasladarnos hasta el palacio de Moiloc. Comenzamos a atravesar una extensa pradera seca, a diferencia del terri-

El Escudero del rey

torio anterior donde las lluvias lo habían dejado todo enlodado. Robert y Roben se miraban serios como si se estuvieran hablando con los ojos. Uno de los soldados se acercó a la carreta y me haló del mentón.

—¡Capitán, quiero a la de ojos de color pradera! —dijo.

Me enfurecí y cerré los puños. Recordé la daga que llevaba escondida en mi cintura oculta bajo el traje de campesina.

—Cuando lleguemos al campamento, la subastaremos y yo también competiré por ella —dijo el capitán móloc y sus soldados comenzaron a reírse.

Observé que Roben también cerró los puños con ira, pero en ese momento el soldado que se había acercado, llevó su mano a mi mentón y bruscamente lo levantó para observarme como si estuviera mirándole la dentadura a un caballo.

—No vales mucho, pero podría ofrecer un par de monedas por ti —dijo riéndose.

Se me acercó tanto que pude escupirle la cara. El móloc haló de la cabellera falsa y la greña de pelo, que ya estaba floja, se le quedó en la mano. El hombre se quedó sorprendido por un momento mirando la trenza sin entender lo que había sucedido. Aproveché para sacar la daga que llevaba oculta en un bolsillo secreto del vestido. En ese preciso instante, Lydia se lanzó sobre el soldado y le agarró el brazo con que empuñaba las bridas, le sacó la daga que llevaba en el cinto y se la clavó en el costado. Roben y Robert golpearon a los conductores quienes cayeron sobre el camino empedrado y tomaron el control de la carreta. Todo sucedió rápidamente. Actuamos como si hubiésemos estado sincronizados. Los caballos comenzaron a galopar ante el azote de las riendas en las manos expertas de Robert alejándonos de los soldados. En la parte trasera, Lydia y yo repelíamos a uno que trataba de montarse en la carreta. Tan pronto tomamos velocidad Roben me gritó que me moviera junto a Robert para que le desatara y con mi daga corté las cuerdas. Aún nos seguían seis más. Roben se colgó de uno de los costados de la carreta y sacó algo que estaba oculto bajo esta. Al incorporarse nuevamente, tenía en sus manos su arco y sus flechas. Rápidamente y con su legendaria destreza apuntó y dio justo en el blanco y dos de los hombres que nos perseguían muy de cerca cayeron atravesados por sendas saetas. Otro nos alcanzó, se subió por el costado opuesto de la carreta y comencé a luchar con él. La carreta se estremeció al pasar por un camino rocoso y perdí el balance. El soldado me agarró por el brazo y mientras caía escuché a Lydia gritar y la vi lanzarse en mi ayuda. Me levanté y comencé a luchar. Lydia llegó a mi lado, pero también otro soldado que detuvo su marcha hacia la carreta para atacarnos. Los dos restantes, entre ellos el capitán, cabalgaban a toda prisa hacia mis amigos que daban la vuelta a la carreta para venir por nosotras. Roben lanzó la última flecha que le quedaba, pero falló. Lydia y yo habíamos vencido a nuestros adversarios cuando oímos el sonido de un corno. En ese momento una flecha atravesaba el brazo de mi prometido y otra hería a Robert en un muslo. Un contingente de soldados a caballo se acercaron y el capitán, junto con el que quedaba de la partida original, detuvieron la carreta. El tiempo pareció detenerse y todo pareció transcurría lentamente, como en una pesadilla. Los soldados que llegaron apresaron a Roben, quien me gritaba que corriera. A la misma vez Lydia me halaba por el brazo en dirección al bosque que habíamos cruzado antes. Aunque delgada y pequeña, me alejó del lugar casi arrastrándome con todas sus fuerzas que parecieron duplicarse. Varios hombres corrieron en dirección nuestra.

Nos adentramos rápidamente en la espesura del bosque ya que Lydia me halaba con una fuerza increíble, aunque yo intentaba inútilmente de resistirme. Ya no podía ver a causa de las lágrimas acumuladas en mis ojos.

—¡Vamos, Elizabeth, no te detengas o nos matarán!

Uno de los soldados que nos seguía nos alcanzó. Las fuerzas volvieron a mí, le arrebaté la espada a Lydia y me lancé contra él. Teníamos que escapar y planear una estrategia para rescatar a Roben si no lo habían matado todavía. Vencí al soldado con relativa facilidad y corrí con Lydia adentrándonos más en la espesura. Al cabo de un largo rato, cuando nos cercioramos de que ya no nos seguían, las fuerzas me abandonaron y caí al suelo. Sentía que me habían arrancado parte del pecho. Me ardía. Era un dolor profundo y punzante como una estocada de espada. En mi mente, la imagen de Roben gritándome que huyera se repetía una y otra vez, intensificando el dolor. Lydia me ayudó a levantar.

—¡Roben estará bien, Elizabeth! ¿Crees que el ejército le dará muerte?

La miré desconcertada. Mis ojos llenos de lágrimas se fijaron en ella buscando una explicación. Lydia continuó.

—Roben es demasiado valioso para ellos. Si mataran al príncipe, ¿qué garantías o qué precio pedirían? Además le provocarían una sed de venganza a David, Darius y Aspen que los llevaría a aniquilar a Moiloc. Si Telémaco es listo, y sabemos que lo es, pedirá a Clendor, Taloc y Aspen que retiren sus tropas a cambio de la vida del príncipe. Heriam se quedaría solo y se reducirían las posibilidades de ganar la guerra.

Lydia tenía razón. Telémaco no se arriesgaría a matar a Roben. Si lo hacía, estaría sometiendo su reino a una derrota segura. Las esperanzas regresaron a mí. Aún sentía el ardor y la punzada en el pecho. De varios jalones me quité lo que me quedaba del cabello falso y miré a Lydia decidida.

—La misión se ha vuelto ahora una de rescate.

—Necesitamos ropa y caballos —dijo sonriendo.

Entrelazamos nuestros puños como si selláramos un juramento y nos dimos nuestra nueva misión: el rescate de Roben, príncipe de Clendor.

Llegamos corriendo entre los árboles y arbustos hasta una pequeña aldea y tan pronto nos aseguramos de que estaba vacía entramos en una cabaña. Lydia encontró unas ropas de varón, pero eran demasiado grandes para nosotras. Tomamos provisiones, un arco y varias flechas que estaban colgando de una pared y salimos.

—Divisé dos soldados que no están muy lejos, así que intentaré distraerlos y tú te encargas de los demás —le dije y Lydia afirmó con la cabeza y me mostró un mazo que había tomado de la cabaña.

Respiré hondo y me repetía que en algún futuro me reiría de esto. Derramé licor sobre mis ropas y salí en dirección de los caballeros tambaleando de un lado al otro. Haciéndome pasar por ebria, me tropecé con uno de ellos.

—¡Jovencita! ¿Qué ha estado bebiendo? —dijo uno.

—Yo estaba... yo con unos amigos.... estoy mareada. Es usted un caballero muy apuesto, ¿se lo habían dicho?...

No sabía actuar como una mujer seductora, así que una tonta y ebria inocente podría dar resultado. Y así fue. Los hombres se miraron entre ellos y se comenzaron a reír. Yo los halaba hacia el bosque por la camisa mientras bailoteaba y daba traspiés. Tan pronto los llevé al punto esperado, Lydia golpeó a uno de ellos que rápidamente cayó inconsciente. El otro me miró asombrado mientras le sonreí sarcásticamente y le pegaba el filo de mi daga a su cuello.

—Más vale que no digas ni una palabra o te haré un hueco por donde el aire te entre mejor —dije en tono amenazante.

—¡Quítate la ropa! —le ordenó Lydia.

El soldado se despojó de sus atuendos y se los entregó a Lydia. Yo lo até a un árbol y le ataponé la boca con la manga de mi vestido para que no gritara. Al otro soldado, que aún estaba inconsciente, lo amarramos a otro árbol. Ya vestidos como Eliot y Leo, tomamos las espadas, sus corceles y emprendimos viaje.

—Sigo insistiendo en que debimos matarlos —dijo Lydia.

—Los vencimos fácilmente. Nosotras teníamos la ventaja. No hizo falta derramar sangre. Hicimos lo correcto al perdonarles la vida.

—Pero tan pronto los encuentren, nos delatarán.

—Y ya estaremos lejos para cuando eso suceda. No es honorable derramar sangre de ese modo. No hay honor en ultimar al que no puede defenderse. Desde mi punto de vista, ellos estaban en desventaja. Les quitamos todo, incluyendo el valor.

—Exacto, luego de quitarles todo.

—Por eso no valía la pena matarlos. No hay porqué mancharse el alma de sangre innecesariamente.

—No te entiendo, Elizabeth. Estamos en guerra.

—En una lucha sin cuartel, no tienes opción, Lydia. O te defiendes o te matan. En este caso, había opción. Espero que Dios lo vea de esta forma —dije la última oración en voz baja como si me hablara a mí solamente, pero Lydia logró escucharme.

—¿Crees que Dios te reclamará por las vidas que has cegado?

—Sé que en cada soldado, enemigo o aliado, hay un hijo, tal vez un esposo, un hermano o un padre. Sea como sea, su muerte trae sufrimiento, y creo que tú también lo sabes —dije recordándole a su hermano muerto.

Lydia calló. Al cabo de un largo rato me dijo:

—Ahora comienzo a entenderte, Elizabeth de Austin.

Le sonreí mientras seguíamos cabalgando. En poco tiempo, llegamos a una colina rocosa. Abajo, a lo lejos, en la pradera, se veían la carreta y los soldados. Cinco soldados custodiaban a Roben y a Robert. Por la venda que pude ver en el brazo de Roben, sabía que en algún momento se habían detenido para curarle las heridas. Habíamos logrado alcanzarles antes de lo que habíamos anticipado. Nos bajamos de los caballos y nos ocultamos detrás de unos peñascos. Los cinco eran un blanco fácil para un buen arquero. Tomé tres de las bolsitas con los polvos mágicos que había preparado, las cuales me había llevado ocultas, y las amarré a las flechas. Lydia les prendió fuego y, aguantando la respiración, las lancé una tras otra hacia el enemigo.

La primera flecha dio en el suelo, frente a la comitiva, y las otras dos en la carreta que comenzó a incendiarse. Montamos los caballos y emprendimos el descenso a todo galope. Con pañoletas amarradas a nuestros rostros para no respirar los polvos, nos abalanzamos contra el enemigo. Roben y Robert se habían lanzado de la carretea antes de que los caballos se desbocaran asustados por el fuego. Los polvos comenzaron a surtir efecto. La pequeña tropa empezó a atacarse entre sí y pude ver como Roben y Robert, cubriendo sus bocas, corrieron y se alejaron del lugar.

Lydia y yo llegamos justo en el momento en que dos soldados corrieron tras de Roben para atacarlo. Afectados como estaban por el efecto de los polvos en poco tiempo los derrotamos. Todos fueron presa del pavor que causaban los polvos alucinógenos. Uno de los soldados se quedó gritando en el suelo. Le eché agua en el rostro de una cantimplora que se cayó de la carreta.

—¡Se fueron los escorpiones! Se fueron. ¡Gracias! —decía con voz agitada.

—¿Cuándo atacarán las tropas de Telémaco? —interrogué apuntándole con mi espada.

—Ya están en marcha. Desde la montaña ya se podrá divisar el ejército. Los soldados de York están al mando del mismo Telémaco. No diré más. Mi deuda con usted ya ha sido saldada.

—Vete e informa a Telémaco que Hero reinará y que lo mejor que puede hacer es rendirse —dijo Roben acercándose a nosotras.

El hombre se levantó y montó un caballo. Cuando se disponía a marcharse, una flecha se clavó en su espalda. Su caballo se levantó en dos patas y salió a todo galope dejando al soldado muerto en el suelo. Me sorprendí cuando vi que Robert tenía el arco en sus manos.

—¿Por qué lo hiciste? —le pregunté enfurecida.

—Las tropas enemigas no están muy lejos. Si él llega con la información, enviarán una partida tras nosotros. No llegaríamos al norte a tiempo a dar la noticia —dijo Robert en carácter serio.

—Hay que retrasar las tropas para ganar tiempo —dijo Lydia.

—¡Tengo una idea! —dijo Roben—. ¿Aún te queda algo de ese polvo? —me preguntó.

—Sí, pero es muy poco. Solo cinco bolsas.

—Algo será. Debemos incendiar la pradera. El viento viene del norte. Nos dará algo de ventaja.

Tomamos los corceles e improvisamos antorchas con pedazos de madera. Hicimos una línea de fuego lo bastante amplia para que el ejército que se avecinaba no pudiera rodearla y librarse fácilmente. El territorio donde se encontraba la pradera, atravesaba una sequía, lo que ayudó a propagar el incendio. La tormenta que nos azotó en Messa no había llegado aquí. Las llamas subían en intensidad y emitían un calor que hacía arder nuestra piel.

—¡Bien! ¡Marchémonos! —ordenó Roben.

Al alejarnos, lanzamos las cinco bolsitas del polvo mágico con nuestras flechas al otro lado de las llamas y galopamos a toda prisa hacia el norte.

Tomamos todos los atajos que Robert conocía para evadir los poblados, con sus posibles campamentos de tropas enemigas. Solo nos detuvimos para que los caballos tomaran agua en el río. Roben se limpiaba la herida cuando me acerqué a él.

—Lamento esto —dije ayudándole.

—No tienes nada que lamentar.

—Roben, por mi culpa... lo que te ha pasado.

—¿Por tu culpa?

– Sí. Quería proteger a Lydia y me ofrecí para esta misión, aun sabiendo que irías a mi lado si yo lo hacía.

—¿Y? Esa fue mi decisión.

—Sí, pero te entregué al enemigo prácticamente en bandeja de plata. Fui muy irresponsable. Creí que te había perdido... yo... sentía que se me había roto el alma —dije ya con voz entrecortada hasta que se volvió un susurro.

Me cubrí el rosto con las manos. Roben tomó mis manos para descubrir mi cara. Colocó sus manos en mis mejillas y enjugó mis lágrimas con los pulgares. Me miró con sus profundos ojos café.

—Entonces sentiste lo mismo que yo cuando te vi arrastrada por la corriente.

Asentí con la cabeza triste pero aliviada de saber que estaba con vida. El recuerdo de lo ocurrido me causaba dolor.

—Estamos juntos, para bien o para mal, en las buenas y en las malas, en la guerra y en la paz. Así son las cosas, y así serán —dijo en un tono suave y conciliador.

—Para siempre —le aseguré.

—Hasta que la muerte nos separe —dijo, pero yo le negué

con la cabeza. Me miró extrañado y sujetando su rostro me expliqué.

—Aun después de la muerte, donde tú estés, mi alma te buscará —dije reafirmando mi juramento.

—Entonces... para siempre —dijo mostrando su sonrisa.

Robert llegó en ese momento y, aclaró fuertemente su garganta haciendo notar su presencia.

—Ya es tiempo de continuar.

Montamos los caballos y galopamos hacia el norte. Durante todo el camino no dejaba de pensar si Marleos y Josephet habrían dado la noticia y qué estaría planificando hacer David. A mitad del camino, Robert divisó algo a los lejos. Era una muchedumbre. Desde lo alto de las colinas y cerros donde estábamos, se veían muchas tropas, numerosas. Sonreímos cuando oímos a Roben.

—¡Son las tropas de Hero y Clendor! Veo sus estandartes.

Los estandartes con los escudos de nuestros reinos se agitaban en el viento. El estandarte de Moiloc ya no era la espada y el látigo, sino un caballo blanco bajo un puente de espadas. Las espadas simbolizaban la unión de los pueblos que le abren paso al caballo blanco. El nuevo estandarte era un símbolo de la liberación y la renovación de Moiloc. Los caballos guerreros, símbolo de Clendor, y el caballo blanco bajo un puente de espadas, símbolo del príncipe Hero. La alegría nos invadió y Robert se dispuso a galopar cerro abajo, pero Roben lo detuvo con su brazo.

—¿Qué sucede? —preguntó Robert.

—Si bajamos sin ser identificados, nos matarán antes de llegar —dijo Roben a Robert y luego se dirigió a mí—. Elizabeth, consigue un corte de tela blanco o pálido.

Saqué unas mantas que llevaba en mi corcel. Roben ordenó a Lydia atar las telas a unas ramas como si fuesen banderas. Roben explicó su propósito.

—Llevándola como bandera, sabrán que venimos en paz hasta que nos reconozcan.

Comenzamos el descenso con la bandera en alto. Cuando nos

divisaron, sonaron los cornos y la marcha se detuvo. La primera fila de soldados con escudos se preparó y los arqueros tras ellos esperaban las órdenes de ataque. Cuando llegamos frente a las tropas, la voz enérgica de David se oyó: «Alto. Bajen los arcos». El caballo en el que cabalgaba David se abrió paso entre los soldados. David y Roben se lanzaron de los caballos y se fundieron en un abrazo efusivo.

—¡Sabía que lograrían escapar! —dijo el hermano mayor con sus ojos humedecidos de la emoción.

—Si estoy frente a ti, ha sido gracias a Elizabeth y Lydia.

Roben nos señaló y David nos saludó con su mano puesta en el pecho y una corta reverencia. Lydia no sabía qué hacer y se puso nerviosa cuando vio que Hero se abría paso entre los soldados. Hero se veía impresionante en su caballo blanco y vistiendo su armadura real.

—¡Bienvenidos, caballeros! No sabe la alegría que me da verle a salvo, príncipe Roben —dijo Hero bajando de su caballo y abrazándolo efusivamente.

Lydia trataba inútilmente de esconder su rostro mirando hacia atrás, pero ya Hero la había visto.

—Soldados, valiente hazaña —dijo sonriente mirándonos—. ¡Lydia!, qué alegría verte con vida. Buen trabajo, soldado, cuando todo esto termine, serás parte de mi guardia real, si así lo deseas.

El rostro de Lydia se iluminó. Ahora tenía una razón para salir de esta guerra con vida. Su amado Hero se alegraba de verla y quería que se quedara a su lado, aunque fuese en su guardia personal. Ese era su deseo, no separarse de él, y ahora lo tenía tan cerca que no podía desperdiciar la oportunidad. Bajando su cabeza en reverencia dijo:

—Nada me haría más feliz, su alteza.

Su voz volvió a ser dulce. Fue la voz de la Lydia que me cuidó en el campamento. Sí, volvía en mí la esperanza de que podría recuperar algo de aquella dulzura e inocencia perdida. Esa noche acampamos en un cerro cercano. Desde allí teníamos buena visibilidad del terreno por si se acercaban tropas enemigas. Frente una fogata, nos reunimos con los príncipes y capitanes que discutían un plan de ataque.

—Ya sabemos que las tropas de Telémaco nos igualan en número —dijo David.

—Eso es así hasta que lleguen el resto de las tropas de Aspen y Taloc, que llevan un día de retraso. Con ellos las duplicaremos. Tendrán que rendirse —dijo Hero.

—Recuerden lo que nos informaron los aldeanos y los desertores de las tropas de Telémaco. Hay otro reino envuelto, además de York —dijo Jonathan.

—Es Sanlos, un reino del sur. Telémaco le ha ofrecido parte de sus tierras conquistadas —dijo Roben.

—Escuchamos a los soldados mencionarlo mientras fuimos sus prisioneros —dijo Robert.

—¿Cuántos hombres sumarían? —preguntó Sálomon.

—No lo sabemos —dijo Roben.

—elémaco debe estar desesperado para pedir ayuda a sanguinarios como ellos —dijo Malcom. Todos lo miramos extrañados entonces se explicó—. Hace más de medio siglo, Sanlos intentó conquistar Moiloc y aún desea estas tierras por la abundancia de pastos para el ganado. Sus tierras son áridas y estériles.

—Entonces solo tuvo que ofrecerles las tierras para lograr su ayuda —pensó en voz alta Sálomon.

—No podemos permitir que Telémaco ni su padre ganen. Si perdemos, Moiloc, jamás tendrá paz. Sanlos nunca dejará de pedir más y más. Por otro lado, Telémaco es traicionero y a la primera oportunidad los atacará —dijo Malcom.

—Ni Telémaco ni su padre lograrán ganar esta guerra, no importa con quién se alíen. Mi pueblo se ha unido para hacerles frente hasta la muerte. Su voluntad de acabar con la guerra es tanta que lucharán sin cuartel hasta derrotarlos. No les perdonarán sus asesinatos y el terror que infundieron en mujeres, ancianos y niños. He dado órdenes de capturarlos con vida para enjuiciarlos en una corte marcial, pero seguramente no pocos soldados se verán tentados a matarlos. Mi pueblo ha sufrido

El Escudero del rey

mucho. Las heridas han sido muy profundas y tardarán en sanar —decía Hero con tristeza en su voz.

—Al menos ya hemos empezado a combatir la barbarie, amigo mío —dijo Roben.

Decidimos esperar en el cerro dos días más y darle la oportunidad a las tropas restantes a que llegaran. Entonces, surgió otro imprevisto, comenzaron a escasear las provisiones. Se habían perdido muchas por una plaga de insectos, y donde nos encontrábamos no había suficiente caza para satisfacer el hambre de las tropas. Contábamos con refuerzos, que traían provisiones pero estaban retrasados. Dentro de mí ardía un fuego que cada segundo se hacía mayor. Era la tensión de volver a vivir la cruda realidad de la guerra. Ansiedad por mis amigos y familia y porque ya quería, necesitaba, que todo esto terminara. Ansiaba la paz. Me dediqué a entrenar para ocupar mi mente y agotar mi cuerpo. No quería pensar en lo inevitable: la gran batalla para lograr la paz anhelada por nuestros reinos.

Por la paz

~

Tenía las manos y brazos cansados de tanto esfuerzo. Sudaba. Caí al suelo cuando Thomas me derribó la espada.
—Se me resbaló por el sudor —protesté.
—¿Qué te pasa, Eli? Estás muy distraída y agotada...
—Es inevitable estar tensa —dije jadeando de fatiga.
Me dolía un poco la cabeza y el sudor me ardía en los ojos. Thomas se acercó preocupado.
—Tienes las mejillas muy rojas, Eli. ¿Te sientes bien?
—Sí, solo me hace falta más ejercicio.
—Pero desde que acabó la reunión, casi no has dormido, solo entrenas. No has descansado ni de noche. No te has detenido ni para comer.
—Casi no hay comida, Thomas. Ya un grupo de hombres salió de cacería. Cuando regresen comeré.
—No me gusta cómo te ves.
—No seas tonto, estoy como un roble —dije riéndome mientras me ponía de pie, pero las fuerzas me fallaron.
Caí de rodillas al suelo y la cabeza me daba vueltas. Thomas corrió y me agarró antes de que diera con la cara en la tierra. Todo me lucía borroso y me parecía oír a Thomas a lo lejos.
—Espera, Eli, ya te llevo con Roben.
No recuerdo nada más de esa tarde. Caí en un letargo sumergida en una densa oscuridad.
—Esto no me gusta nada.
Comencé a oír la voz de Hero a lo lejos: «Esto no me gusta nada». Cobré conciencia y me vi al lado de una fogata. Veía a corta distancia a Malcom, Sálomon, Roben, Hero y a mi hermano, Jonathan. Aún me sentía débil y, aunque estaba cons-

ciente, no podía hablar. Todo me parecía como si fuese un sueño. Solo podía oír lo que decían.

—Esto no me gusta nada —dijo Hero.

—¿Cuántos son? —preguntó Sálomon.

—Ya son más de cincuenta —respondió Roben.

—Y siguen cayendo más —añadió Jonathan.

—¿No ha habido bajas? —preguntó Hero.

—Solo una —dijo Malcom.

—Tenemos que separar los enfermos o todas las tropas se contagiarán —ordenó Roben.

—Ya separamos la tropa veinte de Clendor. Ahí se identificaron los primeros casos —informó Jonathan.

—Bien —oí la voz de Roben diciendo esto en tono de frustración y enojo—. Esto se parece a la enfermedad que sufrió la reina —ahora su tono de voz reflejaba preocupación.

—Si es así, morirán —dijo David.

—No, si logro evitarlo. Agus me compartió sus conocimientos, David —dijo Roben, decidido.

—Pero Agus murió al igual que nuestra madre.

—Pero logró salvar a unos aldeanos cuando les abatió la enfermedad. Para Agus ya fue muy tarde.

—¿Qué sugieres?

—Que Thomas, Lydia y Josephet sigan buscando las yerbas que les pedí. Si conseguimos suministrarle el brebaje a los soldados, en dos días habrá acabado todo —dijo Roben tratando de oírse seguro, pero sin sonar convincente.

—¿Y si no es así? —preguntó David.

Se hizo un ominoso silencio. Mi corazón se paralizó al entender la seriedad de la situación.

—Si no es así... que Dios nos proteja —dijo Roben finalmente. Comencé a moverme. Roben y Jonathan se apresuraron a ayudar a incorporarme.

—¿Estás mejor, Eli? —me preguntó Roben.

Intenté con todas mis fuerzas levantarme, pero fue inútil.

—¡No! No trates de hacer nada, Eli. Aún estás muy débil y puedes lastimarte —dijo mi hermano.

—¿Qué está pasando, Roben? —pregunté y escuché mi voz como en un delirio.

—Algunas tropas se han enfermado. Están en cuarentena y no sabemos qué va a pasar.

Mis ojos se abrieron desmesuradamente. ¡Una enfermedad que nos dejaba sin hombres para enfrentar a nuestros enemigos!

—No te asustes, Eli. Todo saldrá bien —dijo Roben.

—Yo... yo estoy enferma también. Deben aislarme.

—No. Tú estás así porque no has descansado ni te has alimentado. Cuidaré de ti y de los demás —dijo seriamente.

—¡Puedes enfermarte! —le dije asustada.

—Esto no me hace nada. Me siento bien, en serio. Ahora recuéstate y descansa. Será una noche larga —dijo.

Jonathan me impidió que me levantara y me ponía paños de agua en la frente. A pesar de que estaba envuelta en mantas sentía mucho frío. En ese momento llegó Caleb.

—¡Roben, otra tropa parece haberse contagiado! Los aislamos en la colina contigua.

Oí a Roben suspirar de impotencia. ¿Qué estaba pasando? ¿Qué maldición se cernía sobre nosotros?

—Ahora voy —dijo en voz baja.

—Lydia y Thomas llegaron. Están en la colina —informó Caleb.

—Bien, a trabajar.

Oí que se marchaba. Luego de un rato, escuché murmullos que dejaban entrever un tono de preocupación.

—Debemos marchar ya —dijo Hero.

—¿Qué? –reaccionó Sálomon.

—Si la noticia de la enfermedad llega a oídos enemigos, no perderán tiempo. Si seguimos hacinados, la enfermedad seguirá cobrando víctimas.

Todos miraron a David que se movía de un lado a otro frente a la fogata. Se detuvo y se quedó mirando el fuego con una mano en la barbilla. Luego levantó la cabeza y miró a Hero con una determinación digna de un rey.

—Hero tiene razón. Darius y Álister llegarán mañana al amanecer o antes. Debemos partir y evitar que sus tropas vayan a contagiarse.

Todos asintieron con sus cabezas.

—Iré a preparar las tropas. Todo aquel de quien se sospeche que pueda estar contagiado o haya estado en contacto con algún enfermo, se aislará —dijo Sálomon.

—¡Bien!, la decisión está tomada. Mañana partiremos a primera hora —dijo Hero.

—Así se hará —le confirmó David.

Cuando la reunión acabó, sentí a Hero sentarse a mi lado.

—¿Cómo se siente, mujer soldado?

—Con mucho frío... y débil.

—Eso pasa cuando no comes ni duermes y practicas hasta el cansancio —dijo un poco bromista.

—Deben aislarme, Hero.

—No se preocupe. No está tan grave y lo peor ya ha pasado. Debe descansar y pronto estará mejor, lista para la batalla.

Ante su afirmación, cerré los ojos y la debilidad hizo que me sumiera nuevamente en un letargo y me sentí caer en la densa oscuridad de la inconsciencia.

Abrí los ojos. Me encontraba en la colina. El camino estaba lleno de cuerpos demacrados. Se veían escuálidos, pues habían perdido mucho peso y sus ojos parecían hundirse en sus cuencas. La escena era deprimente. Seguí caminando entre los enfermos y llegué hasta dos jóvenes que atendían a los contagiados. Eran Lydia y Thomas. Habían perdido peso también y tenían sombrías sus ojeras por el cansancio.

—¡Lydia! ¡Thomas! No han descansado.

Lydia y Thomas seguían con sus tareas y, al parecer, no me oían. Me acerqué a ellos y estaban tan concentrados que tampoco se percataron de mi presencia. Cuando les iba a hablar nuevamente, escuché a Thomas decir:

—Estás agotada ¿verdad? —preguntó Thomas a Lydia.
—Un poco, pero debo seguir ayudando. Roben lo hubiera querido así.

Las palabras de Lydia resonaron como puñaladas en mis oídos. ¿Roben lo hubiera querido así? ¿A qué se refería?

—Sí, su pérdida ha sido fuerte para todos —dijo Thomas con un dejo de desolación en la voz.

—Fue más fuerte para él que para nosotros —dijo Lydia.

—Sí, nunca se separó de su lado hasta el final.

Comencé a correr, buscándolo como una demente por la colina. Roben, ¿qué había pasado? ¿Y, la guerra, terminó? ¿Cómo había terminado? ¿La enfermedad había acabado con todo? Mi Roben, debo hallarlo y decirle que estoy bien. Corrí, corrí sin descanso por todos lados en aquel campo sembrado de cuerpos decrépitos. Entonces oí unos sollozos de varón. Conocía aquella voz. ¡Era él! Roben, mi prometido. Había perdido peso también. Se veía pálido. Quise acariciarle su cabello castaño, pero comenzó a llorar desconsoladamente en ese momento.

—¿Por qué? ¿Por qué no me esperaste? —decía con voz quebrantada.

Contemplarlo así me partía el alma. Se aferraba a algo con desesperación. Me sentí desfallecer cuando me percaté de que sostenía mi collar, la estrella de plata. Me toqué el cuello. Estaba desnudo. Entonces me vi. Tenía puesto un vestido sencillo color blanco y de él emanaba una extraña luz. Entonces vi un resplandor que me cegaba y, a la vez, me atraía, hacia en el horizonte. ¡La luz era muy hermosa!, pero... no podía dejar a Roben y a mis amigos en ese lugar. Sufrían, tenía que quedarme a su lado.

—¿Por qué me dejaste, Eli? ¿Por qué te tuviste que ir?

Estas palabras desviaron mi atención de la luz. Entonces... yo... ¿Había muerto?... ¡Estaba muerta! ¿Fue la enfermedad? ¿Había muerto en batalla? ¿No había llegado a luchar? Roben sacó mi daga dorada de su cinturón y el tiempo se detuvo. Cuando vi la determinación en sus ojos, quise correr a quitarle el arma de las manos. Un destello intenso cegó mis ojos mientras lo llamaba a gritos. Pero los gritos no eran míos...

—¡Eli! ¡Eli! Estoy aquí. ¡Ya, despierta!

Escuché nuevamente su voz, tan cerca que pensé que no había llegado a tiempo. Estábamos muertos los dos. Pero al abrir los ojos, me vi al lado de una fogata apagada. Una intensa luz de sol me cegaba la vista y sentí que me tomaban de los hombros y me sacudían.

—¡Despierta! Es una pesadilla.

Mis ojos se acostumbraron a la luz del día y entonces lo vi. Ya no estaba pálido, no tenía las ojeras profundas. Sus ojos se notaban cansados, pero estaba allí, a mi lado. Le toqué la mejilla, toqué mi cuello, aún incrédula. Llevaba puesta la estrella de plata.

—¿Qué viste? ¿Por qué estabas tan aterrada? —me preguntó asustado.

Negué con la cabeza. Ni en sueños querría decirle mi horrible pesadilla. Me encadené a él en un abrazo urgente. No quería dejarlo ir. Roben se sorprendió, pero me abrazó también. Entonces comenzó a pasarme la mano por la cabeza, como si estuviera consolando a un niño y a mecerme de un lado a otro para confortarme.

—Ya... ya. Todo fue un mal sueño, yo estoy aquí, no voy a dejarte sola. Te lo juro.

No podía hablar, solo me quedé ahí, abrazándole. Roben comenzó a preocuparse por mi silencio. Separó mi cara de su hombro y me miró fijamente. Tocó mi frente, entonces, finalmente hablé.

—Estoy bien ahora.

—Al menos la fiebre ha cedido —dijo aliviado.

—Y los demás soldados?

—La gran mayoría se está recuperando.

—¿Hubo muertos?

—Sí, pero la mayoría se ha salvado. Gracias al cielo que David y yo nos equivocamos.

—¿No era la misma enfermedad?
—No, al parecer, no, pero el remedio ayudó mucho.
—¿Dónde está Jonathan?
—Partió con las tropas al amanecer, ya hace mucho.
—¡Las tropas!
—Sí, Darius llegó con las tropas de Taloc y Aspen.
—¿Quién más se fue?
—Sálomon, Malcom, Hero, Albert...
—¿Lydia y Thomas?
—No, ellos no han querido dejarte. Me han estado ayudando con los enfermos junto a Caleb, Josephet, Marleos y Robert.
—¿¡Quedan muchos enfermos!?
—Ya quedan pocos. Pronto partiremos hacia el frente de batalla. Nos necesitan.
—Sí.
Roben me ayudó a levantar. Me sentia mejor. Comencé a comer como si hubiese estado muriendo de hambre. Por un momento sentí vergüenza con Roben. Pero él sonreía comprensivo y me daba a beber agua.
—Perdón —dije con mi boca llena de pan.
—No. Tienes que recobrar fuerzas. Come.
Continué comiendo y oí una risa tras mí. Thomas y Lydia habían llegado.
—¡Vaya!, ¡Sí que tienes apetito, mujer!
—¡Thomas! Hace dos días que no come —dijo mi amiga regañándolo.
—Sería bueno que dejara para los demás o se acabará las provisiones. Ja, ja, ja, ja.
Deseaba volver a ver esa inocencia y oír la risa burlona de mi amigo y hermano. Lydia le daba en la cabeza con una cuchara de madera, como castigándole por una travesura. Recordé mi estadía en el campamento y a Esther pegarle a mi amiga en la cabeza con su cuchara de madera cada vez que hacía algo inapropiado.
Al terminar de comer, me uní a mis amigos para atender a los

enfermos. La escena era más alentadora. Estaban alimentándose. Los más sanos practicaban con sus armas preparándose para ir al frente de guerra. En la falda de la colina, se podían ver numerosas pilas de rocas. Eran las tumbas de los muertos. Sin embargo, lo peor habían pasado para la mayoría de los soldados y se recuperaban rápidamente.

—Creo que mañana podremos unirnos a las tropas —dijo Caleb con tono optimista.

Mis amigos alzaron sus espadas y las cruzaron.

—Mañana —dijo Lydia.

—Por la paz de Moiloc —dijo Joseph.

—¡Por la victoria! —corearon los demás.

Me pareció que ese día los rayos del sol resplandecieron más que nunca vigorizándonos. Nuestra regimiento, un total de quinientos arqueros, lanceros y la caballería, ya estaban en posición de marcha. Frente a ellos estaban Roben y Caleb. Tras ellos, Marleos, Josephet, Robert, Lydia y yo nos unimos al resto de las brigadas. Roben alzó su espada y Caleb hizo sonar el corno. En una movida coordinada aunque no ensayada, emprendimos el viaje hacia el sur.

Durante la travesía, mi corazón se aceleraba. Estaba tan deseosa de que todo esto acabara y temerosa de lo que podríamos encontrar en el campo de batalla. Había estado en guerra apenas tres años atrás. El nerviosismo y la expectativa eran exactamente los mismos. En realidad nunca se acostumbra a esa sensación. Y sé que nunca me acostumbraré. No quiero hacerlo. Sé que mis manos segarán vidas nuevamente y mientras más me acerco al frente más le ruego al cielo que me perdone por las vidas que arrebataré; por las madres que no verán a sus hijos regresar por culpa de mi espada; por los niños que se quedarán sin padre como pasó en mi familia. «Dios, perdóname por la sangre que hoy han de derramar mis manos».

Llegamos al campo de batalla. Una lucha sanguinaria se libraba en esos momentos. Pude ver a Lydia que estaba a mi lado tragar gordo. Los cornos volvieron a sonar.

—¡Soldados! ¡Listos! —gritó nuestro líder.

Roben apuntó su espada hacia al frente y galopamos con nuestros aceros en alto y un solo grito de guerra que rugía fuerte desde nuestros pechos.

Gritos desgarradores, sangre caliente, olorosa a cobre, el rechinar agudo de espadas y el zumbido mortal de las flechas, todo se volvía a repetir. Alzaba mi espada con fuerza y cada vez que lo descargaba sobre un cuerpo rogaba porque fuera el último. En un lapso corto de tiempo, ya no tenía a quien enfrentarme. Todos luchaban cuerpo a cuerpo excepto Lydia y yo. David llegó hasta nosotras junto con Roben.

—¡Dense prisa! Avancen hacia el frente. Mis hombres les cubrirán. Hero está persiguiendo a Telémaco que salió huyendo. Lleva pocos soldados con él. Si le hacen una emboscada, podrían matarlo.

De inmediato, Roben, Lydia y yo galopamos como si sus vidas dependieran de nosotros. A la tropa se unieron Thomas, Marleos, Josephet, Robert y Caleb con otro grupo de soldados. Cruzamos el campo mientras los aliados nos abrían paso. Había muchos hombres y bestias desparramados en medio y a ambos lados del camino, pero no permitimos que nada nos distrajera. La vida de Hero estaba en peligro y no íbamos a permitir que nada ni nadie le hiciera daño.

Continuamos galopando hasta que divisamos el campo de batalla. Los hombres que acompañaban a Hero luchaban contra los que protegían a Telémaco. Al llegar a la cima de una colina pudimos divisarlo todo. Entonces vimos que otra tropa enemiga se acercaba por el oeste. Roben gritó la orden.

—Elizabeth, Lydia, Thomas y Caleb, vayan al prado y protejan al príncipe. ¡Los demás, síganme!

Nos separamos. Roben seguía con los demás soldados. Alrededor de unos doscientos hombres a caballo se lanzaron a hacerle frente a la tropa que se avanzaba por el oeste. En dirección opuesta, mis compañeros en armas y yo cabalgamos a defender al verdadero heredero de Moiloc.

Nuestras espadas lanzaban chispas al golpear las del enemigo. Hero luchaba contra Telémaco. La habilidad con que alternaba la espada y la baqueta nuevamente me dejaban sin habla, pero Telémaco era tan diestro como él y la lucha se encarnizaba. Un hombre se acercó por la espalda de Hero.

—¡Lydia! —grité, pero ella se había percatado antes que yo y ya corría a interceptar al soldado.

Se lanzó del caballo y lo abatió justo al lado de Hero que ya había desarmado a Telémaco. Lydia sacó la espada que había enterrado en la armadura del soldado derribado.

—Es hora de que te rindas, Telémaco —dijo Hero con autoridad.

—Todavía no —respondió con una mirada de malicia.

Telémaco le lanzó un puñado de tierra a Hero en la cara. Al cegarlo, momentáneamente, aprovechó para patearlo, derribarlo al suelo y agarrar su espada. Cuando se disponía a atacar, Lydia se interpuso entre Hero y Telémaco. Sus espadas se cruzaron. Mientras Caleb y Thomas corrían a unirse a Roben, quien todavía libraba batalla contra las tropas recién llegadas, yo corrí a socorrer a Lydia, pero llegué tarde.

Desde la distancia, vi a Telémaco sacar una daga de su bota y enterrársela a Lydia en el costado. Lydia, sorprendida, intentó golpearlo con el cabo de su espada pero cayó de lado con la daga enterrada. Hero se limpió los ojos y con la baqueta de su espada le dio un fuerte golpe por las piernas a Telémaco derribándolo. Antes de que pudiera reaccionar saltó sobre él y se enfrascaron en una lucha cuerpo a cuerpo. Forcejearon hasta que Telémaco logró derribar a Hero y al saltar, confiado de darle una estocada mortal; Hero levantó su espada que yacía a su lado en el suelo. La enterró en el pecho de su atacante que abrió los ojos, sorprendido, y un aire oscuro le salió con su alma por la boca. Me pareció que volé por el aire hasta llegar al lado de mi amiga. Cuando Hero se levantó, ya yo la tenía entre mis brazos. Lydia perdía el conocimiento. Yo no sabía qué decir o qué hacer. Palpé su costado donde tenía el arma enterrada pero no me atreví a sacarla y provocarle una hemorragia.

—¡Lydia, Lydia! ¿Me escuchas? No llegaste hasta aquí para morir. ¿Me oyes? ¡Resiste! —grité desesperada intentando detener el sangrado.

Le sujetaba el rostro sin poder evitar mancharla con su propia sangre. Cuando los ojos se le comenzaron a cerrar, yo, desesperada, la abofeteaba para que recobrara el sentido. Las lágrimas me nublaban los ojos. Tenía coraje, ira contra Telémaco. Hero cayó de rodillas junto a nosotras.

—¡Tienes que vivir! ¡Lucha! ¡Tienes que vivir! —le gritaba Hero.

Hero tenía los ojos inundados de lágrimas. No pude descifrar en ese momento si fue por el golpe a caer en tierra o si, en efecto, lloraba porque Lydia estaba moribunda en mis brazos. Hero le tomó el rostro en sus manos.

—¡Lydia! ¿Me oyes? ¡Lydia!

Lydia le miró como despertando de un sueño y le sonrió.

—Su majestad... he cumplido mi juramento... yo... yo no permití que lo... matara.

—Sí, me salvaste, Lydia. Y, ahora, más que nunca, te necesito. No me abandones. ¡Tienes que vivir!

—No lo voy a abandonar.... voy... voy a ser... miembro de su guardia... estaré a su lado... siempre... —dijo con un suspiro y cerró los ojos.

Lydia no dijo más esa tarde. Lloré, creyendo que había perdido a mi amiga en quien me vi reflejada. Hero besó la frente de Lydia y colocó su cabeza delicadamente en mi regazo. Se levantó y, con un grito animal extrajo la espada del cuerpo de Telémaco, y volvió a clavarla en el pecho de su enemigo con un grito ahogado por el llanto.

Los cuernos volvieron a sonar esa tarde. La batalla había concluido. Hero sería proclamado rey de Moiloc. El enemigo se había rendido. El usurpador fue capturado. No pudo escapar de nuestras tropas que lo encontraron escondido en las letrinas del palacio. «¡Vaya, "rey"!» gritaban las tropas burlándose mientras lo sacaban del pozo, cubierto de inmundicia. A pesar de lo cruel que había sido, lucía pequeño y patético. Me imaginé el juicio que le esperaba y no pude evitar no sentir pena por él.

En todas las comarcas de Moiloc hubo grandes celebraciones. Esa misma noche proclamaron rey a Hero y hubo festejos en el palacio y en todas las aldeas aledañas. Todos comieron y bebieron hasta el amanecer. Yo me encontraba en uno de los balcones del hermoso palacio labrado en piedra. Roben se acercó y me tomó por los hombros. Desde los balcones, veíamos los jardines adornados para la coronación del nuevo rey. Un grupo de niños correteaba y jugaba pasando por el lado de un soldado paliducho y delicado que se sostenía con un bastón. El jovenzuelo tomó una de las flores y aspiró su aroma levantando el rostro hacia el cielo. Cuando nos vio en el balcón, nos saludó efusivamente con su mano. Roben me dijo al oído.

—Te dije que Lydia viviría. Aquí hay buenos hombres de ciencia.

Ver a mi amiga con vida y sonriendo con la inocencia con que la conocí me devolvía las esperanzas.

—Espero que el futuro le sonría como a todos los reinos de la unión. Dios llene de sabiduría a sus reyes para que obren con justicia y equidad, y que nunca defrauden a su pueblo —dije con un tono optimista.

Sentí los brazos de mi prometido rodear mi cintura y su voz susurrarme al oído.

—Los reinos de la unión gozan de esa bendición. Sus reyes son dignos, leales y honrados. Espero ver muchos años de paz, ver a los pequeños Carlitos y Peter solo alzar espadas de madera en juegos de dragones y caballeros. La guerra terminó.

—Gracias a Dios —le dije.

—Espero que cumplas tu juramento.

Me volteé y lo miré extrañada. «Juré que estaría a su lado y lo estoy cumpliendo», pensé. Roben me miró asombrado.

—¿Ya olvidó su juramento, milady?

—¿Juramento?

—En el campamento, antes de tomar el puente.

Entonces recordé esa mañana. Le había jurado a Roben que no me perdería y que, cuando todo acabara, me casaría con él. Roben notó la resolución en mi rostro.

—¡Ahora se acuerda!

—Sí —dije sonriente.

—Entonces... ¿Sigue en pie el compromiso o tendré que arrebatarte el «sí, acepto» en un duelo?

—Esta vez no será necesario. Además, el duelo lo ganaría yo con los ojos cerrados.

—¿¡Ah sí!? —dijo con su sonrisa burlona.

—Sí, solo bastaría con mirarte a los ojos y decirte «te amo» para desarmarte.

Roben miró al cielo, pensativo. Luego torció la boca y me miró.

—Creo que lo que acabas de argumentar aplicaría al revés. Si fuera yo quien lo dijera, el triunfo sería mío.

—¡Príncipe engreído! —le reproché.

—¡Princesa terca! —dijo parodiándome.

Roben besó mi frente y nos fundimos nuevamente en un abrazo bajo el cielo estrellado de Moiloc.

Diez meses después

~

Las damas de compañía de lady Camila y Kaila se movían de un lado al otro de la habitación.

—¡El bouquet! ¡Las rosas! —decía lady Camila sin poder contener los nervios.

—¡Ya, tía Camila! No es para tanto —decía Kaila tratando de calmarla.

—¡Cómo no voy a estar alterada! Ella es la primera princesa que para calmar los nervios de su boda se va a practicar esgrima con un soldado —dijo molesta.

—¡Ya estoy aquí! Y además estoy a tiempo —dije entrando en la habitación—. Y por favor, lady Camila, no me diga princesa. No me acostumbro.

—Callada, muchachita. Serás la esposa de un príncipe y, por lo tanto, serás princesa y deberías acostumbrarte a ello —dijo Camila en son de regaño.

Lady Camila ordenó a las damas de compañía que me llevarían a tomar un baño en la tina real. Un baño con pétalos de rosas. Se mezclaron mis sentimientos de sentirme totalmente fuera de lugar con la sedosa sensación del agua olorosa a flores y fragantes aceites. Al terminar y probarme el vestido, mis hermanas estaban sonrientes.

—¡Elizabeth! —dijo Emily en un suspiro—. ¡Te ves hermosa!

—Muy cierto —dijo Kaila llena de satisfacción.

Colocaron un espejo frente a mí. Una corona de rosas blancas adornaba mi cabello que ya llegaba a mis hombros. El vestido lo adornaban encajes alrededor del cuello. Las mangas eran largas y abiertas a partir del codo. Una cinta dorada rodeaba mi cintura y se amarraba en un lazo sencillo a la espalda. Kaila me entregó un ramo de capullos de rosas y partimos al jardín del palacio.

Allí, entre sauces llorones y arbustos de rosas en flor, frente al lago y a hermosas estatuas de mármol, juramos amarnos para siempre ante Dios y ante los hombres. Me había convertido en la esposa de Roben frente a las familias reales de los reinos de la unión. David y Amatur de Clendor, Káesar de Aspen, Álister de Heriam, Darius de Taloc y Hero de Moiloc. Marleos, Caleb, Josephet, Robert y Lydia, mi amiga y hermana de armas, lucían galantes y sonrientes con sus flamantes uniformes. Sé que en un futuro dejaría salir toda la dulzura de la tierna e inocente Lydia que tanto Hero esperaba. Mientras llegaba ese día, ella era feliz protegiendo a su amado rey.

Roben y yo montamos el mismo corcel. Con el castillo a nuestras espaldas, dijo mi esposo:

—¿Lista para una nueva aventura?

—Siempre.

Galopamos rumbo al poniente. Mientras el viento acariciaba mi rostro, recordaba todo lo que había sucedido desde hacía ya casi cinco años cuando había salvado la vida del rey de Clendor, y éste me convirtió en su escudero. Luego tuve que servir a su hijo, el príncipe odioso que terminó convirtiéndose en el amor de mi vida y la persona quien ayudó a sanar mis heridas. Pasé de ser acusada como traidora a heroína y leyenda de nuestros pueblos.

Las heridas del pasado me habían cegado, me habían mantenido en una caverna oscura, enajenada y aislada en mi remordimiento y en mis propios temores. Pude ver la luz gracias a mis amigos y mi familia que me hicieron verla nuevamente. Y lo más importante de todo fue que al fin aprendí a perdonarme. La corteza de mi árbol ya se había renovado cubriendo el doloroso pasado para aprender de él, porque estará ahí, en mi historia, pero ya no me atormentará. Entendí que mi familia también había sufrido por mis heridas debido al amor tan grande que me profesaba y del cual no me percataba debido a la enorme muralla que había creado a mi alrededor. La corteza se había renovado. Las murallas se derrumbaron y la caverna se llenó de luz. En este aprendizaje llamado vida, seguiré acumulando experiencias para crecer y legarlas a mis hijos. Ahora puedo amar a plenitud y sin remordimientos.

¡Quién diría que un simple escudero hubiera podido vivir todo esto! De escudero del rey a princesa de Clendor. Creo que tendré que acostumbrarme a la idea.

FIN

Indice

~

SALIDA..I
LA FAMILIA REAL......................24
EL VIAJE.....................................40
SOFISMAS..................................55
TALOC...82
EL CONFLICTO........................106

SEGUNDO LIBRO

DECISIONES............................123
EL EXTRAÑO EXTRANJERO....142
EL ENTRENAMIENTO..............163
LA VERDAD..............................183
UN ROSTRO CONOCIDO........207
LA MISION................................232
POR LA PAZ............................256

Made in the USA
Monee, IL
29 September 2021